ハヤカワ文庫 SF

〈SF2230〉

# 伊藤典夫翻訳 SF 傑作選
# 最初の接触

マレイ・ラインスター・他
高橋良平編／伊藤典夫訳

早川書房

8346

# FIRST CONTACT
# AND OTHER STORIES

Edited by

Ryohei Takahashi

Translated by

Norio Itoh

目次

# 伊藤典夫翻訳ＳＦ傑作選　最初の接触

# 最初の接触

マレイ・ラインスター

〈S - Fマガジン〉1964年8月号

First Contact
**Murray Leinster**
初出〈アスタウンディング〉1945年5月号

## ファースト・コンタクト・テーマの決定版

ラインスターの作品は、四年前、つまり一九六〇年の本誌九月号に掲載された「考える葦」より数えて、これで十五篇めです。アシモフ、ブラッドベリ、クラーク、ハインラインと並んで、本誌にはもっともよく登場している作家のひとり。今年はじめに行なった愛読者カードの人気投票でも、かなり上位にいました。

本篇は、ラインスターの数あるうちでも、もっとも有名なもののひとつです。いわゆる〝ファースト・コンタクト・テーマ〟――もし人類のほかに、この宇宙のどこかに知的生命が存在しているとしたら、いつ、どこで、どんなかたちで、人類は彼らと遭遇するだろうか?――の決定打といわれ、一九四五年〈アスタウンディング・サイエンス・フィクション〉誌に発表されて以来、アンソロジイに収録されること数回、いまもってこれをしのぐ作品が現われていないという作品です。

しかし、第二次大戦中(もう、かれこれふた昔前)の作品のせいか、科学的な考証におかしいところがないこともないし、好戦的すぎると言えないこともありません。

これとまるで対照的なのは、ソビエトSFのこのテーマの傑作「宇宙翔けるもの」でしょう。

しかし、これは驚くにはあたりません。作者エフレーモフがあの小説を書いたのは、本篇を読んだことが直接の動機になっているのですから。

(伊藤典夫)

――〈S-Fマガジン〉一九六四年八月号　作品解説より

## 1

立体写真の最後のひと組を持って船長室に入ると、トミイ・ドートがいった。

「終わりました。これが最後の二枚です」

写真を渡した彼は、船外の空間をあますところなくうつしだしているヴィジプレート群に、専門家らしい興味ぶかげなまなざしを向けた。落ち着いた深紅色の光が、宇宙船〈ランヴァボン〉の航行に必要な制御装置や各種の計器を照らしている。操縦席はふかぶかとしたクッション式。不規則な角度の鏡を何枚も組み合わせた小さな装置は、二十世紀の自動車のバックミラーの後裔（こうえい）にあたるもので、このおかげでヴィジプレートはふりかえらなくても全部見渡せるようになっている。そのほかにも、空間の特定部分をより詳細に観察できる大型のプレートもある。

〈ランヴァボン〉は故郷を遠く離れた宇宙空間を進んでいた。肉眼で見える範囲の恒星すべてを画面に捕え、思うままに拡大してみせるそれらのプレートは、大気をすかして見るのとはまた違った、星ぼしの驚くほど多様な色相(しきそう)を考えうるかぎりの異なった明るさでうつしだしていた。だがどれひとつとして、なじみのあるものはなかった。ただどうにか見分けられる星座がふたつ。それも萎縮し、歪んでいた。天の川もなんとなく場違いな感じだった。しかしそういう奇妙な点も、前部プレートにうつる光景にくらべれば、取るに足らぬものでしかなかった。

前面の空間には、想像を絶する茫漠(ぼうばく)とした霧があった。とどこおったまま、おぼろげに輝く霧。〈ランヴァボン〉の速度計が示す恐るべき数値にもかかわらず、それがヴィジプレートに現われるまでには、長い時間がかかった。その名は、かに星雲。さしわたし六光年、厚さ三・五光年。地球から望遠鏡でながめたとき、周辺部が外にむかって枝分かれし、なんとなく〝カニ〟に似ていたところから、そう呼ばれたのである。太陽(ソル)とその隣星との距離の一倍半ものひろがりをもった、ほとんど真空に近いガス雲で、その深部にふたつの星——二重星——が燃えていた。ひとつは地球の太陽(ソル)に似た親しみぶかい黄色、もうひとつは地獄の火を思わせる白色であった。

トミイ・ドートは感慨ぶかげにいった。「深淵(しんえん)に入るんですね、船長?」

船長は、トミイの撮った二枚の写真を調べ終えて、脇に置いた。そして手前のヴィジプレートに不安なまなざしをむけると、ふたたび考えこんだ。〈ランヴァボン〉は、いま全力をあげて減速していた。星雲まで、あとわずか半年しかないのだ。トミイの仕事は、船の針路を決定することだったが、それはもう終わっていた。星雲の内部にいるあいだ、トミイのすることは何もない。だがそれだけのことは、十二分にしてあった。

彼はかに星雲の四千年にわたる変貌の記録を、細大漏らさずフィルムにおさめるのに成功したのである。ひとりの人間が、一台の装置と、誤謬（ごびゅう）を発見し記録するための照査露出計の助けを借りただけで、このようなユニークな観測をなしとげたことはかつてなかった。これだけでも、旅は充分報いられたといえた。そのうえ彼は、四千年間の二重星の歴史と、ひとつの星がしだいに白色矮星（わいせい）へと衰えてゆく経過をも記録していたのだ。

もっともトミイは、四千年ものあいだ、この観測をしていたわけではない。彼はまだ二十代の青年だった。しかし、かに星雲と地球との距離は四千光年。最後の二枚の写真は、あと四十世紀たたなければ地球に届かない光で撮ったものなのである。つまり彼は――光速の数千倍の速度で航行する宇宙船の中で――四千年前からわずか半年前までの星雲の変貌の記録を、ほんの短い期間に逐一撮影してきたのである。

〈ランヴァボン〉は虚空（こくう）を進んだ。ゆっくりと、ゆっくりと、想像を絶した輝きが、ヴィジプレートの上を這（は）っていった。それは天空の半分をおおいつくした。前方は輝く霧、後方は星のちりばめられた空間であった。やがて星ぼしの四分の三は霧に隠れた。その周辺部にはぼんやりと光っている明るい星もあったが、それもほんのひと握りにすぎなかった。そのうちに闇は、船尾に残った、星がまばたきもせず輝く不恰好な裂け目だけとなった。〈ランヴァボン〉はいよいよ星雲への突入を開始したのだ。それはまるで、輝く霧のつくった暗黒の洞窟へ跳びこんだかのようだった。

事実、〈ランヴァボン〉の周囲はそのとおりの状態だった。星雲の構造は、もっとも遠距離で撮った写真からもあきらかだった。それは無定形ではなく、確かな形を持っているのだった。船が近づくにつれ、構造の細部もかなりはっきりした。だがトミィは、精密な撮影をしたいという理由で、旋回して接近する案を主張した。結局その案がとおり、船は長大な対数曲線上を星雲へと向かうことになった。彼はこれを利用して、わずかに異なる角度から連続的にシャッターを切り、星雲の突出部や窪(くぼ)みなど、その複雑化した外形を知るうえで必要な立体写真の組を作成していった。ところによって、星雲には人間の脳のようなしいわが見られた。船がいま突入したのも、そのしわのひとつだった。それらは、地球の海底に生じた裂け目を思わせるところから〝深淵〟と呼ばれた。将来、これらの利用価値は、ますます高くなるにちがいない。

船長は緊張を解いた。近ごろでは、心配事を見つけて、それを心配するのが、船長の仕事のひとつになっていた。〈ランヴァボン〉の船長は、きまじめな男だった。彼が自分のシートでくつろぐのは、彼がそれまで心配していた計器に、なんの異常も認められなくなった直後の短い時間だけなのである。

「この深淵が暗黒ガスだったら、大変なことになっていただろう」船長は疲れきったようにいった。「ありがたいことに、ただの宇宙空間だった。おかげで、ぎりぎりまでオーヴァードライヴが使えるよ」

星雲の周辺から、中心の二重星までの距離は、一・五光年にすぎない。しかしそれが問題だった。星雲はガスである。その密度は、彗星の尾が固体にも思えるほどの稀薄さなのだが、超光速で航行する宇宙船にとっては、高度の真空すら危険なのだった。超光速航法には、文字どおりの虚無が必要だったからだ。〈ランヴァボン〉の以後の行動も、ガス雲のこのひろがりでは、非常に制限されてしまうのは目に見えていた。

輝きは、後部の空間の裂け目をしだいに狭めていった。そのあいだにも、船は速度を落し続けた。とつぜん乗組員全員に、刺すような軽い痛みが襲った。オーヴァードライヴが切れ、場が解放されたのだ。

ほとんど時をおかず、かん高いベルの音が船内に響きわたった。船長室では、操縦士がすぐさまスイッチを切ったが、それでもトミイは一瞬、鼓膜が破れたのではないかと疑ったほどだった。外ではまだ、ベルが鳴っていた。しかしそれも、自動ドアが順々にしまってゆくように、やがてきこえなくなった。

トミイ・ドートは船長を見つめた。船長は両手を握りしめて立ち、操縦士の肩越しに計器をのぞきこんでいた。表示計の針のひとつが、はげしく揺れ動いている。残りも、何か発見したらすぐ記録しようと待ち構えているようだった。自動走査機（スキャナー）の焦点が、うっすらと光る霧の一点に合うにつれ、船首のヴィジプレートの映像の同じ部分が輝きだした。それが、衝突警報の因（もと）となった物体の位置なのだ。しかし、探知機のほうは――。それは、およそ一万三千キロ遠方に、ある種の物体があることを示していた――たいした大きさではない。しかし探知機には、それとは別に、距離が計器の限界からゼロまで変動し、大きさが異常な増減をする、もうひとつの物体が認められるのだった。

「走査機（スキャナー）の倍率をあげろ」船長がどなった。

ヴィジプレートのなかでひときわ輝いていた部分が、みるみる周囲に広がり、とらえどころのないイメージを消していった。倍率はあがった。しかし何も見えなかった。まったくの無。ただ探知機だけは、見えない奇怪な物体が、〈ランヴァボン〉めがけて狂ったように突進しつつあることを執拗に主張していた。その速度からいけば、衝突は避けられない。しかも近づいたとたん、その物体は、同じ速度ではにかむように飛び去ってしまうのだ。

プレートの倍率は最大になったが、やはり何も見えなかった。船長は歯ぎしりした。トミイ・ドートが、考えぶかげにいった。

「船長、いま気がついたんですが、地球＝火星間の定期船で、いちど同じような経験をしたことがあります。べつの船とすれちがったときで、探知機の周波数がわれわれと同じものだったから、電波がぶつかるごとに、なにか途方もない物体として記録されたんです」

「そうだ」船長が荒々しい口調でいった。「いま起こっているのはそれだ。探知機のビームみたいなものが、われわれに向けられているらしい。こちらはそれといっしょに、自分たちの反射波も受けとっているんだ。だが、むこうは影も形もないじゃないか！　探知機までそなえた船に乗ってるやつは誰なんだ？　人間ではないぞ、これは！」

船長は袖の通話機のボタンを押してどなった。

「ただちに行動せよ！　全員武装！　全区、非常警戒態勢につけ！」

彼は両手を何回も握りしめては開いた。そして、光る霧しかうつっていないヴィジプレートに、もういちど目をやった。

「人間ではないとすると」トミイ・ドートが緊張した声できいた。「それでは――」

「この銀河系に星がいくつあると思う？」船長は苦々しげに問いかえした。「そのうち、生命を育むのに適した惑星はどれくらいある？　そこに発生した生命の数は、どれくらいだろう？　もしあの船が地球のものでないとしたら――いや地球のものでないことは、はっきりしている――乗員も人間ではないはずだ。それに、絶対真空中を航行できる宇宙船を持つような文明の段階に達した人間でない種族となれば、どんな事態だって考えられるじゃないか！」

船長の手はじっさいにふるえていた。彼は船員の前では、決してこのようにまくしたてはしない。これは、トミイ・ドートが観測員であるからだった。それに、心配するのが仕事の船長でさえ、ときには心配を軽くしたくなることがある。声を出して考えるのは、そういう場合のひとつの方法なのだった。

「こういったことは、何年も前から予測され、人びとの話題になってきている」彼は穏かな声でいった。「この銀河系のどこかに、われわれと同等の、あるいはわれわれよりははるかに進んだ文明を持つ生物がいるかもしれない。数学的にはそれは考えられることだ。だが、いつ、どこで彼らと遭遇するかは、予言できなかった。どうやら、われわれはそれをやったらしいぞ!」

トミイは目を輝かせた。

「彼らは友好的だと思いますか?」

船長は距離表示計に目を走らせた。幻の物体は、狂ったように〈ランヴァボン〉に近づいては、離れてゆく。もうひとつの物体のほうは、一万三千キロの彼方で、かすかに動いているだけだ。

「動いている」船長はぶっきらぼうにいった。「まっすぐこちらに向かってくる。異星の宇宙船がわれわれの縄張りに入ってきた。さてどうしたらいい? 友好的? かもしれないな! とにかくコンタクトを始めるんだ。しなくてはならん。だがおそらく、この遠征はこれで終わりだろう。熱線砲が思わぬところで役にたちそうだぞ！」

熱線砲というのは、船の転向装置でも制御のきかない、強情な宇宙塵に出会ったとき、それを発見して破壊する光線砲である。本来、武器として作られたものではないが、充分その役にはたつのだった。射程距離は八千キロ。船一隻の全出力に相当するエネルギーが放射される。自動照準の助けを借り、砲口を五度旋回させるだけで、〈ランヴァボン〉のような船なら、正面に立ちふさがる小型の小惑星のどてっぱらに巨大な穴をうがつことができるのである。しかしもちろん、オーヴァードライヴがかかっているあいだは、発射することはできないが。

トミイ・ドートは、船首のヴィジプレートに近づいて、映像を観察していたが、その言葉にふりむいた。

「熱線砲？　いったいなんのためですか？」

船長は、何も見えないヴィジプレートに目をやって、顔をしかめた。

「彼らがどんな生物か、何もわからないし、イチかバチかの賭けなどできないからだよ」

そして苦々しげに付け加えた。

「彼らとコンタクトして、できるかぎり彼らについての知識を得る――特に彼らがどこから来たかを知る。むろん友好的にことを運びたい――だが、その可能性はあまりなさそうだな。彼らを信用したことが、命とりになるかもしれない。だから、危険はおかせない。

むこうにも探知機がある。もしかしたら、われわれのより高性能の追跡機（トレイサー）があるかもしれない。こちらに気づかれることなく、地球まで追跡できるようなのがな！　信用できるようになるまで、相手に地球の位置を知らせることはできないんだ！　だが、どうすれば信用できる？　むろん、彼らの興味が交易だけということもあるだろう――だが彼らの艦隊がオーヴァードライヴで地球に押しよせ、一瞬のうちにわれわれを抹殺するという可能性も、同時にある。真相がそのどちらか、いつそれがわかるのか、いまのところ知る方法はないんだ！」

　トミイは驚きのあまり言葉もなかった。

「理論としては、何回となく検討されてきているさ」船長はいった。「だが紙の上ですら、明確な解答を出した者はいない。それに――きみもわかるだろう――宇宙空間で二隻の宇宙船が出会い、しかもおたがいに相手の故郷を知らないという事態の発生が、どんなにあり得ないことか！　だが、これからその解答を発見しなければならないんだ！　まず最初にうつ手はなんだ？　連中が驚くほど美しく、快活で、親切で、慇懃（いんぎん）で――しかもその奥底に、悪賢い、野獣のような残忍性を秘めていることも考えられる。あるいは農夫のように粗野で、不愛想で――その実はおとなしいというのかもしれん。その中間のどこか？かもしれん。しかし彼らを信用できるとあてずっぽうにきめて、人類の未来を賭けてもいいだろうか？　別の文明と近づきになるのがどんなにすばらしいことかはわかる。地球の文明に刺激を与えるだろう。大いに得るところがあるだろう。だが可能性に頼ることはできないんだ。少なくとも、彼らに地球の位置を知られるようなことはしたくない。追跡できないと相手が悟るか、われわれが地球に帰らないかのどちらかだ！　おそらく、むこうも同じことを考えているだろう」

船長は袖の通話機のボタンを押した。

「航宙士たちに告ぐ！　船内の航星図はすべて、瞬時に破棄できるよう準備せよ。写真、図表など、われわれの軌道、出発点を推測される可能性のあるものも同様だ。観測データも一カ所にあつめ、命令があればただちに破棄できるようにしたい。すみやかに行動し、終わりしだい報告のこと！」

彼はボタンから手を離した。その姿は急に老けこんだように見えた。人類の異星生物との最初の出会いは、これまでいろいろな形で予測されてはいた。しかし、これほど解決の望みのない事態を考えたものはなかった。故郷を遠く離れた星雲の一郭で、偶然出会った二隻の宇宙船。どちらも同じように平和を望んでいるかもしれない。しかし相手の裏切りを懸念しながらのコンタクトは、うわべだけの親密さを表わすことになるだろう。疑ぐりすぎたことが、人類の運命を決定しないと誰がいえよう？　おたがいの文明が生んだ成果を友好的にわかちあえたら、その成果はおそらく想像を超えたものになるだろう。どんな過ちも、とりかえしがつかぬことには変わりはない。しかし警戒を怠れば、それはたちまち死へとつながるのだ。

　船長室はしずまりかえっていた。船首のヴィジプレートには、星雲の小部分がいっぱいにうつしだされていた。それは輝く霧の海の、なんの特徴もない小さな部分だった。そのときトミイ・ドートがその一点を指し示した。

「あれです！」

　霧の中に、遠く、小さな形があった。それはまっ黒で、〈ランヴァボン〉のような磨きあげられた輝く表面ではなかった。洋梨（ようなし）を思わせる球形をしていたが、あいだにひろがるほのかな霧の輝きが、細部の観察を不可能にしていた。しかしそれは明らかに天然のものではなかった。距離表示計を見たトミイ・ドートが、静かにいった。

「とんでもない加速度で接近してきます。どうやら、こちらと同じに、相手を帰さないつもりのようです。コンタクトしてくるか、それとも至近距離に入ったら、すぐ攻撃をしかけてくるか、どちらだと思いますか？」

〈ランヴァボン〉はすでに、無の支配するクレヴァスを抜けて、星雲の稀薄なガスの中に入っていた。船は光輝の中を泳ぐように進んだ。中心部に輝くふたつの強烈な炎のほか、星は見えなかった。あたりは、まるで誰かが想像した地球の熱帯の海底のように光り輝いていた。

　謎の宇宙船に、悪意のある動きは見られなかった。それは〈ランヴァボン〉に接近すると、減速した。〈ランヴァボン〉自体も、二隻が出会う位置へと前進を続けていたが、やがて停止した。その前進運動は、相手の接近を認識していることの証拠を示したものであり、その停止は、友好的感情の表現であると同時に、攻撃に対する身構えでもあった。いちおう停止している状態でも、軸を中心に船体を揺らしておくことで、激しい攻撃にあっても標的は小さくてすむ。それに、すれちがうより、攻撃時間も長くとることができる。

しかし接近のさなかにおける船内の緊張は、たとえようもなかった。〈ランヴァボン〉の針のようにとがった舳先は、相手の船体に狙いを定めている。船長室とは継電器でつながり、船長の手の下にある鍵（キー）が、熱線砲（ブラスター）を最大出力で発射させる引き金だった。トミイ・ドートは額にしわをよせたまま、それを見つめていた。あのような宇宙船を持っている種族の文明は、おそらく非常な高さにあるだろう。しかも聡明さなくして、それらを発達させることはできないのだ。彼らは、〈ランヴァボン〉の乗組員と同様、このコンタクトの意味を充分理解しているにちがいない。

友好的な〝最初の接触（ファースト・コンタクト）〟をし、おたがいの技術を交換しあうことが、双方の発展にどれほど寄与するか、それは彼らも知っているだろう。しかし、人類の歴史において、ふたつの文明が出会った場合、必ず一方の服従か、戦争という結果をひき起こした。しかし、まったく異なった環境に生きるふたつの種族にとって、どちらか一方の服従は容易なことではない。少なくとも、人類は同意すまい。高い文明を持つ種族であれば、それが当然だ。

交易により相手からもたらされた恩恵は、自分たちの劣等感を忘れさせる役にはたちそうもない。なかには——たぶん、人類がそれにあてはまるだろうが——征服よりも交易を望む種族もある。おそらく——おそらく！——おそらく彼らもそうだろう。しかし人類の中にも、血なまぐさい戦争を望むものがいないわけではないのだ。いま〈ランヴァボン〉に近づきつつある宇宙船がもし母星へ帰還して、人類の存在と、人類が彼らのものに匹敵する宇宙船を持っているという事実を公表するとしたら、その惑星の住民は交易か戦争かの二者択一に直面する。交易か？　戦争か？　しかし交易するには双方の合意が必要だが、戦争するには、一方の決断だけでよい。彼らにしても、人類が平和を望んでいるかどうかはわからないし、人類にしてもそれは同様なのだ。どちらの文明にとっても、最善の策は一方あるいは双方の船を、いまこの場で破壊してしまうことである。

しかしその勝利もかりそめのものにすぎない。将来の衝突を避けるために、人類は彼らの母星を知る必要があるのだ。相手の武力と資源を知り、もしそれが脅威になるようなら、時と場合に応じて、いかにしてそれを抹殺するかを知らなければならない。むろん、相手も同じことを考えているのだろう。

〈ランヴァボン〉の船長は、けっきょく相手の船を霧散させたかもしれない熱線砲（ブラスター）の鍵（キー）に手を触れなかった。決断を下すには、状況が不確かすぎた。だが、鍵（キー）の上から手をどけることもできないのだった。船長の顔一面に、汗がふきだしていた。

スピーカーからつぶやきが漏れた。観測室にいる誰かからだ。

「むこうは停止しました。動きはありません。熱線砲(ブラスター)の照準を合わせました」

その声には、ボタンを押せという暗示がこもっていた。しかし船長は、自分にいいきかせるように、首をふった。異邦の船は、三十キロと離れていない。暗黒の宇宙船。船体のどこにも、奈落のような漆黒のほか、色彩はなかった。星雲を背にして見える、些細(ささい)な輪郭の変化のほか、ディテールはまったくわからない。

「完全に停止しています」別の声がいった。「いま変調された短波を送ってきました。周波数変調です。明らかに信号と思われます。こちらに被害を与えるほどの出力ではありません」

船長は食いしばった歯のあいだからいった。

「彼らは何かしているようだ。船体の外側に動きが見える。何が現われるか注意せよ。補助熱線砲(ブラスター)で狙え」

黒い船の楕円形の輪郭から、小さな丸いものが、ぽっかりと現われた。と同時に、本体が動きだした。

「遠のいてゆきます」スピーカーがいった。「物体は現われた位置から動きません」

別の声が割ってはいった。

「周波数変調された電波が、また入りました。意味は不明」

トミイ・ドートの目が輝いた。船長は、額に玉の汗をうかせたまま、ヴィジプレートから目を離さなかった。

「なかなかやりますね」トミイが考えぶかげにいった。

「遠くから何かを飛ばせば、爆弾かミサイルと勘違いされる。だから近づいて、小艇(ボート)を出し、遠のいたんです。わざわざ船を危険にさらさなくても、小艇か人間だけでコンタクトできるというつもりなんでしょう。彼らも考えてますね」

プレートから目を離さず、船長がいった。

「ドートくん。外へ出て、あの物体を調べてくれないか？ きみに命令する権限はないが、非常事態にそなえて、乗員をみな待機させておきたいんだ。観測員は——」

「消耗員ですからね。わかりました」トミイはすぐ返事した。

「救命艇はいりません。推進装置のついた宇宙服を着て行きます。小さいし、手や足がついていたら、相手にも爆弾には見えないでしょうからね。それから、走査機(スキャナー)を携帯します」

黒い宇宙船は後退を続けた。距離は、五十、百、やがて六百キロに隔たった。そして停止した。〈ランヴァボン〉のエアロックで、原子力推進装置のついた宇宙服にもぐりこみながら、トミイは、船内のスピーカーから流れ出る報告を聞いた。むこうの船が六百キロまで後退して止まったという知らせは、彼を元気づけた。それ以上の距離で効力を発揮する武器は、あの船には積みこまれていないのかもしれない。それだけは安心していいわけだ。しかしその考えが、心の中で形をとるかとらないうちに、ふたたびあわただしく相手の船の後退がはじまった。彼らはあきらめたのだろうか。エアロックを出ながら、トミイはそんなことを考えた。あるいは、そういう印象を地球人に与えようとしているのかもしれない。

彼は〈ランヴァボン〉の銀色に光る鏡のような船体を離れて、人類がはじめて経験する輝く無のなかに身をうかべた。背後では、〈ランヴァボン〉が弧を描いて遠ざかりつつあった。船長の声が、トミイのヘルメット・フォーンに聞こえた。

「ドートくん。われわれも後退する。彼らの宇宙船からは直接発射できないような核爆弾だという可能性も、なきにしもあらずだ。これくらいの距離では、危険かもしれないからな。ずっと後方で待機している。走査機（スキャナー）をその物体からはずさないでくれ」

いい気持はしないにしろ、その決定は当を得たものだった。半径三十キロ以内にあるものを破壊しつくすような爆弾は、理論的には可能だったが、人類はまだそれを作りだしていなかったからだ。この場合、もっとも望ましい方法は、後退であった。

孤独感が、トミイ・ドートを襲った。彼は信じがたい輝きの中に宙づりになった黒い小さなしみをめざして、空間を進んだ。〈ランヴァボン〉はもう見えなかった。光を反射する船体は、それほどの距離でなくても、たやすく光る霧の中にまぎれこんでしまうのだ。異星人の船も、肉眼では見えなかった。地球から四千光年の彼方にある虚無の中を、泳ぐようにトミイはその黒い小さな点へむかった。それは周囲の空間にある唯一の形ある存在であった。

近づいてみると、直径二メートル足らずのわずかにひしゃげた球で、トミイが足をおろすと、それは反動で動きだした。表面には小さな突起がたくさん見られた。一見、敷設機雷の爆発信管に似ていたが、突起の先端に結晶体が一片ずつはまっているのが、違っていた。

「着きました」トミイは、ヘルメット・フォーンに告げた。

彼は突起をつかんで、体を引き寄せた。物体は金属製で、一面が漆黒だった。手袋をとおしてでは、むろん表面の感触はわからない。しかし彼はなんども手探りして、物体の目的を知ろうと努めた。

「だめです」やがて彼はいった。「そちらで見ているとおりです。付け加えるようなことはありません」

そのとき、宇宙服をとおして、震動が伝わってきた。彼の耳には、それは硬い金属を打ち合わせたような音となって聞こえた。物体の丸い表面の一部が開いた。続いて別のところにもうひとつ。彼は突起を伝わって、その開いた口へむかった。いまこそ、人類がはじめて遭遇した異種の知的生命を、この目で見ることができるのだ。

　しかし、中にあったのは、一枚の平たいプレートだけだった。その表面のあちこちを、くすんだ赤い光点がでたらめに動きまわっていた。ヘルメット・フォーンから驚きの声。船長がいった。

「ドートくん、上出来だ。走査機（スキャナー）をプレートに向けたまえ、これは通信用の、赤外線ヴィジプレートを積んだ小艇なんだ。乗員はいないらしい。われわれが何をしても、損害は機械だけだ。もしかすると、これを船内に運びこむことを予期しているかもしれない――そうだったら、爆弾がしかけられているという可能性もある。彼らが母星へ帰る準備ができしだい、すぐ爆破できるようなのがな。こちらもプレートを、むこうの走査機（スキャナー）の前に置こう。きみは帰船したまえ」

「はい」と、トミイは答えた。「しかし船はどこにあるんですか？」

　星はなかった。星雲がその光で見えなくしていたからである。小艇から見えるものといえば、星雲の中心にある二重星だけ。目標はない。方向を示す標識は、ただひとつ。

「二重星を背にして進むんだ」ヘルメット・フォーンに指示が入った。「適当なところで、きみをひろう」

　しばらくして彼は、黒い球体へむかう、ヴィジプレートをたずさえたひとりの人間とすれちがった。ほんの些細な気のゆるみが、種族全体の存亡にかかわることを知っている二隻の宇宙船の船長は、その小さな球形の小艇を通じて連絡をとろうとしているのだ。この独立した受像系統で、与えられるかぎりの知識を交換する。そして、味方の文明を危機におとしいれない、もっとも実用的なコンタクトの方法を検討する。だが、自己防衛の必要を考えた場合、真に実用的なのは、相手の宇宙船をすみやかに破壊することだった。

## 2

それ以来、〈ランヴァボン〉は、同時にふたつの目的を持った船となった。その所期の目的は、星雲の中心部にある二重星の小さなほうを、近距離で観測することだった。星雲そのものは、人類の知るもっとも大規模な恒星の爆発の結果生まれた。それが起こったのは、トロヤの七つの都の最初のものの建設がまだ計画されてもいなかった、紀元前二九四六年のことである。爆発の閃光は、西暦一〇五四年、地球に到達した。その直後の伝道師の年報、あるいはもうすこし信頼できる、中国宮廷の天文学者たちの記録には、この事件の模様がしるされている。それは二十三日間にわたって、日中でも見え——四千光年の距離にもかかわらず——金星よりも明るかったといわれる。

それから九百年後、天文学者たちはこれらの資料をもとに、爆発の規模を計算した。それによると、中心から吹きとばされた物質は時速三百七十万キロの速さで、空間にひろがっているということだった。分速六万キロ以上、秒速千キロ強である。二十世紀になって、望遠鏡がその爆発の跡に向けられたとき、そこには二重星と星雲しかのこっていなかった。そのうちの明るいほうは、スペクトルがのっぺらぼう――つまり連続スペクトルをもったきわめて表面温度の高い、ユニークな星だった。太陽（ソル）の表面温度は、七千K（ケルビン）。ところが、その白い星は、五十万Kもあり、質量は太陽（ソル）ていどなのに、直径は五分の一しかないのである。したがって密度は、水の百七十三倍、鉛の十六倍、地球上のもっとも重い物質のひとつイリジウムの八倍もあった。しかしこの密度は、シリウスの伴星のそれとは違っていた。それは、不完全な矮星――まだ衰弱の途中にある星だったからだ。調査――四千年間のその光の観察も含めて――の価値は、充分あった。そして〈ランヴァボン〉がその任務を受けた。しかし明らかに同じ目的を持ってやってきたと思われる異邦の宇宙船との遭遇によって、遠征の所期の目的は、しだいに影がうすくなっていくようだった。

球形の小艇は、稀薄なガスの中にうかんでいた。〈ランヴァボン〉の正規の乗員たちは、各自持ち場について、いまにも爆発しそうな緊張をみなぎらせながら、待機していた。観測員は二手にわかれ、一方はうわの空といったようすで〈ランヴァボン〉の本来の仕事を続け、残りはむこうの宇宙船の動きに全注意力を集中していた。

相手は星間航法を有する文明なのだ。五千年前の爆発がこの空域の全生命を、跡かたもなく吹きとばしてしまっただろう。あの黒い宇宙船を操る生物が、別の星系から来たことは疑いない。彼らの遠征の目的も、地球人と同様、純粋に科学的なものだろう。彼らについて星雲から引き出せる情報はなかった。

少なくとも彼らが人類と同程度の文明を持っているのは確かである。ということは、彼らが芸術的才能を持ち、人類が友好的に取引したいと願う各種の製品を有していることを意味する。

しかし彼らも、遅かれ早かれ、地球人類の文明、いや、人類が存在するということ自体が、彼らの種族にとって潜在的脅威となるかもしれないことに気づくだろう。友好的なコンタクトができるかもしれない。しかし同時に、相手が恐るべき敵となる事態もありうる。双方にとって、望む望まないにかかわらず、そもそもから相手は脅威なのだ。そして脅威を取り除く唯一の手段は、相手を破壊することだった。

このかに星雲では、事態は逼迫していた。ふたつの種族の将来がいまここで決定されるのだ。たとえ友好関係が結ばれたとしても、長い目で見たとき、どちらかが衰退し、どちらかが繁栄するのは必然である。しかし双方が、はかりしれぬ収穫を得ることも確かなのだ。もはやコンタクトする以外に道はなかった。裏切りの危険を冒してまで、相手を信頼しなければならないのだった。完全な不信のうえに築かれた信頼。母星へ帰還することはできない。相手がたに攻撃の意志がないとわかるまで。だが、双方ともあえて信頼の態度を示そうとはしなかった。唯一の円満な解決策は、破壊するか、破壊されるかのどちらかだった。

しかし、たとえ戦うにしても、単なる宇宙船の破壊だけでは充分ではなかった。星間宇宙船を持つ以上、異星人が、原子力と、ある種の超光速飛行用オーヴァードライヴを持っていることに疑いはない。位置表示器、ヴィジプレート、短波通信装置がある以上、ほかの装置も、間違いなくあるはずだ。彼らの所有する武器は？　彼らの文化圏のひろがりは？　彼らの惑星の資源は？　交易と友好関係の場が生まれるだろうか？　あまりにも異質すぎて、両者のあいだには戦いしかないのだろうか？　もし平和が可能なら、そのきっかけをいつつくったらいいのか？

〈ランヴァボン〉には情報が必要だった――それは、相手がたも同様だった。情報をかき集められるだけかき集めるのだ。もっとも必要なのは、相手の母星の位置だった。戦争になった場合、その一片の知識が、勝敗を決定する要因になるからだ。しかし、そのほかの情報も、同じくらい必要だった。

悲劇的な事実は、事態を平和へと導く情報の入る可能性がまったくないことだった。一種族の存否を、善意や高潔さのために賭すことはできなかったからである。

二隻の船は、奇妙な均衡を保ちながら停戦状態に入った。どちらも、相手がたの観察に没頭した。小艇は、輝く空間にうかんだままだった。〈ランヴァボン〉の走査機（スキャナー）は異邦の船のヴィジプレートに焦点を合わせた。一方、相手がたの走査機（スキャナー）も、〈ランヴァボン〉のヴィジプレートを注視した。通信がはじまった。

　事態は急速に進行した。トミイ・ドートは最初に経過報告を提出したうちのひとりだった。この遠征での彼の特別任務はすでに終わっていたので、異星人との通信の仕事がまわってきたのである。彼は、船内ただひとりの心理学者といっしょに、成功の報を伝えに船長室へ入った。船長室はいつもどおり、壁や天井のヴィジプレート群が輝き、表示灯が深紅色の光を投げる、沈黙の支配する部屋だった。

「かなり満足のいく成果があがりました」心理学者がいった。彼の顔には、疲労の色が濃かった。観測員の失策の要因となる心理的問題を検討し、観測作業を最小限におさえるのが、彼の本来の仕事なのである。疲れて見えるのは、あまり適任でない役を押しつけられたせいだった。「もう、思うことはほとんどなんでも彼らに伝えられますし、むこうのいう意味もわかります。もっとも、どれくらい本当のことをいってるかは、見当もつきませんが」

　船長の視線はトミイ・ドートに移った。

「つまり自動翻訳機みたいなものを作ったわけです」トミイは説明した。「ヴィジプレートはほじめからありますが、それとは別に耳の働きは短波受信機がします。彼らの言葉が周波数変調された電波でできているところをみると、波形の変化もあるのではないかと思います――われわれの言葉がそうですから。こんな例ははじめてなので、装置もてあましていたのですが、ある種の符号をこしらえたおかげで解決しました。もちろん、どちらの言葉でもありません。むこうが周波数変調された短波を送ってくると、こちらはそれを音として記録します。その返事は、ふたたび周波数変調に置きかえられます」

　船長は、怪訝（けげん）な顔できいた。

「なぜ短波の波形が変化するのかね？　それがどうしてわかった？」

「ヴィジプレートに、われわれのレコーダーをうつすと、むこうもそうしてきたんです。彼らは、直接に周波数の変調を記録していると、ぼくは思います」トミイは注意ぶかくいった。「彼らは会話にも音をいっさい使いません。彼らが通信室を設けたので、そこのようすを観察しましたが、発声器官に相当するような体の部分の動きは見あたりませんでした。マイクを使うかわりに、彼らはピックアップ・アンテナみたいなものの前に、ただ立っているだけです。これはぼくの臆測ですが、彼らはいわゆる会話に超短波を使っているのかもしれません。言葉のかわりに、短波を連続的に送るんでしょう」

　船長は彼を見つめた。

「じゃ、彼らはテレパシーを使うというのか？」

「ええ、まあ、そうです」トミイは答えた。「ですがそう考えれば、彼らにとってはわれわれもテレパシーを使ってるということにはなりますよ。おそらく、あの生物たちに音は聞こえないでしょう。要するに、空中の音波を通信手段に使うなんて、考えてもいなかったにちがいありません。音はいかなる目的にせよ、使っていないらしいのです」

船長はその知識を頭に入れた。

「ほかには？」

「ええ」とトミイはあいまいにいった。「いちおう用意はできたと思います。ヴィジプレートで見せあって、相当数の物体に符号をつけ、図式的に文の構造、動詞、その他を定めました。意味の通じ合う語は、すでに数千あります。あとは短波を分析機で選りわけて解読機に通すだけです。それが終わりしだい、逆に、送りたい言葉を符号に置きかえます。すぐにでも、行動に移る用意はできています」

「そうか。彼らの心理状態はわかったかね？」船長は心理学者に質問した。

「わかりません」心理学者は困ったような顔でいった。

「そのふるまいはきわめて率直です。当然存在していいはずの緊張も見えません。親しく話したいというだけのために通信装置を作っているように見えます。けれども……なんというか……どこか――」

彼は心理測定に関しては有能な男だったし、その学問もなかなかの利用価値があった。

しかし、まったく異質の思考を分析するには、あまり適任ではなかった。

「あの――」トミイが窮屈そうに口をはさんだ。

「なんだね？」

「彼らは酸素を呼吸しています」トミイはいった。「そのほかの点でも、われわれとそれほど違っていません。おそらく並行進化したのではないでしょうか。もし基本的な肉体の機能が……その……同じなら、知能も並行に進化してきたのかもしれません。つまり」彼はていねいに加えた。「生物が食物を摂取し、同化し、排泄するものなら、その頭脳も情報を感知し、統覚し、反応するはずです。彼らの言葉には皮肉があったような気がします。となれば、ユーモアだってあっていいはずです。結論として、付きあいやすい相手だと思いますね」

船長は大きく息を吸って立ちあがった。

「なるほど」彼は考えこんだようにいった。「むこうのいいぶんを聞いてみよう」

彼は通信室へむかった。小艇の内部のヴィジプレートに焦点を合わせた走査機は、操作されるのを待っていた。船長はその前に立った。トミイ・ドートは解読機の前にすわって、キイを叩いた。聞いたこともない奇妙な雑音が発生し、マイクを伝わって、周波数変調された信号が空間に送りだされた。ほとんど瞬間的に――小艇内部に接続してある――ヴィジプレートに、皎々と照明の輝く異邦の船の内部がうつった。走査機の前に現われた異星人は、気にかかることがあるようにプレートの外を見た。驚くほど人間に似ていたが、明らかに人間ではなかった。彼はほとんど完全な無毛で、その態度には、どことなくユーモラスな率直さが感じられた。船長が重い口を開いた。「こう伝えてくれ。われら二種族の最初の接触（ファースト・コンタクト）を祝すとともに、おたがいの友好的関係が生まれることを祈ります」

トミイ・ドートはためらった。しかし、肩をすくめると、キイを慣れた手つきで叩いた。ふたたびあの奇妙な雑音。

むこうの宇宙船の船長は、そのメッセージを受けとったようだった。彼はしぶしぶ同意したというふうなジェスチャーを見せた。〈ランヴァボン〉の解読機がブーンといって、台の上に紙片が落ちた。トミイが無表情に読みあげた。「こういってよこしました。〝けっこうな提案です。しかし生き長らえて、故郷へ帰る方法はないものですか？　もしご存じでしたら、こちらにも知らせていただけるとうれしいのですが。いまのところ、どちらかが殺される運命のようですからね〟」

## 3

事態は混沌としていた。いちどに解決しなければならない問題があまりにも多かった。

にもかかわらず、そのどれかに解答を与えられるものすらいなかった。しかも、そのすべてに解答を与えなければならないのだった。

〈ランヴァボン〉は針路を地球にとることができる。異邦の船は、最高速度において、〈ランヴァボン〉よりわずかにすぐれているかもしれないし、そうでないかもしれない。もし速ければ、船が帰還すると同時に、地球の位置も知られてしまうのだ――そして戦いがはじまる。勝つかもしれないし、負けるかもしれない。しかし、たとえ勝ったとしても、彼らが長距離通信装置を持っていたらどうだろう？　もしそうなら、戦いがはじまる前に〈ランヴァボン〉の目的地は知られてしまうのだ。一方、〈ランヴァボン〉がその戦いに敗れる場合もある。もし破壊されるなら、母星の位置を知られることなく、いまここで破壊されたほうがどれほどましかしれない。人類が、完全武装した敵船に掃討される心配もなくなるのだ。

　黒い宇宙船もまったく同じ苦境に立たされていた。それにしても、ひと思いに針路を故郷にとることはできる。しかし〈ランヴァボン〉のほうが速いかもしれない。早く行動を起こしさえすれば、オーヴァードライヴの場は追跡も不可能でないのだ。帰還することなく母星と連絡をとる装置が〈ランヴァボン〉にあるかどうか、彼らには確証がなかった。もしこの宇宙船がいつかは破壊される運命なら、将来の敵に母星の位置を知らせなくてすむのだから、いま戦うほうがいいに決まっている。

双方とも、退却はまったく考えていなかった。〈ランヴァボン〉の針路が、あの黒い宇宙船に知られているという可能性もあった。しかしそれも対数曲線の一端だけだから、曲線の性質を知ることはできまい。形勢は、いままでのところ釣りあっている。しかし問題がひとつあった。「これからどうしたらいいのか？」

明確な解答はなかった。異星人たちは、自分たちのと引き換えに、やっきになって相手がたの情報を集めた——こちらがどんな情報をおくっているか、いちいち検討する暇はもうほとんどなかった。地球人たちも同様だった——トミイ・ドートは、送信する情報の中に地球の位置を知らせる糸口がまぎれていないかと心配しながら、キイを打ち続けた。

異星人が赤外線しか感じない視覚を持っていたため、小艇の内部に取り付けられている走査機(スキャナー)から、満足な画像を得るには、地球人の視覚に合わせて波長域を下げなくてはならなかった。この事実から、彼らの太陽が、人間の目にうつるスペクトルの外で光のエネルギーが最大になる赤い矮星だと判明したが、異星人たちはそれに気づいていないようだった。しかしそれがわかった直後、人間の可視光線から、逆に太陽のスペクトル型も推測できることに、地球人たちは気づいた。

人間が録音機を使用するのと同様に、彼らは超短波を記録する装置を持っていた。地球人には、それがぜひとも必要だった。また異星人も、音の神秘に魅了されていた。もちろん彼らにも、人間が手のひらにつたわる熱で赤外線の放射を知るように、音を感じとる神経がないわけではなかった。しかし人間が、わずか半オクターヴしか離れていないふたつの異なった周波数の熱線を区別できないように、彼らも音質や音度を区別することはできなかった。彼らにとって音の科学は驚くべき発見であった。将来、人類が予想もしなかった音の利用法を、その異星人たちは発見するかもしれない——もし生き長らえればの話だが。

しかしそれは、いまのところ問題外だった。双方とも、相手を破壊することなく、この場を引きさがることはできなかったからだ。しかし、情報が取りかわされているあいだは、手出しする余裕もまたないのだった。ここでひとつの問題となったのは、二隻の宇宙船の船体の色である。〈ランヴァボン〉の外面は、鏡のように輝いている。異星人の船は、可視光線に関するかぎり漆黒であった。完全に熱を吸収し、必要に応じて放射するような働きがあるのかもしれない。しかし観測の結果、それは誤りであることがわかった。その黒い表面は、色がないのでもなければ、〝黒体〟というのでもなかった。それはある範囲内にある赤外線の完全な反射体であり、しかも同じ波長で螢光を発してもいた。つまり、高周波の熱を吸収し、それを輻射しない低周波に変換して——虚無の中でも船体を一定温度に保たせる特殊加工が施されていたのである。

トミイ・ドートは必死の思いで通信を続けていた。異星人の思考過程は、彼がついていけないほど異質ではなかった。技術に関する討論は、星間航法の問題にまで発展した。それを説明するには、どうしても航星図が必要だった。図表室から航星図を持ってくれば話は簡単だったかもしれない――しかし航星図を見せたが最後、投影の中心となった点がわかってしまうのだ。トミイは、一見本物らしく見える、架空の星をちりばめた航星図を、このために特別に作製した。そして使用法を暗号作製・解読機で翻訳して送った。おかえしに、異星人たちもヴィジプレートの前にひとつの航星図を見せた。コピーができると、それは航星室にまわされ、そこで星ぼしや天の川の位置から、投影の中心を発見する作業がはじめられた。結論は出なかった。

異星人たちが、このデモンストレーションのために、わざわざ偽の航星図をつくったことに気づいたのは、トミイだった。しかもそれは、トミイがその前に彼らに送った偽の図表を裏返してプリントしただけのものだったのである。

トミイは苦笑した。彼は異星人たちが好きになりかけていた。人間ではないが、彼らは人間に非常に近いナンセンスの才能を持っているのだ。それ以来トミイは、会話のあいだに冗談をはさむようになった。しかし会話はすべて、数字の符号に翻訳され、ふたたびわけのわからない短波のグループ――周波数変調されたインパルス――に置きかえられる過程を踏まなければならない。むこうの船に送られた通信がどんなものになったか、知るよしもなかった。おそらくおかしさなど、とうのむかしに失われていることだろう。しかし異邦人たちに、彼のいわんとしたことは、理解されたようだった。

異星人の中にも、トミイの解読機操作と同様、その仕事が専門のようになってしまったものがひとりいた。ふたりのあいだには、暗号の作製と解読、それに短波通信をはさんだ奇妙な友情が生まれた。公式メッセージの技術的内容が複雑化してくると、その異星人はごくだけた、わかりやすいたとえで通信を送ってきた。それが混乱を解消したこともたびたびあった。その通信者がメッセージの終わりに記す記号がいつも〝バック〟であることから、トミイはこれといった理由もなく、彼をその名で呼ぶようになった。

通信が開始されて三週間め、いきなり解読機がトミイの前にひとつのメッセージを送りだした。

きみは、いいやつだ。ぼくらがおたがいに殺し合わねばならないなんて、残念なことだな。——バック

トミイも考えることは同じだった。彼は悲しい返事を叩いた。

回避する方法はないのか？

しばらく間をおいて、ふたたびメッセージが届いた。

もしおたがいが信じあえるなら、道もある。ぼくらの船長も、そうしたがっている。だが、きみたちを信じることはできないし、きみたちだってぼくらを信じられないだろう。機会さえあれば、追跡だってするさ。そっちだって同じじゃないか？　悲しいことだがね。――バック

トミイ・ドートは、そのメッセージを船長のところへ持っていった。

「これを見てください！」彼はせかすようにいった。「彼らは人間といってもいいくらいですよ。好感が持てます」

船長はそのとき重要な仕事――心配事を見つけ、それを心配するのにいそがしかった。彼は疲れたようにいった。

「彼らは酸素を呼吸する生物だ。彼らの星の大気中の酸素が二十八パーセントなのに対して、われわれのは二十パーセント。しかし地球へ来たとしても、暮らすのに不自由はない。征服するには格好の星だろう。それに、彼らにどんな武器があるか、われわれはまだ知らないのだ。きみは地球の位置を教えるつもりかね？」

「い――いいえ」トミイは、残念そうに答えた。

「むこうも同じように考えているだろう」船長は無表情にいった。「それに、友好関係が生まれたとしても、それがいつまで続く？　もし彼らの兵器がわれわれより劣っていたら、安全を守るために、それを改良しようとするにちがいない。そしてこちらも、彼らが反乱を計画していると知れば、自己防衛のために、できるかぎりそれを抑えなければならないのだ！　もし立場がそれと逆なら、われわれが追いつく前に抑えにかかるだろう」

トミィはだまっていた。しかし、その動きは落ち着かなかった。

「もしあの黒い船を破壊して、帰還したとしても」と、船長が続けた。「あれがどこからやってきたか見当もつかないとしたら、地球政府も喜ぶまい。だが、われわれに何ができる？　警告をたずさえて帰還できるだけでも、幸運なのに。もう引き換えにする情報は出しつくしたよ。地球の位置を教えることまではできないからな！　彼らに遭遇したのは偶然だ。もしあの船を破壊したとしたら、つぎのコンタクトの機会は、あと数千年たたなければやってこないかもしれん。それでは、あまりにも惜しい。交易がどれほどのものをもたらすか、それを考えればわかるじゃないか！　だが、講和をむすぶには、相手を信用しなければならん。それはわれわれにはできない。唯一の解答は、機会を狙ってあの船を破壊することだ。それができないときには、地球の位置を知らせる資料をいっさい残さないことだ。気はすすまないが」そして、船長は疲れきったように付け加えた。「やむをえん！」

# 4

〈ランヴァボン〉の中では、技術者たちが二手にわかれて、熱にうかされたように任務を遂行していた。一方は勝利へ、他方は敗北への準備であった。勝利を受け持つ側に、するべきことはほとんどなかった。たよりになる武器は、主熱線砲（メイン・ブラスター）だけ。それは、正面方向に固定され、わずか五度の旋回の余裕しかなかった砲口は、注意深い作業によって、いまでは自由に動かせるようになっていた。レーダーに接続された電子制御装置は、与えられた目標がどのような動きをしても、一分の狂いもなく追跡する用意ができていた。しかも――機関室にいたひとりの隠れた天才が、船の正常の最大出力を蓄積し、瞬間的に放出させる、エネルギー保存装置を考案したのだ。それによって理論上は、熱線砲（ブラスター）の射程も伸び、破壊力も相当増大したはずであった。だが、ほかにできることはもうないのだった。

　敗北を受け持つ側は、もうすこし活動範囲が広かった。航星図、秘密を暴露しそうな航宙用具、この半年の航行でトミイ・ドートが撮影したフィルム、そのほか地球の位置が知られそうなメモのすべてが、破棄の対象になった。それらはファイルに密封され、複雑な開けかたを知らないものがさわった瞬間、その中身はすべて閃光とともに灰と化し、こなごになるようになっていた。もちろん、勝利のあかつきに、ファイルをふたたびあける装置も、見えないところに残されていた。

　原子爆弾が、船体の各部に据えつけられた。船が完全に破壊される前に乗員が全滅した場合は、敵船が〈ランヴァボン〉に横づけされた瞬間、爆発が起こるようになっていた。船に原子爆弾は搭載されていなかったが、その代役をはたす小型の原子炉があった。それらに手を加えるのは簡単だった。エネルギーがコントロールされて流れ出るかわりに、スイッチが入ったとたん、爆発を起こす仕組みができあがった。また不意打ち攻撃を受け、船体に補修できないほどたくさんの穴があいた場合にそなえて、宇宙服に身をつつんだ四人の乗員が常に待機していた。

　しかし敵のそのような攻撃も、裏切りとはいえないのだった。相手がたの船長の話は率直だった。彼の物腰は、嘘の無意味さをしぶしぶ認めた男のそれだった。〈ランヴァボン〉の船長も、強い調子で、率直さの必要なことを認めた。どちらも――おそらく本当の気持だろうが――おたがいの友好関係が、ぜひとも生まれてほしいと力説した。しかし最後の秘密――相手の母星の位置――を握るまでは、おたがいに信じあうことはできないのだった。しかもあえて、相手が自分たちを追跡する能力がないものと、決断することすらできないのである。なぜなら、種族の存亡を賭してまで、相手を信頼し帰途につくことは、彼らの義務が許さなかったからだ。そのほかになんの手段もないという理由だけで、彼らは戦わねばならないのだった。

勝利の賭け金をあげることは、情報の交換により可能だった。しかしそれにも限界があった。武器、人口、資源に関するものは、どちらもいっさい与えようとしなかったからである。かに星雲から母星への距離すら、明かされなかった。情報を交換しているにはちがいない。しかし、どちらもやがては戦争が勃発することを知っている。だから相手が征服をためらうような示威行為をすることも必要なのだった——そのため、双方ともに相手の威力を過大評価し、戦争の回避はますますむずかしくなっていった。

人間でないものの思考が人間のそれとなぜうまく嚙み合わさるのか、トミイは不思議でならなかった。そのときも彼は解読機操作に余念がなかった。しかし、目の前に自然に並べられてゆくメッセージ・カードの行列をながめるうち、ひとつの公式が頭にうかんだ。彼はヴィジプレートを通してしか、異星人を見たことはなかった。ただしそれもじっさいの波長より一オクターヴだけ上げた光によってである。一方、異星人も、彼らにとっては非常に波長の短い紫外線で照らされた画像を転換して、トミイたちの姿を見ているのだ。しかし、おたがいの思考過程にそれほど変わりはない。むしろ驚くほど似かよっている。トミイは、黒い宇宙船に乗った、それら無毛の、えらを持った、からっとした皮肉屋の生物に共感し、友情に近いものをおぼえた。

彼はその親近感をもとに——望みはないかもしれなかったが——この二隻の船に提出された問題の種々の局面を紙の上で検討してみた。異星人に、本能的な地球人殺戮の意志があるとは思えなかった。事実、彼らから送られてくる通信文の研究によって、〈ランヴァボン〉の乗員たちのあいだには、休戦状態にある敵国の兵士たちに対するものと似た、ある種の寛容さが生まれていた。彼らに対して敵意を持っているわけではなかった。これは、相手も同様だろう。しかし殺し合いは、純粋に論理的な帰結だった。

要点は簡単だった。彼は重要なものから順に、乗員のなすべき事柄を列記してみた。その一は、異星種族の存在する事実を地球に知らせることである。その二は、相手の惑星の位置をつきとめること。その三は、彼らの文化に関する情報をできるかぎり集めて、地球に送ること。三はすでに進行中だが、二はおそらく不可能にちがいない。そして、一、いやそのすべてが、来たるべき戦いの結果にかかっていた。

相手のめざすところも、ほとんど同じにちがいない。ということは、くいとめなければならないものが三つあることを意味する。その一、彼らが地球人の存在を母星に知らせる機会を与えないこと。その二、地球の位置を悟られないこと。その三、地球攻撃のさい、相手側に、地球攻撃を可能にするいかなる情報も渡さないことである。しかし、三はなかば失敗していた。二はどうにかなるだろう。しかし、一は戦いを待つしか方法はないのだった。

黒い宇宙船の破壊を避ける道は、ありそうもなかった。異星人たちにとっても、〈ランヴァボン〉の破壊以外に問題の解決法はないだろう。しかし、憂鬱(ゆううつ)な目で書きとめた紙片をながめていたトミイ・ドートは、戦いに圧勝してさえ、事態は満足に解決しないことに気づいた。理想は〈ランヴァボン〉が黒い宇宙船を曳航して帰還することである。第三の目的は、これなしでは考えられない。しかし、完全な勝利をおさめたとしても、それを喜ぶ気にはなれそうもなかった。人間ではないにしても、冗談を解する生物を殺すのは気がすすまなかった。それに、彼らの存在が地球にとって脅威だというだけで、その星に艦隊を送りこみ、文化を抹殺するなどという行為は、トミイのもっとも嫌悪することだった。本来なら親しく交際できるかもしれない二種族が、ここで偶然にはちあわせしたばかりに、全面的戦争に追いこまれてしまったとは、なんという皮肉だろうか。

トミイ・ドートの頭脳は、不完全な解答しかない問題に直面して苦悩した。だが、どこかに解答があるはずだ！　賭けはあまりにも大きい。そもそも戦闘用に作られていない二隻の船が、戦ってなんになろう？　生き残りは、ニュースをたずさえて帰還する。しかし、それがまた、別のとてつもない戦争のはじまりとなるのだ。

もし双方の星に、このニュースが伝わっていて、どちらも相手が戦争を望んでいないことに気づいており、おたがいに通信ができて、しかも相互の信頼の場が生まれるまで、母星の位置を教え合わないとしたら——

そんなことは不可能だった。妄想であり、白昼夢であり、ナンセンスだった。しかしトミイ・ドートが、えらを持つ友人バック——そのとき彼は、〈ランヴァボン〉から数万キロ離れた、けぶったように輝く星雲の奥にいた——にむけて暗号機で送った通信文は、まさにそのナンセンスだった。

「同感だ」と、バックの返事が解読機のメッセージ・カードに現われた。「楽しい夢だ。きみが好きになったけど、信用する気になったわけじゃない。もし、それをいったのがぼくだったら、きっとぼくを好きになってくれるだろう。だが信用する気にはなれまい。ぼくは、きみが思ってる以上に真実を話してきたんだ。きみだって、そうかもしれない。だが、それを確かめる方法がないんだ。すまない」

トミイ・ドートはふさぎこんでメッセージを見つめた。耐えがたいような責任感が、彼を締めつけていた。それは、〈ランヴァボン〉の乗員のすべてにいえることだった。もしこのコンタクトに失敗したら、将来人類が抹殺される機会を、異星人にみすみす与えたことになる。もし成功すれば、破壊に瀕するのは、彼ら異星人なのだ。ひと握りの人間の手に、数十億の生命がかかっているのだった。

そのときトミイ・ドートは解答を知った。

実行可能とすれば、それは驚くほど簡単だった。悪くしても、結果は〈ランヴァボン〉の、つまり人類の部分的勝利におわる。彼はそのまましばらく動かなかった。動いたりして、最初のかすかなアイデアが引きだす思考の鎖が切れはしないかと、心配になったからである。彼は何回も何回も、それを検討してみた。次々に生まれる疑問も、ひとつ残らず解決されていった。これこそ解答だ！　彼は確信した。

船長室に入って、話したいことがあると告げると同時に、彼は安心感で目がくらみそうになった。


船長の仕事は、何を措いても、まず心配事を見つけ、つぎにそれを心配することである。しかし、〈ランヴァボン〉の船長にとって、心配事はこれだけで充分だった。黒い宇宙船に遭遇して三週間と四日目。彼の顔は老けこみ、それまでになかった深いしわが見られた。〈ランヴァボン〉だけならまだしも、いま彼の心には、全人類の運命がのしかかっているのだ。

「船長」と、トミイ・ドートはいった。興奮したため、口はからからだった。「あの宇宙船を攻撃する方法を思いつきました。自分だけでできます。失敗しても、味方の立場が不利になることはありません」

船長は、うわの空といったようすで、彼の顔を見た。

「ドートくん、作戦はもうきまっている」彼は憂鬱そうにいった。「いますぐにでもかかろうとしているところだ。あぶない博打だが、いつかはやらねばならない」

トミイが慎重にいった。

「その博打をしないですむ方法です。むこうの船にメッセージを送って——」

彼の声は、船長室の静寂を破るただひとつの音だった。周囲のヴィジプレートには、茫漠とした霧と、星雲の中心部で強烈な光を投げるふたつの星が、うつしだされていた。

## 5

トミイといっしょに、船長がみずからエアロックにはいった。トミイの案を実行するのに、指揮権を持った人間のバックアップが必要だったこともその理由のひとつではあったが、それよりも船長は心配することに飽き飽きしていたのである。トミイと同行すれば、心配は自分のことだけですむのだ。もし失敗すれば、死ぬのも彼が最初——船の作戦行動を指示したテープは、すでにコントロール・パネルに挿入し、測時計と相関させてあった。もしトミイと船長が殺されれば、その瞬間にスイッチが押され、全面攻撃が相手の船に加えられるようになっていた。その結末は、どちらか、あるいは双方の完全な破滅であった。だからじっさいのところ、船長は持ち場を離れたわけでもなかったのである。

外側のエアロックがひらいた。輝く空間が、眼前にひらけた。三十キロはなれたところに、球形の小艇がうかんでいた。それは、双子の太陽に引かれて、距離をますます縮めながら、長大な軌道上を運行する人工惑星だった。むろん、どちらに到達することもない。白色の星ひとつだけでも、太陽と海王星の距離の五倍離れた地点にある物体を地球ほどに暖める強烈なエネルギーを放射しているのだ。もし冥王星ぐらいまで近づけたとしたら、小艇はギラギラと輝く白色矮星の光で、さくら色に熱せられるはずだった。一億四千五百万キロ——地球＝太陽の距離——くらいまで近づければ、上出来というところだろう。もっと近づけば、金属は熔け、蒸気となって霧散してしまう。いま、小艇と二重星との距離は、半光年だった。

宇宙服を着たふたつの影は、〈ランヴァボン〉を飛びたって、虚空を飛翔した。推進装置の役割をはたす小型原子力エンジンには、ほとんど気づかないくらいの加工が施されていた。しかし、そのために機能が衰えているということはなかった。ふたりがめざしているのは小艇だった。船長が荒っぽい声でいった。「ドートくん、わたしは冒険というものを一生にいちどはしてみたいと思っていた。その機会がやっと来たようだ」

彼の声は、トミイのレシーバーを通して聞こえた。トミイは唇をなめて、いった。

「冒険でしょうか、船長。計画が成功してほしいと祈る気持だけでいっぱいです。そんなことはどうでもいいときに、冒険というんじゃないですか」

「いや、そんなことはない」船長がいった。「銃口の前に身を投げだして、一瞬一瞬に命を賭けてこそ、はじめて冒険といえるんだ」

　ふたりは球体に到着し、先端が走査機（スキャナー）となっている小突起にとびついた。

「たいしたものを作るな」船長が大儀そうにいった。「戦争がすぐはじまるというのに、この会見を承知するとは、彼らもよほど情報がほしいのだろう」

「そうですね」と、トミイは答えた。しかし、えらで呼吸する彼の友人バックには、別の目的があることは察しがついた。彼もトミイと同様、死ぬ前にいちど友人に会いたいと思っているのだ。奇妙なことだが、二隻の宇宙船のあいだには、中世の騎士が馬上試合をする前に、おたがいをほめたたえるのと同じたぐいの、ある種の伝統的儀礼ができあがっているようだった。

　ふたりは待った。

　と、霧の中から、ふたつの影が近づいてきた。彼らの宇宙服にも推進装置がついていた。異星人そのものは、地球人に比べて小柄だった。彼らのヘルメットの前面は、有害な可視光線、紫外線を避けるためのフィルターでおおわれていたので、中にある顔は輪郭ていどしか見分けられなかった。

〈ランヴァボン〉の通信室につながっている、トミイのヘルメット・フォーンから声が流れた。

「迎え入れる用意ができたといってきました。エアロックは、すぐ開くそうです」

船長の声が重苦しく響いた。

「ドートくん、彼らの宇宙服を前に見たことは？　爆弾とか、そういう余分なものをつけている可能性はないかね？」

「ありません」トミイはいった。「おたがいの宇宙服を見せあいましたが、それらしいものは何も見あたりませんでした」

船長は、ふたりの異星人に合図を送ると、トミイ・ドートを従えてまっすぐ黒い宇宙船へむかった。肉眼で相手の船を捜すのは不可能だったが、針路変更の指示が通信室から、定期的に届いた。

黒い船体が見えてきた。それは巨大だった。長さはほとんど〈ランヴァボン〉に匹敵し、厚さは〈ランヴァボン〉をはるかにしのいでいた。エアロックは開けはなたれていた。宇宙服に身を包んだふたりは、その中へ入ると、磁石靴を床につけた。外側の扉がしまった。空気が入ると同時に、人工重力が発生した。そして、内側の扉が開いた。

なかは暗闇だった。トミイと船長は同時にヘルメット・ライトをつけた。赤外線に感応する視覚を持った彼らにとっては、白色が耐えがたいにちがいない。それを考慮して、地球人のヘルメット・ライトは、コントロール・パネルの照明にもちいられるのと同じ深紅色の光――それだと航宙用ヴィジプレートにうつったごく小さな白点も、目をくらまさずに見つけることができるのだ――を放っていた。ふたりを待ちうけていたらしい異星人が、数人見えた。彼らはヘルメット・ライトを見て、まぶしそうにまばたきした。トミイの耳もとで、レシーバーがいった。

「彼らの船長が待っているそうです」

ふたりは、やわらかい敷物を敷きつめた長い廊下に立っていた。明かりの中にあるものはどれも異質な趣向がこらされていた。

「ヘルメットをとってみます」トミイがいった。

空気は気持よかった。酸素は全大気中の三十パーセントほどで、これは地球より十パーセント多かったが、気圧はむしろ低かった。快適といってよかった。人工重力も、〈ランヴァボン〉に比べて、わずかに小さい。彼らの惑星は、地球よりも小さく——赤外線視覚から推しはかって——衰弱した赤い太陽のごく近いところに位置しているにちがいない。空気にはにおいもあった。はじめて嗅ぐ奇妙なにおいだったが、不快ではなかった。

アーチ型の入口、同じやわらかい敷物を敷いた傾斜路。くすんだ暗赤色の光。異星人たちは、親切にも照明をつけてくれたらしかった。これだけの光でも、彼らの目には不快かもしれない。しかしこの思いやりの行為が、トミイの心に、計画を失敗させてはならないというかたい決意を植えつけた。

異邦の宇宙船の船長は、皮肉なユーモアのこもったあきらめの態度（のように、トミイには思えた）をしめして、ふたりを迎えた。ヘルメット・フォーンがいった。

「来訪は歓迎するが、二隻の宇宙船の出会いから生じた事態を解決する道はひとつしかない、といっています」

「戦争のことをいってるようだ」〈ランヴァボン〉の船長がいった。「もうひとつ解決策があると伝えてくれ」

二人の船長は、向きあって立っていた。しかしその意志疎通は、間接的に行なわれた。異星人は音を知らない。彼らの会話は、テレパシーのようなものと、超短波とでなされるのだ。いわゆる音声を聴く器官は、彼らにはない。だから彼らにとっては逆に、地球の会話がテレパシーに思えるのだ。船長の話す言葉はスペース・フォーンを通じて、〈ランヴァボン〉に送られる。文面は暗号に置きかえられ、その意味に相当する超短波となって、黒い宇宙船にもどってくる。そして、異星人の船長の返事は〈ランヴァボン〉に送られ、解読機を経由して、スペース・フォーンから言葉となって戻る。能率の悪い方法ではあったが、使えないことはなかった。

小柄な、がっしりした異星人の船長は、じっと動かなかった。ヘルメット・フォーンに翻訳された解答が、送られてきた。

「彼は聞きたがっています」

船長はヘルメットを脱ぐと、挑むように手を腰のベルトにあてた。

この世のものともおもわれぬ赤い光の中に立つ、無毛の奇妙な生物にむかって、船長は声高にいった。「われわれは、戦って、どちらかが敗れねばならないところまで、追いこまれたようだ。もし、どうしても避けられないとわかれば、こちらにはいつでも戦う用意ができている。しかし、もしきみたちが勝ったとしても、地球の位置はわからないだろう。それに、五分五分の確率で、われわれにだって勝つチャンスはあるのだ！　もっとも、われわれが勝ったとしても、立場は変わらないがね。だが、勝って故郷にかえったとき、政府はこのニュースを放っておくだろうか？　必ず艦隊を編成して、きみたちの惑星探索にのりだすだろう。そして、発見したときは、容赦しない。きみたちが勝ったとしても、同じことだ。だが、こんなバカなことがあっていいだろうか？　われわれは一カ月もここにいる。知識も交換しあった。それに、おたがいを憎んでもいない。自分たちの種族のためという以外に、われわれには戦う理由なんかないのだ！」

船長は険しい顔をして、息をついだ。トミイ・ドートは目だたないように、手を腰にあてた。計画が功を奏することを祈りながら、彼は待った。

ヘルメット・フォーンが告げた。「それは真実だが、種族を守ることが先決問題だ、といっています」

「むろん、そうだ！」船長が怒ったようにいった。「だがその種族を守るためのいちばん賢明な方法はなんだ？　未来をイチかバチかの戦いに賭けるなどというのは、あまり賢明とはいえないね。おたがいの存在を母星に報告しなければならないことは確かだ。だがそのとき、同時に、相手が戦いより友好的関係を望んでいるという証拠も持っていかなければならない。おたがいの母星の位置は知らないほうがいいが、共通の信頼の場を作るためには、連絡しあうことは必要だ。もし、われわれの政府が、恐ろしさのあまりすぐ戦争をはじめるほどバカだったら、どうしようもない。だが少なくとも、親しくなるチャンスぐらいは与えてやりたい」

ヘルメット・フォーンが短い返答をよこした。

「しかし、いまここで相手を信用するのはむずかしい、といっています。種族の将来を考えるとき、相手に有利になるかもしれない賭けはできないそうです」

「だが、わたしの種族は」船長は、異星人にくいいるような視線を向けたまま、強い声でいった。「わたしの種族はすでに有利な立場にある。この宇宙服には、原子爆弾が装備されているのだ！　ここへ来る前に推進装置を改良したのでね。刺激に敏感な五キログラムの燃料が、この船内で爆発するだろう。それに、味方の船からリモート・コントロールできるようにもなっている。もしいっしょにきみたちの燃料が爆発しなかったら奇跡だろう！　わたしのいう意味は、この苦境を常識的に解決できるかもしれないわたしの提案をのまないと、この船が爆破されかねないということだ。たとえ完全に破壊できなくても、交渉が決裂した二秒後には、〈ランヴァボン〉が総攻撃を開始することになっている」

それはまったく奇妙な光景だった。くすんだ赤い光に照らし出された部屋。〈ランヴァボン〉の船長を凝視しながら、彼の言葉が翻訳されるのを待っている、えらを持った、異様な無毛の生物。しかしそのとき、部屋の空気がとつぜん緊張した。異星人が何かジェスチャーをした。ヘルメット・フォーンからブーンという音が聞こえた。

「その提案は何かときいています！」

「船を取り換えるのだ！」船長がどなった。「船を取り換えて、帰還するのだ！　追跡できないよう、こちらは機械を調節する。きみたちもそうすればいい。航星図や記録はすべて移す。武器は破棄する。大気はこのままで差しつかえないから、交換もたいしたことではない。おたがいを傷つけることもなく、追跡することもなく、そのほかの方法ではとうてい不可能な、膨大な資料をたずさえて帰還することができるのだ！　連星がひとめぐりしたとき、このかに星雲でもういちどランデブーをしよう。会いたいと思ったらここへ来ればいいし、会いたくなかったら来なければいい！　これがわたしの提案だ！　これをのまなければ、ドートとわたしがこの船を爆破するし、〈ランヴァボン〉がその残骸を木っ端微塵に打ち砕くはずだ！」

船長はギラギラした視線を、周囲の緊張した小柄な異星人たちに向け、自分の話が翻訳されて伝わるのを待った。いつそれが伝わったかは、緊張が一瞬ほぐれたことから明らかだった。異星人たちはほっと息をついた。そして、おもいおもいにジェスチャーをはじめた。そのうちのひとりが、ひきつけを起こしたような動きをはじめた。その生き物はやわらかな床にひっくりかえると、足をばたつかせた。残りも壁によりかかって、大きく体をゆすっていた。

トミイ・ドートのヘルメット・フォーンの声には、それまでのきびきびした事務的な調子はなかった。あっけにとられたような声がいった。

「まったくできすぎた話だといっています。いまわれわれのほうに来ているふたりの乗員も、同じように原子爆弾を装備した宇宙服を着ており、同じような脅迫と提案をするつもりだったんだそうです。むろん、むこうは承諾しました。〈ランヴァボン〉は彼らにとってどうしても必要だし、彼らの宇宙船はわれわれにはどうしても必要なんですから。まあ、いい取引じゃないですか？」

そのとき、トミイ・ドートは、彼らのひきつけを起こしたような動きがなんであるかを知った。彼らは笑っていたのだ。

それは船長が口でいったほど、簡単なものではなかった。提案の実行には、複雑な計画がたてられた。二隻の乗員は、三日間にわたって入りまじり、異星人たちは〈ランヴァボン〉のエンジンの操作を覚え、地球人たちも黒い宇宙船の操縦法を学んだ。それは実に傑作な笑い話だった――しかし、まったくの笑い話というわけでもなかった。黒い宇宙船に乗りこんだ地球人にも、〈ランヴァボン〉に乗りこんだ異星人にも、通報がありしだい、すぐ船を爆破する用意ができていた。しかし、その必要は起こらなかった。たしかにふたつの遠征隊が故郷へ帰るには、この取引が最良の方法といえた。

むろん意見の対立もないわけではなかった。記録の移転に関しても、論争があちこちでたたかわされた。そのほとんどは、記録の破棄で決着がついた。〈ランヴァボン〉の図書室と異星人たちのそれに相当するもの——地球人のいわゆる小説にあたるものがおさめられていた——については、問題はもうすこし大きかった。しかし将来の友好関係に、それらはどうしても必要なものであった。なぜなら、それらには、一般人の目から見た惑星の文化が、虚飾なくえがかれていたからである。

しかし、その三日間の緊張は、はかり知れぬものがあった。異星人たちは、黒い宇宙船に積みこまれる地球人の食糧を、いちいち検査した。一方地球人は、異星人が帰途に必要とする食糧を、小艇で送り届けた。乗員の視覚に合うように照明器具を交換することから、各装置の最後の点検まで、しなければならないことは無限というほどあった。両星の合同検査隊は、すべての探知装置がその場で破壊されていることを確認した。そうしておけば、追跡される心配もないし、盗むこともできないからである。そしてむろん、どちらも船に武器を残すようなことはしなかった。しかも奇妙なことに、双方とも協定を乱すような行動をする乗員が、ひとりもいなかったのだった。

二隻が別れる直前、〈ランヴァボン〉の通信室で最後の会議がひらかれた。

「新しい船長に」と、〈ランヴァボン〉の前船長がつぶやいた。

「この船をかわいがってくれたら、こちらもうれしいと伝えてくれ」

メッセージ・カードが返ってきた。

そこには異星人の船長の言葉が記されていた。「あなたたちも、あの船を大切にしてくれることを望む。二重星がひとめぐりしたとき、ふたたび会おう」

〈ランヴァボン〉から最後の人間が離れた。彼らが黒い船に戻ったときには、それはすでに霧のような星雲の中に遠のいてゆくところだった。人間の視覚に合うように改良されたヴィジプレートを通して、乗員たちはしだいに小さくなってゆく〈ランヴァボン〉を、熱心にながめた。やがて、地球人を乗せた黒い宇宙船は、針路を星雲の反対側にとった。無のクレヴァスを抜けると、それは猛烈な速度で大宇宙に躍り出た。オーヴァードライヴの場が形成される息づまる瞬間が訪れた。そして黒い宇宙船は、光速の何十倍かの速さで虚無の中に消えた。

何日かあとで、船長は、異星人の書物に相当する奇妙な物体をながめているトミイ・ドートを見つけた。この船に興味を惹かないものはなかった。船長はこの結果に満足していた。技術者たちは、休む暇もないくらいの発見につぐ発見で、てんてこまいをしていた。異星人たちも、同じ状態にあることは確かだった。しかし、船そのものの価値も大きかった——たとえ、地球人が戦いに圧倒的勝利を占めたとしても、この解決法に比べたら、得るものは比較にならないにちがいない。

船長が口を開いた。「ドートくん、そういえば、観測器は〈ランヴァボン〉に残してきたんだったな。帰りの観測はできないわけか。だが、行きに観測した資料は残っている。きみの助言と行動は報告書に特記するつもりだ。感謝している」

「いいえ、こちらこそ」トミイ・ドートはいった。

彼は次の言葉を待った。船長はせきばらいした。

「きみは……ええと……あの異星人たちとわれわれの思考過程が似かよっていることに、はじめに気がついたんだろう？　もし約束に従って、これから、かに星雲でのランデブーを続けるとしたら、どういう方針でやったらいいと思うね」

「そのことですか。それなら、いままでどおりでいいですよ」トミイは答えた。「スタートはうまくいきました。それに、彼らの視覚が赤外線にかぎられている以上、彼らが植民したいと思う惑星は、われわれのと一致しません。関係が悪化する原因となるものがないんです。それに、心理的な面でもほとんど同じですし」

「ふむふむ。で、つまりそれはどういうことかね？」船長がきいた。

「どういうことって、要するに、われわれとおなじなんですよ！　もちろん、えらで呼吸するとか、熱線で物を見るとか、血液の基本物質が鉄ではなく、銅だとか、細かい違いはいくつかあります。しかしそのほかの点では、われわれは同じなのです。あの宇宙船には男性しか乗っていないようでしたが、われわれと同様、性はふたつあるにちがいありません。家族も持っているでしょうし、それから……あの彼らのユーモアのセンスは――じっさい――」

トミイはためらっていた。

「続けたまえ」船長がいった。

「そのう――ぼくの友だちにバックと呼んでいるのがいました。本当の名が発音できないので、かりにそう呼んでいたんです。ぼくらはかなりうまくやってきました。親友といってもいいと思います。で、出発の前に、彼と数時間いっしょにすごしたんですが、別に用もなかったおかげで、地球人と異星人が本質的に友だちになれることを確信しました。なぜかって、ぼくらは二時間のあいだ冗談ばかりとばしていたんですよ」

# 生存者

ジョン・ウインダム

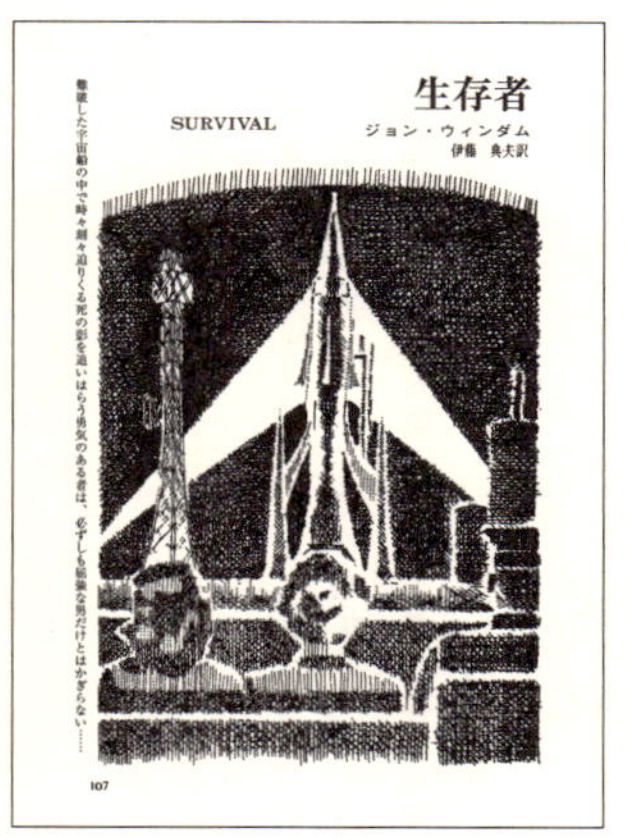
生存者

SURVIVAL

ジョン・ウィンダム

伊藤　典夫訳

難破した宇宙船の中で時々刻々迫りくる死の影を追いはらう勇気のある者は、必ずしも屈強な男だけとはかぎらない……

107

〈S‐Fマガジン〉1964年12月号

Survival
**John Wyndham**
初出〈スリリング・ワンダー・ストーリーズ〉1952年2月号

一九〇三年生まれの英国作家。本名ジョン・ウインダム・パークス・ルーカス・ベイノン・ハリスは、ジョン・ベイノンやジョンソン・ハリスなどのペンネームを使い、一九三〇年代から活劇SFやジュヴナイルを書きまくっていました。ところが、第二次世界大戦後、ジョン・ウインダム名義に変えると作風も一変、アメリカの一流週刊誌〈コリアーズ〉一九五一年一月六日号から五回連載された人類破滅テーマの『トリフィド時代』で、一躍トップSF作家のひとりになりました。——ちなみに、同誌には、それ以前の一九四九年一月八日号に、ウインダムのJ・ベイノン名義の短篇「ジズル」が掲載され、五四年には、デヴィッド・ダンカンの『人工衛星物語』(四月二日号より四回)、ジャック・フィニイの『盗まれた街』(二月十日号からを三回)が連載されています。《人類SOS!》(一九六三年)として映画化され、イギリスでは何度もテレビ化されている前記の『トリフィド時代』、《未知空間の恐怖/光る眼》(一九六〇年)やジョン・カーペンター監督によるそのリメイク《光る眼》(一九九五年)の原作で知られる『呪われた村』(一九五七年)、星新一訳で話題になった『海竜めざめる』(一九五三年)、ミュータント・テーマの『さなぎ』(一九五五年)など、もっぱら力作長篇で知られるウインダムですが、ヒネリを効かせソフスティケートされた佳品の名手でもあり、本篇もその例外ではありません。

(高橋良平)

ターミナル・ビルと乗船用昇降機を一・六キロ以上もへだてる広い発着場を、のんびりと進む宇宙港バスの中で、フェルタム夫人は乗客たちの背中越しにまっすぐ前方を見つめた。宇宙船は、孤立した尖塔のように平地に立っていた。その舳先近くには、出発準備が完了したことを告げる強烈な青いライトが輝いている。その巨大な尾ひれの周囲では、ミニチュアのような乗物と、豆つぶのような人びとが最後の整備のためにおおわらわで動きまわっていた。フェルタム夫人は、激しい絶望的な憎しみをこめて、その光景に目をこらした。いま彼女の心にあるのは、宇宙船と、人間の発明したそのほかすべてのものに対する嫌悪だけだった。

やがて彼女は遠くに向けていた視線を、一メートルほど前にいる婿の頭に向けた。憎らしいことでは、彼も同様だった。

フェルタム夫人は横を向くと、となりのシートにいる娘の顔をちらっと見た。アリスの顔は青ざめていた。唇をかたく閉じ、目は前を見つめたまま動かない。

夫人はためらった。そして、もういちど宇宙船を見た。やっと決心すると、バスの騒音をいいことに口をひらいた。

「ねえ、アリス。いまでも遅くはないのよ」

娘は彼女を見ようともしない。唇がすこしきつくしまったという以外に、聞こえたらしいそぶりもなかった。が、ふいにその唇がはなれた。

「おかあさん、よして!」

しかし、フェルタム夫人としても、いちどいいだしたからには、あとにはひけない。

「おまえのためにいってるのよ。気が変わったというだけですむことなのに」

娘は身をまもるように口をつぐんでいる。

「誰もおまえを責めたりはしないわ」フェルタム夫人はいいはった。「悪く思う人なんているものですか。みんな知ってるんですものね。火星が、けっして住みよい——」

「おかあさん、たのむからやめて」娘がさえぎった。その口調の激しさに、フェルタム夫人は一瞬たじたじとなった。彼女はためらった。だが、恥や外聞を気にしている余裕はもうない。彼女は続けた。

「おまえは、あんなところで暮らすようにはできていないのよ。どんな女だって、暮らせないわ。それにね、デイヴィッドの契約だって、たった五年じゃないの。デイヴィッドがおまえを本当に愛してるなら、ここにいたほうが安全だと、きっと――」

　娘はつよくいった。

「おかあさん、もうこのことは話しあったはずだわ。わたしの気持は変わらないといったでしょ？　もう、子供じゃないわ。考えた末に、きめたことなのよ」

　フェルタム夫人は、しばらく黙っていた。バスは揺れながら、発着場を進んでいく。宇宙船は、空へ向かって、その姿をしだいに大きくしていくようだった。

「おまえに子供でもあればね――」なかば自分にいいきかせるように、フェルタム夫人はいった。「――でも、そのうちに子供ができて、おまえにもわかるときが来ると思うよ……」

「わからないのは、おかあさんよ」アリスはいった。「つらいことは、わかってるわ。それをおかあさんは、もっとつらくしているのよ」

「アリス、おまえを愛しているからこそいうの。わたしのおなかを痛めた子ですもの。これまでずっと育ててきて、わたしにはおまえという人間が、よくわかっています。おまえにあんな暮らしがむかないことは、よくわかっているわ。性格のきつい、やんちゃ娘なら、もしかしたらできるかもしれない――でも、おまえはそうじゃない。それは、おまえも知ってるはずよ」

「おかあさん。もしかしたら、わたしはおかあさんの思っているような子じゃないかもしれなくてよ」

フェルタム夫人は首をふった。だが娘を見ようとはしなかった。彼女は、婿の後頭部をねたましそうに穴のあくほど見つめていた。

「あの男は、おまえをわたしから取ってしまった」夫人は疲れたようにいった。

「そうじゃないわ、おかあさん。あのね――わたしだって、もう子供じゃないのよ。わたしには、わたしの生活があるわ」

「〝なんじの行くところ、われも行かん……〟」フェルタム夫人は、考えこんだようにいった。「そうはいっても、いまと事情はちがいます。遊牧の民ならともかく、このごろでは兵隊や船乗りやパイロットやスペースマンの妻は――」

「それと話はちがうわ、おかあさん。おかあさんにはわからないのよ。わたしだっていつかは大人になるし、自分に忠実に……」

バスはゆっくりと停車した。離陸するとはとても考えられないほどの巨大な船のそばでは、それはちっぽけなおもちゃのようだった。フェルタム氏は、娘の肩に腕をまわした。アリスは目に涙をいっぱいためて、彼にしがみついた。動揺を隠しきれない声で、フェルタム氏はそっといった。

「行きなさい。幸運は、みんなおまえのものだ」

フェルタム氏は彼女を離すと、婿の手を握った。

「あぶなくないようにしてやってくれな、デイヴィッド。あの子はわたしたちの――」

「わかってます。気をつけますよ。心配しないでください」

フェルタム夫人は娘に別れをつげ、しぶしぶ婿の手を握った。

昇降機から声が呼んだ。「乗船してください！」

昇降機のドアが閉じた。フェルタム氏は、妻と視線をあわさないようにしていた。彼は妻の腰に手をまわすと、黙ってバスへ連れてかえった。

十台あまりの車といっしょにターミナルの退避シェルターへ戻る途中も、フェルタム夫人は、丸めた白いハンカチを目にあてては、いまは人っ子ひとりいなくなって死んだようにそびえたつ宇宙船をふりかえってながめていた。彼女の手が夫の腕の中にすべりこんできた。

「まだ信じられないわ」彼女はいった。「とてもあの子とは思えない。あなたは、わたしたちのアリスがこんなことをすると……。ああ、よりによって、どうしてあの男と結婚しなければならないの……」その声はすすり泣きに変わった。

フェルタム氏は何もいわずに、彼女の指をおさえた。

「そりゃ、女の子によっては、それほどおどろくことでもないかもしれないわ」彼女は続けた。「でも、いつもあんなにおとなしかったアリスが……。おとなしすぎて、退屈な臆病者になってしまいはしないかと、わたしが心配したほどなのに……。あなたは、あの子がまだ小さかったとき、友だちに〝ハツカネズミ〟と呼ばれていたのおぼえてて？　それがこんなことになるなんて！　あんな恐ろしいところに五年間も！　ヘンリイ、あの子が耐えられるはずがないわ。できるものですか。そんな子じゃないんですもの。ヘンリイ、どうしてあなた説得できなかったの？　ふたりはきっとあなたのいうことなら聞いたはずだわ。止められたかもしれないのよ」

フェルタム氏はため息をついた。「ミリアム、たびたびというわけにはいかないが、忠告が必要なときもある。だが、いくらその人のためを思ったからといって、その人に自分の生活を押しつけることはできないのだよ。アリスはもう大人だ。自分の権利だってある。何があの子のためになるか、わたしにはいえないよ」

「でも、行くのは止められたかもしれないわ」

「もしかしたらね――だが、あの子が支払う犠牲を知ってて、わたしは行かせたんだ」

フェルタム夫人はしばらく黙っていた。やがて、彼女の指が夫の手をぎゅっとにぎりしめた。

「ヘンリイ――ヘンリイ、わたしたち、二度とあの子に会えない気がするわ。胸さわぎがするの」

「おちつきなさい。ふたりとも、きっと元気で戻ってくるよ」

「ヘンリイ、本当はそんなこと思ってもいないんでしょ？　わたしを元気づけようとしているのね。ああ、どうして、あの子はあんな恐ろしいところへ行かなければならないんでしょう？　まだほんの子供なのに。五年待てばいいんだわ。強情で、いうことを聞かない子になってしまって——わたしの〝ハツカネズミ〟じゃないみたい」

フェルタム氏は心配ないというように、彼女の手をやさしく叩いた。

「ミリアム、あの子を子供だと思ってはだめだよ。ちがうんだ。もう立派な大人なんだよ。もし女がみんな〝ハツカネズミ〟みたいだったら、人間はこれから先、生き残ることはできないだろう……」


宇宙船〈ファルコン〉の航宙士が船長に近づいた。

「軌道をはずれています」

ウィンターズ船長は差しだされた紙をとった。

「一・三六五度か」彼は声を出して読んだ。「ふむ。ひどくはない。それほど危険はないようだな。また南東セクターか。どうして南東セクターばかりへはずれるのだろうね、カーターくん？」

「もうすこし辛抱すれば、誰かが原因を発見しますよ。それまでは、仕方がないですね」

「それにしてもおかしいな。これ以上大きくならんうちに、修正しといたほうがいい」

　船長は折りたたみ式の本たてを前に置くと、図表をひっぱりだした。それを見ながら、彼は計算を書きなぐった。

「検算してくれ、カーターくん」

　航宙士は数字を図表と見比べて、うなずいた。

「よし。船の位置はどうだ？」船長がきいた。

「ほとんど横向きになって、ゆっくりと回転しています」

「それなら、きみにできるな。わたしはスクリーンで見ていよう。船を正しい方向に固定してくれ。右舷側部に力（フォース）2で十秒だ。向きを変えるのに三十分二十秒かかるが、そのあいだわれわれは見ている。それから止める。左舷側部に力（フォース）2だ。わかったな？」

「わかりました」航宙士は操縦席に腰をおろすと、ベルトをしめた。彼は注意ぶかく、たくさんのボタンとスイッチを点検していった。

「みんなにいっておこう。すこし揺れるかもしれない」そういって、船長は通報器のスイッチを入れると、マイクの支えを手もとに引きよせた。

「乗船者のみなさん！　乗船者のみなさん！　これから航路を修正します。数回にわたって衝撃がありますが、それほどひどくはありません。しかし、破損しやすい品物は安全なところにしまい、それが終わったら、全員座席に着いて、安全ベルトの用意をしてください。修正は、いまから五分後にはじめ、およそ三十分続きます。終わりしだい連絡します。以上」彼はスイッチを切った。

「宇宙塵をどけないと、船に穴があくと思いこんでるバカがよくいるな」船長は付け加えた。「あの女はヒステリーになってる。ありそうなことだ。どうしようもない」彼はぼんやりと考えていた。「こんなところで何をするつもりなんだろう。あんなおとなしい小娘が。ああいうのは、どこか田舎にひっこんで、すわって編み物をしていればいいんだ」

「ここでも編み物をしてますよ」航宙士が口をはさんだ。

「わかってるさ――だが、どんなことなのか考えてもみろ！　あんなのが火星へ行ってどうなるんだ？　死ぬほどホームシックにかかって、自分のいるところを見るのもいやになるだろう。亭主にもうすこし分別があればよかったのに。生まれる子供だってかわいそうだよ」

「亭主が悪いんじゃないのかもしれませんよ。その、つまり、ああいったおとなしいタイプには、びっくりするほど強情なのがいますから」

船長は考えこんだように航宙士を見た。「そりゃ、わたしの経験はたいして広いとはいえないがね、女房が来たいといったら、どう答えるかぐらいは知ってる」

「でも、ああいうタイプは、ツーといえば、カーというふうにうまくはいきませんよ。みんな生半可(なまはんか)に受けこたえして、あとは自分のやりかたを押し通すんです」

「カーターくん、きみはどういうつもりでいったか知らんが、いまの言葉の前半は聞き流すとしよう。だが、きみの女性に関する広汎な知識と照しあわせてみて、もし彼女がむりやりに引っぱってこられたのではないとしたら、いったいどうしてこんなところにいるんだね？　火星は、ご婦人がたの集会みたいに、ごく家庭的な冒険ができるところではないよ」

「それはですね――わたしの受けた印象ですが、あの女は献身的なタイプじゃないかと思います。ふつうは自分の影にもこわがっているけれど、何かの拍子に適当な紐がひっぱられて、女のほうにかたい決心がついていた場合なんか。ちょうど――そうだ、船長は子熊を守るために、ライオンに立ちむかっていった雌羊の話をご存じでしょ？」

「子熊じゃなくて、子羊の話ならな。だが答えとしては、A――そんなことはないと思う。B――彼女にそんな勇気があるわけがない」

「わたしはただタイプを説明しようとしただけですよ」

船長は人差し指で頬を掻いた。

「きみのいうとおりかもしれん。だが、もしかりに女房を火星へ連れていくとしたら、そんなことはできっこないが、わたしは、タフで拳銃ぐらい扱える女のほうが負担が軽くていいと思うね。亭主の仕事はなんだ？」

「鉱山会社の事務担当だと思いましたが」

「サラリーマンか。じゃ、どうにかなるかもしれんな。それでも、わたしだったら、家(うち)の台所へひっこんでろというね。一日の半分は怯えてすごし、残りの半分はホームシックで泣いているにきまってるんだ」彼は時計をちらっと見た。「もう、がらくたをかたづけたころだ。はじめよう」

船長は自分の安全ベルトをしめると、軸を回転させてスクリーンを目の前にひきよせ、そのあいだにスイッチを押した。そして座席にもたれかかると、スクリーンの上をゆっくりと動いていく星のパノラマに見いった。

「用意はいいかね、カーターくん？」

航宙士は燃料パイプのスイッチを入れると、右手をボタンの上においた。

「用意完了」

「オーケイ。方向転回」

航宙士は目の前の計器に注意を集中すると、試みに指の下のボタンを軽く押した。何も起こらなかった。眉のあいだに二本のしわが現われた。彼はもういちど押した。それでも反応はなかった。

「つづけてみたまえ」船長が気短かにいった。

航宙士は船を逆方向にまわしてみることにした。彼は左手でボタンのひとつを押した。

その瞬間、宇宙船は反応した。全体がものすごい勢いで横にふっとぶと、ぶるぶると震動した。すさまじい音響が、しだいに消えていく谺(こだま)のように、船内の機械装置のあいだを駆けめぐった。

航宙士が座席についていられたのは、安全ベルトのおかげだった。彼は呆然として、ぐるぐるまわる計器の針を見つめた。スクリーンには、花火の雨のように星が流れていた。船長は不吉な沈黙をまもりながら、その光景をながめていたが、やがて冷ややかにいった。

「カーターくん、遊びがすんだら、船をまっすぐにしてくれ」

航宙士は驚きから立ちなおった。彼はボタンを選んで、押した。何も起こらなかった。もうひとつのボタンも試してみた。しかし計器の針は、なんの抵抗もなく回転していた。額にかすかな汗がにじみでた。彼は別の燃料パイプに切りかえて、もういちどやってみた。

船長は座席にもたれて、スクリーンにうつった流れる天空をながめていた。

「どうかね？」彼はそっけなくきいた。

「反応が――ないのです」

ウィンターズ船長は安全ベルトをはずすと、磁石靴を乱暴にフロアにつけた。彼は首をふって、航宙士に座席から出るようにうながし、代わってその席にすわった。燃料パイプのスイッチを調べてから、彼はボタンを押した。なんの反応もなかった――針はとまるようすもなく回転していた。別のボタンを押しても、同様だった。彼は目をあげると、航宙士の腕を見た。長い間(ま)をおいて、彼は自分の座席にもどると、スイッチを入れた。室内に声が流れこんできた。

「――おれが知るかよ！　わかってるのは、このブリキ缶がころころまわってることと、こんなまわりかたをする船はありっこないっていうことだけさ。どうせきくのなら――」

「ジェヴォンズ」船長がいった。

声がふいにとぎれた。

「はい」と、まったくちがった調子でそれはこたえた。

「側部の噴射がない」

「ないですね」声が同意した。

「何をねぼけてる。噴射しないといってるんだ。つまったらしい」

「ええ？　みんなですか？」

「反応したのは左舷側部だけだ――それもふつうじゃない。誰かを外にやって調べさせたほうがいい。どうもようすがおかしい」

「わかりました」

船長は通報器のスイッチをもとに戻すと、マイクをひきよせた。

「乗船者のみなさん。安全ベルトをはずして、平常にもどってください。航路修正は延期になりました。再開のときに、また連絡します。以上」

船長と航宙士は、もういちどおたがいを見た。どちらの顔も深刻で、その目には当惑した表情があった……。

ウィンターズ船長は、集まった人びとを観察した。これが〈ファルコン〉に乗っている全員だった。十四人の男とひとりの女。男のうちの六人は船員で、残りは乗客だった。船の小さなラウンジに、みなそれぞれ席を見つけて腰をおろした。船の荷がもっと多くて、乗客が少なかったら、彼もわりと気楽だったかもしれない。何もすることのない乗客というのは、誰でもひとつかふたつは失策をしでかすのだ。それに火星くんだりまで、わざわざ鉱山労働者や探鉱者や冒険家の仕事をかって出てやってくる連中に、おとなしい、いいなりになる人間などいるわけもない。

もし船に乗りこんだ女が自意識過剰だったら、面倒は大きかったかもしれない。幸運なことに、彼女は臆病で、ひっこみ思案だった。ときどき正気を失っていらいらさせられることもあったが、彼女がトラブルを巻き起こすだけの挑発的なブロンドでなかったことを、船長は幸運に思っていた。

とはいうものの、夫のそばにすわった彼女を見ているうちに、もしかしたら見かけほど柔順な女ではないかもしれないぞという思いが、ふとわきあがってきた。〝びっくりするほど強情〟かもしれないというカーターの言葉は正しいのだろうか――でなければ、こんな旅は決してしないだろうし、いままで平然として、不平ももらさずにいられるわけがない。船長は夫の顔をちらっと見た。女というものは、おかしな生きものだ。デイヴィッド・モーガンは変人ではない。しかし、よくいう、女をこんな旅にひっぱってこれるような魅力も、この男にはなかった……。

船長は全員が静かになり、席に腰をおちつけるまで待った。静けさが訪れた。彼はひとりひとりをじっと見つめた。その表情は真剣だった。

船長は口をひらいた。「ここにお集まりねがったのは、みなさんに現状を理解していただくのがいちばんいいと思ったからです。

まだおわかりになっていないかたのために説明します。宇宙船の航行になくてはならぬものに、側部噴射管があります。離陸の推力は、主推進管が与えますが、それはやがてとまって、われわれは自由落下の状態に入ります。所期の航路からはずれた場合は、側部からの適当な噴射によって修正するのです。

しかし、われわれがそれらを使うのは、方向転回のときだけにかぎりません。離陸に比べてはるかに仕事が複雑なのは着陸です。このときには、側部噴射管は不可欠のものとなります。船の向きを変え、主推進をもちいて、速度に注意しながらブレーキをかけます。降下のさいには、このような巨大な質量を持った船を平衡に保つことが、どれほど精妙な技術を要するか、あなたがたにもわかるでしょう。そのような平衡状態を可能にするのが側部噴射管なのです。それがなくてはできません」

死んだような静けさが、何秒か室内を支配した。やがて、ひとつの声がゆっくりときいた。

「あなたのおっしゃることはですね、船長さん。つまり、われわれは船を操縦することも着陸させることもできないという意味ですか？」

ウィンターズ船長はその声の主を見た。大きな男だった。力を誇示することもなく、明らかに無意識のうちに、彼は全員のリーダー格になっていた。

「そういうことです」船長はこたえた。

室内に緊張がみなぎった。あちらこちらで、あわてて息を吸いこむ音がした。

そのゆっくりした声の主は、自分の運命を黙って受けいれるようにうなずいた。誰かが、またきいた。

「それでは、火星に墜落するというのですか？」

「いいえ」と船長はいった。「もしいまのように、わずかに航路をはずれたままでずっと行くと、火星を通りこしてしまいます」

「じゃ、小惑星にとらえられるということか」別の声がいった。

「われわれが何もしないとしたら、そうなるでしょう。しかし、それをくいとめる案はあります。うまくいけばの話ですが」船長は、全員の注視が自分に集まっていることを意識して、しばらく口をつぐんだ。そして、続けた。

「舷側から見たときの星の特異な動きかたで、みなさんはすでに船が――その――とんぼがえりをうっていることに気づいておられると思います。これは左舷噴射管の爆発で起こったものです。航行の方法としてはまったく常識はずれなものですが、これだと、ある適当な瞬間に主推進管から衝激を加えた場合、われわれがほぼ願っているとおりに航路を変えられる見通しがあるのです」

「着陸できないのに、そんなことをしてどうするんだ？」誰かがきいた。船長はそれを無視して続けた。

「無線で地球とも火星とも連絡がとれるので、わたしはいまの船の状態を報告しました。そして、たったひとつ可能性のある方法を実行してみるといっておきました。それは、主推進管を使って、船を火星の軌道にのせるというやりかたです。

もしそれが成功すれば、ふたつの危険を避けることができます――太陽系の外へとびだすことと、火星に墜落することとです。うまくいくチャンスは充分あると、わたしは思います」

彼は話を終えて、人びとの顔をうかがった。幾人かは警戒の表情を見せており、残りはふかく考えこんでいた。モーガン夫人は、いつもよりすこし青ざめた顔で、夫の手をしっかりと握っていた。沈黙を破ったのは、ゆっくりした男の声だった。

「うまくいくチャンスは充分あると、あなたは思うんですね？」彼は信じられないというように繰りかえした。

「ええ。また、チャンスはそれしかないとも思います。しかし、自信たっぷりに見せて、みなさんをだますつもりはありません。そんなことをするには、問題がさしせまりすぎています」

「では、もしその軌道にのったら、どうなるんです？」

「われわれに常時レーダーを向けて、できるだけ早く救援隊をよこすでしょう」

「ふむ」と質問者はいった。「それで船長さん、あなた個人としては、どうお考えなんですか？」

「わたしは——そりゃ、なまやさしいことではないでしょう。しかし、この問題はわれわれ全員にかかわることですから、むこうからいってよこしたとおりに話します。最良の場合でも、救援隊がここにやってくるのは数カ月後になります。船は地球から来るはずです。両惑星は、すでに合をすぎています。おそらくだいぶ待たねばならないでしょう」

「それだけ——持ちこたえられるのですか、船長？」

「わたしの計算によると、十七、八週間はもつ予定です」

「そのあいだに来ますか？」

「そうしてもらわねばこまるでしょうね」

船長は黙って考えこんでいたが、ふいにいままで以上にきびきびした調子で話しはじめた。

「気楽ではないし、居心地がいいとはいえそうもありません。しかし、それぞれの役割をはたし、必要限度以内での生活をきびしく保つかぎり、可能だと思います。そこで肝心なことが三つあります。まず、空気――これはさいわい心配することはありません。再生装置とスペア・シリンダーのストック、それから積荷のシリンダーで当分はもちます。水は配給になります。二十四時間ごとに一リットル。それをすべてに使ってください。さいわい燃料タンクから水を補給できます。そうでなかったら、量はもっと少なくなっていたでしょう。われわれがもっとも心配なのは、食糧です」

船長は辛抱づよく、はっきりと自分の考えを説明した。そして最後に付け加えた。「さて、何か質問はありますか？」

日焼けした顔の、小柄なたくましい男がきいた。

「側部噴射管をまた動くようにすることはできないんですか？」

ウィンターズ船長は首をふった。

「その可能性は考えないほうがいいでしょう。船の推進部は宇宙空間から接近できるようにはつくられていません。もちろん試みは続けます。しかしたとえ、ほかが噴射できるようになったとしても、左舷側部の修理は不可能です」

あとにつづいた二、三の質問を、あまり落胆させないよう、あまり軽々しく信頼させせないようバランスをとりながら、彼は最善をつくして受けこたえした。見通しは決して明るくなかった。救援が来るまでには、あらゆる忍耐と決意が彼らに必要になるだろう――そして十五人の人間の中には、それほど強くない者だっているのだ。

船長の視線は、ふたたびアリス・モーガンと、そのとなりにいる夫の上におちた。彼女の存在がトラブルの原因になることは目に見えていた。危機がやってきたとき、男たちの彼女に対する緊張は大きくなる――そして、そんな場合、ためらう者はほとんどいないのだ。

しかし女だからといって、ほかの人間と条件を異にすることはできない。特権はないのだ。短時間の急場なら、英雄的行為をする余裕もある。しかし、彼らがむかえなければならない長い試練のあいだ、ひとりだけを優遇するというのはできない相談だった。彼女にあることを許可する。すると、ほかの人間にも、健康上あるいはそのほかの理由で何かを許可せざるを得なくなるのだ――そして、事態はどうしようもなく複雑になっていく。

残りの者と同様のチャンスを与えてやるのが、彼女にはいちばんいいのだ――夫の手を握りしめ、青ざめた顔をこちらに向けて、大きな瞳で見つめている彼女から、彼は顔をそむけた。しかし必ずしも、最善の方法でもないのだった。

最初に死なないでくれればいいが、と彼は思った。士気を沮喪させないためには、最初でないほうがいい……。

最初の死者は彼女ではなかった。三カ月間は誰も死ななかった。〈ファルコン〉は主推進管を巧妙にタイミングを合わせて噴射させせ、いまでは火星をめぐる軌道に入っていた。それ以後、乗員のする仕事はほとんどなかった。力の均衡のちょうどとれた距離で、船はきわめて小さな衛星となり、円軌道をとんぼ返りしながら進んでいた。そのだらしない旅は、救援が来るまで、いや、永遠に続くかもしれなかった……。

内部では、船体のねじくれたとんぼ返りは、舷窓のおおいをわざととらないかぎりわからなかった。しかし、とったが最後、外の宇宙のとてつもない回転に誰もが目をまわし、いそいでおおいをかぶせては、偽の安定感を取り戻してほっとするのだった。ウィンターズ船長や航宙士でさえも観測はなるべく手短かにすますようにしていた。そして、スクリーンの流れる星座が消えると、相対性の中に逃げのびて胸をなでおろした。

そこに住む者にとって〈ファルコン〉は、空間的にはきびしく、時間的には曖昧に仕切られた小さな独立した世界となっていた。

それ以上に、そこは非常に低い生活水準の世界だった。焦燥と衰弱と痛む胃袋とすさんだ神経の社会。となりの者の食物がわずかでも自分より多くないかと、抜け目ない疑惑の目を走らせる人間の集団。がつがつと口に運ぶわずかばかりの食糧では、胃袋のごろごろいう音を静めることすらできない環境。彼らは飢えたまま眠りにつき、食物の夢を見ては飢えをますますひどくさせて目を覚ました。

地球を出るときには、たっぷり肉のついていた人びとも、いまは痩せ細り、顔は骨ばって険しさを増し、血色のよかった皮膚は、血の気のない灰色に変わっていた。その中で、目だけが不自然にぎらぎらと光っていた。衰弱していない者はひとりもいなかった。衰弱の激しい者たちは、麻痺したように寝椅子に横たわっていた。どうにかそこまでいっていない者たちは、ときどき問いただすような目で彼らを見た。その意味を読みとるのはやさしかった。「どうしてこんなやつに、食いものをむだづかいするんだ？　どうせおだぶつになるにきまってるじゃないか」しかし、おだぶつになったものは、まだひとりもいなかった。

事態はウィンターズ船長が予期した以上に悪化していた。原因は、積荷の不手際のせいだった。数箱の肉の缶詰が、離陸のさいに、上にのった缶の猛烈な圧力でつぶれていたのだ。その残骸は、いま船の周囲を一定の軌道をもってぐるぐるとまわっていた。それらは、秘密のうちに捨(す)てられた。もし人びとがそれを知ったら、彼らは蛆虫もろとも喜んで食べたかもしれない。目録にある肉の箱のひとつに、なくなっているのがあった。どうしてそれがないのか、船長にも見当がつきかねた。船内をしらみつぶしに捜してみたが、痕跡すらなかった。非常用貯蔵庫の食糧の大部分は脱水食物だった。しかし充分な水の使用を許可しなかったので、食べられはしたが、誰も見向きもしなかった。それらは、到着日が予定より遅れて、その遅れがあまり長びかないときだけのために用意されているものだった。積荷の中に食物はほとんどなく、たとえあっても小さな贅沢品の缶詰だった。こんなわけで、船長は十七週間以上に食糧をひきのばすため、配給を減らさなければならなかった。しかし、それでも長くはもちそうもないのだった。

最初の死者は、病気や栄養失調ではなく、事故によるものだった。


機関士長のジェヴォンズは、側部噴射管の故障を見つけて修理するためには、船の推進部に穴をあける以外にはないと主張した。その部分は、隔壁とタンクで仕切られていたため、内部からでは修理はできなかった。

手持ちの道具で船体を切るのが不可能なことは、はじめからわかっていた。宇宙空間の温度と船体の伝導性が、熱をまたたくうちに霧散させてしまい、頑丈な表面にはなんの傷跡も残らないのだ。考えられる唯一の方法は、左舷側部の燃えつきた噴射管を丸く切り取って、そこから中に入ることだった。左舷だけでは残った噴射管とのつりあいがとれないのに、こんなことをやる価値があるのかということは、また別の問題だった。しかし、機関士長にまっこうから対立したのは、貴重な酸素を切断に使うことはないという意見だった。彼もこれは認めざるを得なかったが、全面的に計画を撤回することは拒否した。

「いいですか」ジェヴォンズ機関士長はすごみをきかせていった。「われわれはネズミ取りにかかったネズミなんですよ。だが、ボーマンとわたしはそんなふうにいいなりになってはいない。われわれはやりますよ。たとえ腕ずくでも、このいまいましい船を切り裂いてやります」

ウィンターズ船長は許可した。役に立つとは思ってもいなかったが、ジェヴォンズがおとなしくなって、ほかの人間に害を与えなければ、それでいいのだった。何週間か、ジェヴォンズとボーマンは宇宙服を着て、かわるがわる仕事をした。周囲の回転する星空には目もくれず、彼らはひたすらのこぎりをひき、やすりをかけた。調子のいちばんいいときでも、なさけなくなるほど遅かったはかどりかたは、彼らの衰弱がひどくなるにつれ、ますます遅くなっていった。

死の瞬間、ボーマンのしていたことは、謎のままになった。彼はジェヴォンズにも打ち明けていなかった。彼らにわかったことといえば、船のとつぜんのかたむきと、船内を駆けめぐる割れんばかりの反響だった。事故のようだった。おそらく、ボーマンはしびれを切らして、噴射口を吹きとばそうと爆薬をしかけたのだろう。

この何週間かではじめて舷窓のおおいが取り払われ、たくさんの顔が酔ったように回転する星空を見た。ボーマンが視界に入ってきた。彼は身じろぎもせず、十メートルほど先の空間にうかんでいた。服の内部の空気は抜け、左袖の繊維の中に大きな裂傷が見えていた。

小さな月のようにぐるぐると周囲をまわっている死体のことを考えるのは、失われた士気を回復する役にたつはずもない。押しのけても、遠くなるだけで、船の周囲をまわるのはいっこうにやまないのだ。そのうちに、適当な葬儀の方法が考えだされるかもしれなかった——たぶん、その哀れな遺体は、小さなロケットに乗って、最後の旅路にむかうことになるだろう。だがそれまでのあいだ、ウィンターズ船長は、なにしろ前例のないことなので、死体に敬意をはらって、それを船内に収容することにした。わずかに残った食糧を蓄えるため、冷凍装置はどのみち働かしておかねばならなかったし、空いている小部屋もいくつかあったからだ。

ボーマンの暫定的な埋葬が終わって一昼夜ののち、操縦室のドアに控え目なノックが聞こえた。船長は、日誌のいま書いていた部分に注意ぶかく吸取紙をおくと、それを閉じた。

「どうぞ」と彼はいった。

ドアがアリス・モーガンの体の幅だけ開いた。彼女はすべりこむと、ドアをしめた。船長は彼女を見て少なからず驚いた。それまでの彼女は夫を通して二、三の要請をするだけで、表だったことは何もしていなかったのだ。彼は、女の内に起こった変化に気づいた。ほかの者と同様、彼女もやせこけていた。その目には不安があった。しかし、それとは別に、彼女はいらだっているようすだった。瘦せ細った両手がおたがいを手さぐりし、安らぎを求めるように組みあわさった。心にあることをいうのに、とてつもない努力をはらっているのは明らかだった。彼は元気づけるように笑いかけた。

「おかけなさい、モーガンさん」彼は愛想よく椅子をすすめた。

彼女は磁石靴のかすかな靴音をたてて、部屋を横ぎると、いわれた椅子に手をかけた。そして窮屈そうに、前の端のほうに腰をおろした。

こんな旅に連れてくるなんて残酷すぎる。彼はまたそんなことを考えた。むかしはかわいい娘だったかもしれない。しかし、いまやそのおもかげはなかった。どうしてあのバカな亭主は、彼女にとってふさわしい場所に残していかなかったのだろう？――こざっぱりした静かな郊外、ほどよい日常の家事。強制も不幸もない生活を彼女は送れたのだ。彼はいまさらながら、こんな〈ファルコン〉の生活に生き残ってきた彼女の決意とスタミナに驚いた。死が早く訪れたほうが、彼女には幸運だったかもしれない。彼女はすわるというより、中腰になっていた。それが、いまにも飛びたとうとする鳥のようだったので、彼は静かに話しかけた。

「なんですか、モーガンさん？」

アリスの指はからみあい、組みあわさった。彼女はそれをじっと見つめていた。そして目をあげると、口をあけて何か話そうとした。が、すぐまたしめてしまった。

「こまっているんです」彼女はいいわけするようにつぶやいた。

彼は助け舟をだした。

「遠慮は禁物ですよ、モーガンさん。なんですか？　いってください。誰かが――あなたにつきまとうんですか？」

「いいえ、ちがいます。そんなことではないんです」

　彼女は首をふった。

「では、なんですか？」

「その――配給のことなんです。わたし、お腹がへってしまって」

　船長の顔にうかんだ心配そうな表情が消えた。

「誰だってそうですよ」彼はそっけなくいった。

「それは知ってます」彼女はいそいで続けた。「それは知ってます。でも――」

「でもなんですか？」彼は冷やかな調子できいた。

　彼女は息を吸いこんだ。

「きのう死んだ人がいるでしょう？　ボーマンさんです。あの人の配給をいただけたらと思って――」

　船長の表情に気づいて、彼女の声は消えた。

　見せかけているわけではなかった。表情そのままに、彼は驚いていたのだ。彼のところにもちこまれる破廉恥な要請の中でも、これほど彼を驚かせたものはなかった。彼はあきれた顔で、この言語道断な要求を持ちこんだ相手を見た。彼女と目が合った。しかし、奇妙なことに、さっきの怯えた表情はうすらいでいた。恥じているようすはなかった。

「食べものが必要なんです」彼女は熱っぽくいった。

船長は腹をたてた。

「じゃあなたは、自分のほかに、死人の分け前もほしいというんですな！　わたしがそれを聞いてどんな気持になったかは、いわないことにしましょう。しかし、これだけはわかってほしい。われわれはわかちあうのです。なにごとも等しくわかちあうのです。ボーマンが死んだということは、われわれの食糧の配給がもうすこし長びくということです――そのほかに意味はありません。さあ、部屋へ帰りなさい」

しかしアリス・モーガンは動こうとしなかった。彼女は唇を閉じ、目をすこし細くしてすわっていた。手がふるえているだけで、体は微動もしなかった。船長は怒りの中にも、暖炉の上の猫がふいに野性にかえったような驚きを感ぜずにはいられなかった。彼女は強情にいった。

「わたしはこれまで、どんな特権もおねがいしたことはありません。必要がなかったら、いまだっていいませんわ。でもあのかたが死んで余りができました。それに、わたしにはもっと食べるものが必要なんです」

船長はかろうじて自制した。

「ボーマンの死で、余りやおこぼれができたわけではありませんよ――それで、われわれの生き残る日数が、一日か二日増えただけです。あなたとちがって、われわれが飢えていないとでも思うんですか？　いくらあつかましいといったって――」

彼女は細い手をあげて、彼を制した。その非情な目を見たとき、彼はこの女を臆病だと思いこんでいた自分が信じられなかった。

「わたしを見て！」彼女はきびしい声でいった。

船長は彼女を見た。彼の顔にうかんだ怒りは、やがて意表をつかれた驚きの表情に変わっていった。その青ざめた頰には、血の色がほの見えていたのだ。

「そう」と彼女はいった。「これで、食べものがほしいわけはおわかりね。赤ちゃんだって生きるチャンスは等分にあるはずです」

船長は催眠術にかかったように彼女を見つめていた。そして目をとじると、手を眉にあてた。

「まさか。残酷な」彼はつぶやいた。

アリス・モーガンは、そのことはもう考えたというように真剣にいった。

「いいえ。もし赤ちゃんが助かれば――残酷ではありません」

船長は答えるすべもなく、彼女を見つめた。彼女は続けた。

「べつに誰かの食糧を盗むというわけじゃありませんわ。ボーマンさんにはもう必要ないし――それを赤ちゃんにやるだけです。簡単なことですわ」彼女は答えを期待するように船長を見た。彼はどういってよいかわからなかった。彼女は続けた。「ですから、不公平でもありません。わたしは二人なんですもの。そうでしょう？　わたしには食べものがいるんです。もしいただけないと、わたしの赤ちゃんは死んでしまいます。どうか……どうか……赤ちゃんを殺さないでください——殺さないで……」

彼女が行ってしまうと、ウィンターズ船長は額の汗をふいて、秘密の引き出しをあけると、誰にも知られずにしまっておいたウィスキーの瓶を一本とりだした。自制して、吸い口からほんのすこしだけ吸うと、彼は瓶をもとへ戻した。すこし元気が出た。しかしその目から、まだ驚きと心配は消えていなかった。

赤ん坊に生きるチャンスがないことを彼女に教えるほうが、結局は親切ではないだろうか？　そのほうが正直ではある。しかし〝正直は最良の策〟という言葉を考えだした人間は、集団の士気のことまで考えていただろうか？　それは疑わしかった。もし彼がそのことを話したら、理由も答えねばならなくなる。それを知ったら、彼女は人に打ち明けずにはいられないにちがいない。たとえ、その相手が、夫ひとりだったとしても、もう手遅れなのだ。

船長は机のいちばん上の引き出しをあけて、中にあるピストルを見つめた。それが彼の日常だった。彼はそれをつかんで、射ってみたい誘惑にかられた。こんなおろかなゲームを続けていても、しかたがないかもしれない。しかし、遅かれ早かれそうなるのはわかりきっていた。

彼は顔をしかめて、ためらった。が、やがて右手をのばすと、指ではじいて、それを引き出しの奥の見えないところへ押しこんだ。彼は引き出しをしめた。まだ早い……。

だがそのうちに、それを持っていたほうがいいようになるだろう。安全弁がはずれる音ほどいやなものはない。だが、彼らのために、あるいは自分自身のために、やがてはピストルが必要になるときが来るはずだった。

彼がときどき掲示板にとめる士気鼓吹のための公報が嘘だと彼らが知ったときには——いまにも彼らにむかって空間を飛んでくるはずの救命船が、実は地球を飛びたつこともできないような状態にあることを、彼らがどうかしたはずみに知ったとしたら……そのときこそ、事態は収拾がつかなくなってしまうのだ。

近い将来、通信装置に故障を起こさせるのが、比較的安全な道かもしれない……。

「仕事の途中じゃなかったのかね?」ウィンターズ船長は言葉少なにきいた。人の時間をつぶしたことを、どうこう思っているのではなかった。彼はいらいらしていたのだ。航宙士は返事をしなかった。

靴が床に触れて鳴った。鍵と認識腕輪が、船長の前、デスクの三センチほど上に漂ってきた。船長は調べるために手をのばした。

「わたしは――」船長は話しはじめた。そして相手の顔に気づいた。「なんだ？　いったいどうしたんだ？」

船長はいくらか良心のとがめを感じた。記録をとるためにボーマンの認識腕輪が必要だったが、カーターをわざわざ行かすことはなかったのだ。ボーマンのようになった死体など、正視できるものではない。ボーマンに宇宙服を着せたままほおっておいたのも、そのためだった。とはいうものの、彼はカーターを気の強い男だと思っていたのだ。船長は瓶をとりだした。最後の一本だった。

「一杯やったほうがいい」

航宙士はいわれたとおりにすると、両手で顔をおおった。船長は中空にうかんだ瓶を注意ぶかく手にとり、机にしまった。やがて、目をあげようともせず航宙士が口をひらいた。

「すいません」

「そんなことはいいよ、カーターくん。いやな仕事だ。わたしがやるべきだった」

カーターはかすかに身ぶるいした。なんとか自分をとりもどすまでに、一分間が沈黙のまますぎた。彼は目をあげると、船長の目を見つめた。

「それ――それだけではないのです」

船長は怪訝な顔をした。

めるようにきいた。
「しっかりするんだ。何をいいたいんだね？」船長は彼のふるえをとめようとして、とが
　カーターの唇はふるえていた。満足に口もきけずにくちごもった。
「どういう意味だ？」

　カーターはわずかに首をねじった。唇のふるえがとまった。

「か――かれ――」彼はしどろもどろすると、こんどはいっきにいおうとした。「彼には
――足がないのです」

「誰に？　どういうことだ？　ボーマンに足がないというのか？」

「そ――そうです？」

「ばかな。彼が運びこまれたとき、わたしは見ていた。きみもいたな。ちゃんと足があっ
たじゃないか」

「はい。そのときにはありました――しかし、いまはないのです」

　船長は身じろぎもせずすわっていた。数秒間、時計の針の音を除けば、操縦室は静まり
かえっていた。船長は口を開いたが、ふたこと以上は出てこなかった。

「じゃ、つまり……」

「ほかに何が考えられますか？」

「そんなばかなことが！」船長はあえぎながらいった。

椅子にかけた船長の目には、相手の恐怖が忍びこんでいた……。

ふたりの男が、磁石靴の上にソックスをはいて、音もなく動いていた。彼らは冷凍室のドアの前にとまった。ひとりがほっそりした鍵をとりだした。鍵穴に差しこむと、男はしばらくのあいだ、それで刻み目をさぐっていた。やがて、かちっと鍵をまわした。ドアがあくと同時に、冷凍室の内部からピストルが二回発射された。ドアを引いた男は、よろめいて、宙にうかびあがった。

もうひとりは、まだ半開きのドアの陰にいた。彼はポケットからピストルを抜くと、すばやくドアのむこうに手を入れ、冷凍室の内部を狙った。そして二回射った。

宇宙服を着た人間が冷凍室からとびだして、奇妙な恰好で部屋を泳いでいった。それをめがけて、男はまたピストルを射った。宇宙服の人間は、反対側の壁にぶつかり、わずかにはねかえってとまった。ふりむいて、宇宙服の人間が手に持ったピストルが発射されないうちに、男はもういちど射った。そいつはそりかえって、壁のほうにまた漂っていった。男の手の中のピストルは微動もしなかった。しかし、彼の制服は弱々しく不活発に動いていた。

ふたりの入ってきたドアが、ふいに大きな音をたててあいた。入口にいた航宙士はちゅうちょしなかった。発砲は、彼のほうがすこし遅れた。しかし、彼はそのまま射ち続けた……。

　弾がつきると、目の前の男は、靴を錨にしたような恰好でゆらゆらと動いた。ほかにはなんの動きも見られなかった。航宙士は手をのばすと、ドアの助けを借りて体をぴんとさせた。そして、苦しそうにゆっくりと部屋を横ぎると、宇宙服の人間に近づいた。服のところどころが裂けて、中のものがはみだしていた。彼はやっとのことでヘルメットをゆるめると、それをはずした。

　船長の顔は、栄養不良だけだったときよりもさらに青ざめていた。彼はゆっくりと目をひらくと、ささやき声でいった。

「きみにまかしたよ、カーターくん。元気でな！」

　航宙士は答えようとした。しかし、喉から出るのはゴボゴボという血の音だけで、声はなかった。手の力が抜けた。制服に、黒いしみがひろがっていった。やがてカーターの体は、だらしなく揺れながら、船長のとなりにうかんだ。

「これよりももうすこし長持ちすると、わたしは思うがね」白髪まじりの口ひげをはやした小男がいった。

　ゆっくりした声の男は、じっと彼を見つめた。

「ほう、あんたが？　じゃ、あんたの計算のほうが信頼がおけるというんだね？」

小柄なほうの男はぎこちなく姿勢を変えた。彼は唇にそって、舌の先を走らせた。

「まず、ボーマンだ。それからあの四人。そしてそのあと、ふたり死んだ。あわせて、七人だ」

「そう。七人だ。で？」大男はそっときいた。彼もむかしのように大きくはなかった。しかし、骨太なことにかわりはなかった。その熱っぽい視線の下で、やせ衰えた小男はますますちぢこまった。

「いや――やめとこう。わたしの計算は、すこし楽観的すぎたかもしれん」

「らしいな。あんたに忠告するよ。計算なんかやめて、希望も捨てちまうんだ。な？」

小男はしょげてしまった。「ああ――わかった。そうするよ」

大男はラウンジをぐるりと見まわして、あたまかずを数えた。

「オーケイ。はじめよう」

残りの者は黙っていた。彼らは取り憑かれたように、彼を見つめた。そして、もじもじした。爪を嚙んでいるのが、ひとりふたり見えた。大男は体をのりだした。彼はヘルメットをさかさまにして、テーブルにのせた。それが癖ののんびりした調子で、彼はいった。

「これから抽選をする。ひとりずつ紙をとってわたしがいうまで開けずに持っている。開けずにだ。わかったね？」

彼らはうなずいた。どの目も熱っぽく彼を見つめていた。

「よし。このヘルメットの中に、十字の印の書いてあるのがまじった紙がある。レイ、中を見て、ちゃんと八枚あるか確かめて——」

「七枚です！」アリス・モーガンが鋭くいった。

どの顔も、紐でひっぱられたように彼女に向いた。集中した視線にあって、アリスは当惑したようだった。

しかしすぐ気をとりなおすと、口をきっと結んだ。進行係を受け持った男は、じっと彼女を観察した。

「これは、これは」彼はゆっくりといった。「すると、われわれのゲームの仲間入りはしないというわけですな！」

「そうです」とアリスはいった。

「これまで、あなたはわれわれと等しくわかちあってきた——しかし、もう、われわれと不幸をともにするのはいやだとおっしゃるんですな？」

「そうです」アリスはまた同意した。

彼は眉をつりあげた。

「もしかしたら、あなたはわれわれの騎士道精神を期待しておられるんじゃないですか？」

「いいえ、わたしは、このゲームが不公平だといいたいんです。十字を引きあてた者が死

「あまりにも悲惨なことですが、こうせざるを得ないのです」と大男はいった。「それでも公平といえますか？」

「でも、わたしが引いたら、ふたり死ななければならなくなります。公益(プロ・ボーノ・パブリコ)のためにね」

「公益(プロ・ボーノ・パブリコ)のためにね――そうでしょう？」

ぬ――そうでしょう？」

男たちはぐうの音も出なくなった。彼女は待っていた。

大男は口ごもった。どういってよいのかわからなかったのだ。

「ね」とアリスはいった。「そうでしょう？」

ひとりが沈黙をやぶった。「人間の魂、つまり人格が、いつ形をとるかは大いに問題ですよ。母体を離れてから、という意見もありますし――」

大男のゆっくりした声が、それをさえぎった。「サム、そんなことは神学者にまかしとけばいい。この問題は〝ソロモンの知恵〟なみだ。要するに、モーガン夫人としては、いまのままでは参加できないということらしいですな」

「赤ちゃんにも生きる権利はあります」アリスは強情だった。

「われわれにだって生きる権利はある。みんな生きたいんだ」誰かがいった。

「なんであんたは――」またひとりが口をひらいた。ゆっくりした声がそれを制した。

「わかりました。秩序を乱さないで、民主的にやりましょう。投票にします。問題点は、モーガン夫人の主張は正しいか――別のいいかたをすれば、彼女はわれわれと条件を一にすべきか、ということで――」

「待ってください」いままで聞いたこともないほどしっかりした声で、アリスはいった。

「投票をはじめる前に、すこしわたしの話を聞いてください」彼女は、みなの関心がこちらに向いているか、確かめるように周囲を見まわした。どの顔もこちらを向いていた。そして、みな一様に驚いていた。

「まず第一は、わたしが、あなたたちの誰よりも重要なことです」彼女はあっさりといった。「いいえ、笑うことなんかありません。事実です――その説明をします。

　通信機がこわれる前――」

「船長がこわす前、だろう」誰かが訂正した。

「ええ、それが使えなくなる前」彼女はどっちつかずのまま、いった。「ウィンターズ船長は、地球と定期的に通信を行なっていました。わたしたちのニュースを送っていたのです。新聞社がいちばんほしがったニュースは、わたしのことでした。女、とくにこんな異状な状況にあるときの女は、とりわけニュース価値があるものです。船長は、わたしのことが大きく見出しに出ていると教えてくれました。〝**悲劇の宇宙船に新妻**〟、〝**遭難した宇宙船には女性が**〟というような見出しでした。新聞がどんなものだったか、あなたがたが忘れていなければ、記事を想像することだってできるでしょう」

生きたまま宇宙の墓場に閉じこめられた、女ひとりをふくむ十五名の人びとは、いま救援のあてもないまま、火星の周囲を……。

「あなたがたは、みんな男です――船と同じで、たんに添えものにすぎません。わたしは女です。ですから、小説じみた興味をかきたてます。それに、わたしは若く、魅惑的で、美しい……」彼女の痩せた顔が、一瞬苦笑いをうかべた。「わたしは悲劇の女主人公(ヒロイン)です……」

意見が浸透していくのを待つように、彼女はしばらく黙った。やがて、また話を続けた。

「わたしの妊娠をウィンターズ船長が話す前から、わたしはすでにヒロインでした。でも、このあとでは、事件は前代未聞のものとなりました。インタビューの申しこみがあったので、わたしは書きました。それはウィンターズ船長が送ってくれました。わたしの両親、友人、それからわたしを知っている人びとなどは、みんなインタビューされ、いまでは、世界じゅうのおおぜいの人たちが、わたしのことを非常によく知っています。そして、すごく興味を持っているのです。それ以上に興味を集めているのは、わたしの赤ちゃんです――もしかしたら、この子は宇宙船の中で生まれる最初の赤ん坊になるでしょう……。おわかりになりまして？　もう、あなたがたには、すばらしいお話があります。ボーマンや、わたしの夫や、ウィンターズ船長たちは、左舷噴射管をなおすために、命をかけて宇宙に出ていったのです。そこで爆発が起こりました。それがみんなを宇宙に吹きとばしてしまいました。

それだけで、たぶんすむでしょう。でも、もし、わたしと赤ちゃんが船にいなかったら――死体さえ残っていなかったら――あなたがたはなんとこたえるつもりですか？　どんないいわけをしますか？」

彼女は、もういちどみんなの顔を見まわした。

「さあ、なんというのです？　わたしも噴射管をなおしにいっていたというつもりですか？　そしてロケットといっしょに宇宙にとびだして自殺したとでも？

考えてみてください。世界じゅうの新聞社が、わたしの記事をほしがっているんですよ――それもこまかいことまで。この試練に、もしわたしが持ちこたえられたら、すばらしいニュースになるでしょう。もし、そうでなかったら――救援がきたとき、あなたがたは困ることになるはずです。

どちらにしても、あなたがたは助かりませんわ。縛り首になるか、電気椅子にすわらされるか……ひとり残らずね。もし、人びとがその前にリンチしなかったらのことですけど……」

彼女が話し終わると、部屋は静まりかえった。どの顔にも、思いもよらぬ猛攻撃にあい、それに反論するすべすら持たぬ男たちの驚きがにじみでていた。

大男は考えこんでしまったように、一分以上も椅子にしずんでいた。やがて目をあげると、考えぶかげに尖ったあごの先のひげをしごいた。一同を見まわしたあと、彼はアリスに目を向けた。口もとがピクピク動いた。

「奥さん」彼はゆっくりといった。「あなたが法律を職業にしなかったのは、悲しむべきことですな」彼は目をそらした。「このつぎの会合のとき、この問題を再検討することにする。レイ、いまのところは、奥さんのいったとおり七枚にしておけ……」


「あの船じゃないですか！」船長の肩越しに、副官がどなった。

船長はいらだたしそうに身じろぎした。「そうだよ。もちろんだとも。酔っぱらったフクロウみたいにまわってるものが、ほかのなんだというんだ？」彼はしばらくスクリーンで観察していた。「何も見えん。どの舷窓も、おおいがかかっている」

「船長、可能性があると思いますか？」

「なんだって？　いまになってか？　ないよ、トミィ。幽霊だっていやせんだろう。われわれはな――ただの葬儀屋なんだ」

「どうやって入りますか、船長？」

船長は〈ファルコン〉の回転を、計算するような目で見つめていた。

「べつに規則があるわけじゃないが、あの船にケーブルをわたすことができれば、大きな魚を釣りあげるみたいに、なんとかやってのけることができると思うね。ちょっと面倒だが……」

確かに、それは面倒だった。救命船から発射された磁石は、五回目標をはずれた。六回目は、有望そうだった。〈ファルコン〉のほうへ向かっている磁石に、しばらくのあいだ電流のスイッチが入った。それはコースを変えると、船にもっと接近した。接触する寸前、ふたたび電流がとおった。それは速度を増すと、笠貝のように船体にへばりついた。

そのあとは〈ファルコン〉を相手の、まさしく曲芸だった。船のあいだのケーブルは、ピンとはっていなくてはならないし、それほどはりすぎていてもいけないのだ。それに、相手の船につられて回転をはじめないようにしておくことも必要だった。三回、ケーブルは離れた。しかし、救命船の機敏な行動により、うんざりするような長い時間がすぎたあと、ついに難破船の動きはゆっくりしたひねりにまで落ちた。しかし船内に生命のあるようすはなかった。救命船はすこし近づいた。

船長、第三副官、それに医師は、宇宙服を着ると、船外へ出た。彼らは巻き上げ機に近づいた。船長は短いロープをケーブルにまわした。そして両端をベルトにゆわえた。彼は両手でケーブルをつかむと、大きくバウンドをつけて宇宙空間へとびだしていった。残りの者もケーブルづたいに船長につづいた。

彼らは〈ファルコン〉の入口のドアの前に集まった。第三副官は、鞄からクランクをとりだした。それを穴に差しこむと、エアロックの内側のドアがしまったと確信がつくまでまわした。もう動かないとわかると、それを抜いて、次の穴に入れた。それでモーターがエアロックの空気を抜くはずだ——もちろん、空気があるか、あるいはモーターを動かす電気が残っていればのことだったが……。船長はマイクを船体に押しつけて、それに聞きいった。ブーンという音が聞こえた。

「オーケイ。動いている」彼はブーンという音がとまるまで待った。「よし。開けたまえ」彼は指図した。

第三副官はクランクをまた差しこむと、ぐるぐるまわした。ドアが、輝く船体に黒い隙間を作って、内側に開いた。三人は、数秒間憂鬱そうにその開いた入口を見ていた。不気味なほど静かな声で、船長がいった。「よし。入ろう！」

彼らは耳をすましながら、注意ぶかく、ゆっくりと暗闇に入っていった。

第三副官のつぶやく声が聞こえた。

「静けさ、それは星空の中、

眠り、それはさびしい山々の……」

やがて船長の声がきいた。

「空気はどうかな、ドク」

医師は計器に目をやった。

「オーケイです」彼はいくらか驚きのまじった声でいった。「気圧がすこしさがっていますが、それだけです」彼はヘルメットをゆるめはじめた。残りもそれにならった。ヘルメットをとったとたん、船長は顔をしかめた。

「くさい」不快そうに、彼はいった。「さあ——やってしまおう」

彼は先頭をきって、ラウンジにむかった。びくびくしながら、彼らは中に入った。

むかつくような、この世のものとは思えない光景だった。〈ファルコン〉の回転がとまるあいだに、動いていたどの物体も、周囲の固定した部分にぶつかって、思い思いに新しいコースをとりだしたのだ。結果は、気ままに動きまわる物体の乱舞だった。

「ここには誰もいない」船長はきびきびといった。「ドク、あなたは、この船にまだ——」

彼は医師の奇妙な表情に気づいて、話をやめた。そして、相手の視線を追った。医師はうかんでいるがらくたに見いっていた。本や、缶詰や、カードや、靴や、そのほかの屑に目をとめているのではない。医師が見ているのは骨だった。大きな、まっ白な骨で、長い亀裂が入っていた。

船長は彼をこづいた。「どうしたんだ、ドク？」

医師は一瞬、放心したような目を船長に向けた。そしてまた、うかんでいる骨に向きなおった。

「あれ」――彼はおぼつかない声でいった――「あれは、船長、人間の大腿骨ですよ」

彼らがその不気味な骨を見つめているとき、〈ファルコン〉をおおっていた沈黙が、とつぜん破られた。かすかな、舌たらずの、しかしはっきりと聞きとることのできる声が、いきなり聞こえてきたのだ。三人は信じられないという顔でおたがいを見ると、その声に耳を傾けた。

「眠れやわが子

木の上のゆりかごに

風のまにまに

ゆりかごはゆれる……」

アリスは赤ん坊をしっかりと胸にだきしめて、かすかに体をゆすりながら、ベッドの片隅に腰をおろしていた。赤ん坊は、にこっとすると、小さな手を歌っている彼女の頰にのばした。

「……枝が折れると

ゆりかごは落ちる

落ちて――」

歌は、ドアの開く音で、ふいにとまった。つかのま、彼女は入口に立った三人の男と同様、呆然と相手を見つめていた。彼女の顔は、鋭い線画の面のようだった。皮膚が、骨でピンとはりわたされ、その角がとがって線になっているのだ。その顔に、かすかな感情のかげが走った。彼女の瞳が輝いた。唇が、へたくそな漫画のように、Uの字になって笑った。

彼女は赤ん坊を手から離した。それは、くすくすと笑いながら、中空にうかんでいた。彼女は寝台の枕の下に手を入れた。引きだしたその手にあるのは、ピストルだった。

彼女のすきとおるように痩せさらばえた手の中のピストルは、入口に釘づけにされた男たちの目には、とてつもなく大きく見えた。

「ほらね、赤ちゃん」彼女がいった。「ほうら、ごらんなさい！　食べものよ！　おいしそうな食べものよ……」

# コモン・タイム

ジェイムズ・ブリッシュ

〈S‐Fマガジン〉1964年7月号

Common Time

**James Blish**

初出〈SF Quarterey〉1953年8月号

本篇の作者ジェイムズ・ブリッシュは、一九二一年生まれ。ラトガース大学では動物学を専攻し、はじめは湖沼生物学者になるつもりだったようですが、成績表のAがむしろ文学のほうに多いことに気づいて、それ以来作家になったという変わり種。ジェイムズ・ジョイスとエズラ・パウンドの研究家。趣味は、音楽とビールと天文学と詩と哲学と猫だそうです。しかし本職は作家ではなく、ある製薬会社の技術顧問です。

作家業も趣味。SF以外に、ウェスタン、詩、評論、ミステリなどを書いているようですが、この「コモン・タイム」を読むと、彼のウェスタンなんてどんなものなのか、ちょっと読んでみたくなります。

作風は、いわゆる〝ハードSF〟で、密度の高い難解な小説を書く作家として知られています。

なお、念のため申し添えておきますと、第3章に現われる奇妙な言葉は、訳者のせいでも、印刷の不手際のせいでもありません。

(伊藤典夫)

――〈S-Fマガジン〉一九六四年七月号　作品解説より

# 《動くな》

## 1

……日一日が、天体の運行のように、いつ終わるともなく、無事平穏にゆっくりと過ぎていった。時、そして無数の時の細片！　船のものうげな横揺れにつれて、わたしのハンモックが振子のように刻んだ時は、何世紀になるだろうか。

――ハーマン・メルヴィル『マーディ』

目覚めとともにギャラードの心にうかんだのは、その考えだった。それが彼の生命を救ったのかもしれない。彼はシートに固定されたまま、エンジンの豊かなハムに聞きいっていた。その行為自体が、すでにおかしかった。オーヴァードライヴが、人間の耳に聞こえるはずがないのだ。

《もう、あれが始まったのだろうか？》彼は自問した。

そのことをのぞけばほかに異常はないようだった。DFC＝3は、すでに光速を突破しており、しかも彼は生きている。船の機能にも異常はない。理論的には、船はいまこの瞬間、光速の二十二・四倍で飛行しているはずだった。秒速六百六十九万キロメートル——粋（いき）な数字だ。

なぜかギャラードは、それを疑わなかった。これまでの二度の試みでは、飛びたった船は、オーヴァードライヴに切りかわる瞬間がくると、アルファ・ケンタウリに舳先を向けたまま、かき消すように見えなくなり、ヘアテルの予言した瞬間の船の残像に、分光器による観測の結果、加速を示すドップラー変移が認められていた。

ただ問題がひとつあった。彼らの旅が快適なものでないことは、はじめからわかりきっている。問題というのは、それ以来、二人の消息がぷっつりと絶えてしまったことだった。

彼は細心の注意をこめて、ゆっくりと目を開いた。まぶたは途方もなく重かった。皮膚に感じるシートの固さだけからみると、重力は正常のようである。にもかかわらず、まぶたを動かすのは、ほとんど不可能だった。

　長時間の努力の末、まぶたはやっと開ききった。計器はシャーシとジョイントに支えられて、腹の上のちょうど見やすい位置に移動していた。彼は身じろぎもせず、いらだたしさをじっとこらえて、計器を点検した。速度：二十二・四C（Cは光速の単位）。作業温度：正常。船温度：三十七・〇度C。気圧：七百七十八ミリメートル。燃料：第一タンク――フル、第二タンク――フル、第三タンク――フル、第四タンク――九分の一減。重力：一G。カレンダー：停止。

　彼はカレンダーを見た。目はゆっくりと焦点を合わせた。その計器は、むろん、ひとくちでカレンダーといいきれるようななまやさしいものではなく、二重星到達に要する十カ月間の月日の経過はいうにおよばず、秒の単位まで表示する万能時計なのである。しかし、秒針が停止していることに、疑いはなかった。

　それで船内の異常はふたつ。ギャラードは起きあがって、時計が動くかどうか調べてみたい衝動にとつぜんかられた。もしかすると、故障は一時的で、もうなおっているのかもしれない。そのとき頭の中で出発する一カ月前から、繰りかえしたたきこんでおいた命令が、聞こえた――

《動くな！》

　動く前に事態をできるかぎり把握し、そのうえで行動に移るのだ。ブラウンとセリーニを人知の及ばぬ領域に連れ去ったものがなんであるにせよ、それがまったく予測もつかない恐るべきものであることは確かだ。彼らはずばぬけた人間だった。頭もよく、機略に富み、頭脳の受容力の極限まで、むろんそれをわずかでも越すことなく訓練を施されていた。彼ら以上の人材は、この〈計画〉に望み得なかったといってよいかもしれない。そして、いまDFC＝3に組みこまれているすべての事故防止機能が、彼らの船にも組みこまれていたのだ。だから、もしそれでも事故が起こるのなら、それはごくあたりまえのことが原因で、たったいちどの失敗が、致命的なものになるにちがいない。

彼はハムにじっと耳をすました。たいして大きくもない、単調で穏やかな音だったが、それが彼の心を奥底からかき乱した。オーヴァードライヴが、人間の耳に聞こえるはずはないのだ。最初の無人飛行の録音テープにも、このようなハムは記録されていなかった。だが、いまのところ、この騒音が、オーヴァードライヴの作動に害を与えているとも、それ自体が故障であるともいえる根拠はない。それは、単に原因不明の不快音にすぎないのだった。

しかし原因はどこかになくてはならない。それを発見するまで、ギャラードはたとえ窒息しても、ここを動くつもりはなかった。

ふと彼は、意識を取り戻して以来、自分がいちども息を吸っていないのに気づいて愕然とした。苦しくはなかったが、驚きのあまり、あやうく飛び起きそうになった。幸運にも

――パニックがひいたあとでは、そう思えてくるのだが――まぶただけだと思っていた奇妙な不活発状態は、どうやら全身に及んでいたらしく、衝動はエネルギーを奮い起こすまもなく消えていった。しかもパニックは、一瞬ののちにはその鮮烈な効果を失って、まったく理性的なものに変わっていた。平静に戻った彼は、呼吸の休止が、少なくとも彼の見るかぎりでは、生きていくうえでなんの障害にもなっていないと結論した。要するに呼吸していないだけ――それはあとになれば、説明がつくか……。

あるいは彼の生命を奪うことになるかもしれない。しかし、いまのところ、その気配はなかった。

エンジンのハム、重いまぶた、呼吸運動の欠除、カレンダーの停止。四つの事実から得られる結論はなかった。たとえ足の親指の爪先でもいいから、なにかを動かしてみたいという誘惑が、内に湧きあがった。だが、どうにかそれはこらえた。目を覚ましてから、ほんのわずか――たかだか三十分――しかたっていないのに、異常はすでに四つ。むろん、気づかないもの、行動を起こす前に発見する必要のあるものが、もっとあるにちがいない。しかし欲求を抑える以外に、いまのところすることはなかった。当局は、DFC＝3の建造にさいし、ブラウンとセリーニの失敗がオーヴァードライヴの操作に関係しているという仮説のもとに、操縦のすべてを電子頭脳にまかせる方式をとった。だから実のところ、ギャラードはただ乗っているというにすぎないのだった。オーヴァードライヴが切れたときこそ――

**ポック**。

それは葡萄酒のビンのコルクを抜いたような、低いやわらかな音だった。シャーシの右側らしいと気づいて、不意にそちらにふり向こうとするクッションの上の頭を、彼は冷徹な意志の力で押しとどめた。そしてゆっくりとその方向に視線を移した。

音の原因はわからなかった。船の温度には、なんの変化も見られない。彼が考えていた唯一の可能性――応差的収縮あるいは膨張のため生じた熱による雑音という見解は、これで除外された。

彼は目を閉じて――ほとんど忘れていたことだったが、それは目をあけるのと同様、実に面倒な仕事だった――意識不明の状態から回復したときのカレンダーのありさまを心に描こうとした。針の位置まではっきりと思いだしたと確信できるようになると、彼は目をあけた。

音はカレンダーから聞こえたのだ。その証拠に秒針が一秒進んでいた。そしていまは、ふたたび停止しているのだった。

通常、秒針が一秒をジャンプするのにどのくらいかかるのか、彼は知らなかった。そんな疑問は、ついぞ心にうかんだことはなかったからである。しかし、一秒の終わりにくるジャンプが、肉眼でとらえられないくらいの速さだということは確かだった。

おそまきながら、彼はこの問題の重要性に気づいた。とにかく、カレンダーは動いたのだ。なにをおいても、もういちど動くまでの正確な時間を知らなければならない……。

彼は五秒の遅れを計算に入れて数えはじめた。

《一〇〇六、一〇〇七、一〇〇八――》

そこまで数えたとき、地獄の苦しみがギャラードを襲った。

はじめ、それはなんの理由もなく、たちまち血管の隅々までしみわたり、密度をしだいに増していく胸の悪くなるような恐怖だった。内臓は永遠とも思われる緩慢さでのたうちだした。全身は、かすかなゆっくりしたパルスに脈打っていた――というより、それは四肢を交互に引っぱって、皮膚にさざ波をたてているといったほうがいいような感じだった。ハムにまじって、別な音が聞こえた――頭骸の中に響きわたるほとんど亜音速に近い雷鳴。しかも恐怖はますますつのり、痛みとしぶり――おもに腹から肩にかけて、しかし手にまで耐えがたい苦しみを及ぼす筋肉の強直――が、それに加わった。彼は腹のあたりから、徐々に徐々に折れまがっていく自分を感じた。だがそれに対してなにをすることもできないのだ――恐るべき動的麻痺状態……。

それは数時間続いた。その絶頂のさいには、理性も人間性もすべて彼の内から洗い流され、ギャラードは恐怖に圧倒された肉塊と化していた。その灼熱した、理由のない激情の砂漠に、数滴の理性が戻ったとき、彼は自分がクッションの上に起きあがっているのに気づいた。そして伸びた片手は、体がぶつからないように、シャーシをもとの位置に押し戻しているのだった。服は、蒸発もしなければ、冷えもしない汗にじっとりとしめっていた。そして、呼吸もしていないのに、肺がかすかにうずいた。

いったいなにが起こったのだ？　ブラウンとセリーニに死をもたらしたのは、これなのか？　そうかもしれない。もしこれが何回も続けば、彼も死ぬだろう——それには確信があった。いや、何回といわなくとも、立ちなおるすきを与えず、いまのようなのがあと二回続けば、死んでしまうにちがいない。たとえたすかったとしても、残るのは彼の脱けがらだけ。電子頭脳は、ギャラードと船を地球に送り届けはする。しかしもはや、この得体の知れない恐怖の竜巻を、当局に伝えることはできないのだ。

カレンダーを見て、彼は永遠とも思えた地獄の苦しみが、わずか三秒間であったことを知った。やり場のない怒りにかられてそれを見つめるうちに、カレンダーは〝**ポック**〟といって、あの発作がじっさいは四秒間であったことを控え目に告げた。彼は、もういちど決意をかためると、数えはじめた。

彼は、絶対といっていいほどむらなく、自動的に数えるよう努めた。どんな疑問がうかぼうと、どんな激情が思考をはばもうと、数えるのだけは決してやめないつもりだった。

数を数えるという思考過程は、強制されれば、恋の陶酔状態であろうと、帝国の苦悶を一身に負っていようと、決してとめることはできないのだ。ギャラードは、そのようなパターンを脳内に植えつける場合の危険は、充分心得ていた。しかしカレンダーが一秒を刻む時間を知ることも、ぜひ必要だった。自分の置かれた事態が、やっと彼にもわかりかけてきていた――が、その知識の上に立って行動を起こすには、どうしても一秒の正確な値(あたい)を知らなければならないのである。

もちろん、オーヴァードライヴがパイロットの主観的時間に及ぼす効果については、これまでいくつとなく推測がなされていた。しかし、いま起こったことをいいあてたものは、ひとりとしてなかった。光速以下のスピードでは、パイロットに関するかぎり、主観的時間と客観的時間は一致している。地球の観測者から見れば、光速に近づくほど船時間は大きな遅れを見せてくる。だがパイロットにとって、それは平常となにも変わるところはないのだ。

理由にわずかな違いはあるが、一般及び特殊相対性理論では、超光速飛行は不可能である。だからその理論にてらしあわせてみても、超光速船のパイロットになにが起こるかはわからない。それどころか、そんな船自体の存在すら否定しているのだ。しかし、ヘアテル変換――それに従ってDFC＝3は飛んでいるのだが――は、非相対的だった。その方程式によれば、超光速飛行に要する時間は、船内の時間とも、旅の起点及び終点にいる観測者の時間とも、一致していた。

だがヘアテルの方程式では、船とパイロットが、ひとつの式の中で同一の記号で表わされていたため、それらが別々の時間系に属するというような事態を予測できた人間はいなかった。そんなことを考えること自体が、ばかげていたからである。

《一七〇一、一七〇二、一七〇三、一七〇四……》

船は船時間で飛行している。それは観測者時間と等しい。十カ月後、船はアルファ・ケンタウリ系に到達するのだ。だがパイロットは、ギャラード時間に支配されている。それは、到達しないことを意味しているように彼には思えた。

不可能なことだが、これは現実だった。なにか——ロボット搭乗の試験飛行では探知することのできなかった作用、オーヴァードライヴが人間の新陳代謝に及ぼす、予測されなかった生理学的副作用ともいえるもの——が、ギャラードの時間に対する主観的感覚を亢進させ、決定的なくいちがいをひき起こしたのだ。

カレンダーの内部のエネルギーの蓄えが増大するにつれ、秒針はゆっくりと初期微動をはじめた。

《七〇四一、七〇四二、七〇四三……》

七〇五八で、秒針は次の位置にジャンプした。そのわずかな距離をわたるのに、数分がかかった。そして震動が完全におさまるまでにさらに数分が経過した。それからしばらくして、音が彼の耳に達した。

**ポック**。

彼は熱にうかされたように——もっとも肉体的焦燥感はなかったが——計算をはじめた。数が大きくなるにつれ、ひとつひとつ数える時間が長くなっていることを見越して、七〇五八をほぼ七二〇〇とした。逆算すると答えが出た。

船時間の一秒は、ギャラード時間の二時間にあたっていた。

彼は本当に二時間も数えていたのだろうか？　疑いをはさむ余地はないようだった。長い旅になりそうだ。

だが、じっさい換算してみた彼は、目もくらむショックを受けた。時間は彼にとって、七千二百分の一になっている。だからアルファ・ケンタウリへ行くには、七万二千カ月かかるわけだ。

それは——

《六千年！》

## 2

ギャラードは、それから長いあいだ、身動きもせず横たわっていた。ネッソスの血のような生あたたかい汗に濡れたシャツは、冷えるのを拒んで、執拗に体にまつわりついていた（ネッソスは、ギリシャ神話に現われる半人半馬。ヘラクレスは、ネッソスの血に濡れたシャツを着たため、苦悶のうちに自殺する）。慌てる必要はなにもない。六千年、たっぷりあるのだから。彼には、それだけの期間、いや六万年、六十万年でももちこたえられる食糧と水と空気がある。船は燃料の続くかぎり、当然のことのように、彼の欲するものを合成し続ける。しかも燃料は自然発生するのだ。たとえギャラードが、客観的（つまり、船）時間の三秒ごとに食事をとったとしても、（彼はとつぜん、それが不可能なことを知った。なぜなら、ボタンを押して、客観的時間で数秒たたなければ、食事は用意されないからである。じっさい問題としては、ギャラード時間の一日に一回食事ができれば、幸運というところかもしれない）貯蔵品の絶える心配はない。これは、計画に参加した技術者たちが、第一に解決した事故防止策のひとつだった。

しかし、ギャラードの寿命を無期限に延長させる装置は、DFC＝3に組みこまれていない。六千年後には、船の鈍く光る金属の床には、薄くつもった塵のほか、ギャラードの痕跡はなにも残らないだろう。完全殺菌した船だから、死体は相当長く保存されているかもしれない――しかし、それもいつかは、体内の消化器の中に棲息していたバクテリアに食いつくされてしまう。生きているあいだは、そのバクテリアはビタミンBの合成にどうしても必要だった。しかし彼がひとたびパイロットという――もっとも、ほかのなんであっても同じことだが——デリケートなバランスを保った、複雑な生命体でなくなったが最後、バクテリアは容赦しない。

　平たくいえば、太陽（ソル）からろくに離れもしないうちに、ギャラードは死んでしまうということである。そして主観的時間の一万二千年後、DFC＝3が地球に戻ったときには、中には彼のミイラさえ残っていない。

　そう考えたとき、体を走った戦慄は、彼が思っていたのとはまったく違った形をとって現われた。気の遠くなるほど長く続いたその戦慄を、言葉で表現するのは困難なのだが、要するにそれは切迫したとき、あるいは興奮したときに感じる戦慄であって——実質的な死刑を宣告されたときのそれとは、明らかに異っていた。幸運にも、それは先刻の発作に比べれば、耐えがたいほど強烈なものではなかった。二秒後、それはひとつの疑問を残して消えた。

　この時間の伸びは、頭脳だけのものなのだろうか？　もしかすると、脳をのぞく体のすべての機能が、船時間に支配されているのかもしれない。否定する理由もなかった。もしそうなら、彼の動作は船時間に従っているわけだ。単純な仕事を終えるのさえ、何カ月もかかるようになる。

　だが、もしそれが事実なら、彼は死ななくていい。彼の心は、六千年も歳（とし）をとって、アルファ・ケンタウリに到達する。むろん発狂しているだろうが、とにかく生命だけはたすかるのだ。

しかし、もし逆に、動作のほうがいまの思考ぐらいの速さだったとしたら、苦労はなみたいていのものではなかっただろう。いつもゆっくりと、力を入れすぎないように運動していなければならないからだ。平常時の人間の手は、たとえば鉛筆を上げるのに、それをある静止状態から別の静止状態へ、毎秒毎秒六十センチの加速度をつけて移動させ——むろん、同じ値でふたたび減速させる。もしギャラードが、船時間に支配されている——すなわち、彼の時間で毎秒毎秒四千四百メートルの加速度がついている——一キロの重さの物体を動かすには、それにかけなければならない力は、四百キロにもなるのだ。

もっとも、やってできないことはない——ただそれには、泥にはまりこんだジープを押すくらいの力がいる。腕の筋肉だけでは鉛筆さえ上がらず、肩の力まで借りなければならなくなる。

しかも人体は、筋肉に課せられたそういった重さによる圧迫を、いつまでも耐えられるようにはできていない。世界一力持ちのプロの重量あげ選手でさえ、その力を誇ることは、一日何分かにかぎられているのだ。

**ポック**。

カレンダーの音。また一秒が過ぎ去った。あるいは二時間が。一秒というには確かに長すぎるが、それでも二時間というほどではない。主観的時間はもっとはるかに複雑な単位なのだ。この微視的時間(マイクロタイム)の世界――少なくとも彼には、そこで自分の思考が行なわれているように思えるのだが――でも、秒針のひと刻みの時間を、ほかの考えに熱中することによって短くすることはできるのだった。目覚めているあいだは、それでどうにかやれそうだった。ただし、これは精神と身体が別々の時間に支配されていると仮定したうえでのことである。これが正しければ、彼は数世紀にわたる猛烈にアクティヴな、しかしそれほど耐えがたくない精神生活を送ったのち、同じくらい長いあいだ石のように眠ることになるのだ。

《自分の体から、どれくらい力が出るか?》それと《どれくらい、眠り続けることができるか?》というふたつの疑問が、いっしょくたになって、シートに起きあがったまま静止しているギャラードの意識の表面にうかびあがった。船――少なくとも、彼の視界にある部分――は、カレンダーが一秒を刻んだあと、ふたたびもとの完全な停止状態に戻っていた。耳で知覚できる範囲では、エンジンの音も、振動数や振幅に変化はないようだった。呼吸運動もまだ感じられない。動くものはなく、変化もなかった。

　いつまでたっても横隔膜や肋骨に動きを感じとれないという事実が、やっと彼にひとつの確信を与えた。彼の肉体は船時間に支配されているのだ。そうでなければ、彼は酸素不足でとうに死んでいるはずだ。この仮説を受けいれれば、先刻の延々と続いた原因不明の発作にも説明がつく。あれは、そのずっと以前に、彼の頭脳に生じたごく単純な知的反応によってひき起こされた内分泌腺の反射作用だったのだ。呼吸が休止していることを知った彼は、ろうばいすると同時に起きあがろうとした。そのふたつの衝動を、彼がすっかり忘れてしまったあとに、それらはゆっくりと脳から神経各部へ伝わり、分泌腺や筋肉に働きかけて、実質的肉体的パニックをつくりあげたのだ。アドレナリンの過度の分泌のため、まったく気づかなかったが、おさまったときには、彼はじっさいに起きあがっていた。そのあとで襲った——それほど激しくもなく、旅の終わりまで命がもちそうもないという絶望的な発見とつながりがあるように見えた——戦慄は、そのずっと以前に彼の脳がくだした命令——時間のくいちがいを計算しているときに感じた漠然とした興奮——に原因していたのだ。

感情をいっさい含まない知的衝動に対して、これからは細心の注意を払わなければならないのは明らかだった——さもないと、内分泌腺反射作用による長い地獄の苦しみが、やがて彼をお見舞いすることになるのだ。しかし、この発見に彼はかなり満足し、しばらくのあいだ、いい気持になっていた。数時間にわたって喜んでいても、別に体に害があるわけではない。それに、その結果生じた内分泌腺反射作用は、意気消沈しているときにやってくる場合だってあるだろう。そんなときには、むしろ有益かもしれない。六千年間には、意気消沈するときは、いくらもある。それなら喜びをふくらませて、残存反応をできるだけ長びかすのが賢明な策ではないか。要は、パニック、恐怖、憂鬱が、心に忍びこむすきを与えないことだ。もしそれに失敗したとき、四時間、五時間、六時間、いや、悪くすれば十時間にもわたる心理的地獄を経験しなければならないのは、ギャラード自身なのだ。

**ポック**。

また聞こえた。調子は上々だ。面倒を起こしもせず、時の経過を気にすることもなく、二ギャラード時間が過ぎた。もうすこし落ち着き、新しい時間に馴れれば、この旅もはじめ心配したほど苦しくはなくなるかもしれない。睡眠でその大半はつぶせるし、起きている時間は、創造的思考についやせばいい。地球の哲学者が一生かかっても得られなかった時間が、ギャラードには船時間の一日で得られるのだ。充分修養をつみさえすれば、ひとつの思考が紡ぎだしていく結論の糸を一世紀にわたって、とことんまでたどっていくこともできるようになる。そのうえ、まだ数千年が残っているのだ。六千年かかってもそろえられないような純粋理性の甲冑がどこにあるだろう？　心を乱しさえしなければ、船時間の朝食時から夕食時のあいだに、〝悪の問題〟の解答を知り、一ヵ月以内に〝造物主〟の謎に取り組むことさえできるかもしれない！

**ポック**。

むろんギャラードは、自分が旅の終わりまで理性的で、というより正気でいられるだろうと思うほど、事態を楽観視してはいなかった。見通しは、暗い。それもかなりの細部まで。しかし機会もまた、そこにあるのだ。彼は、つかのま、この機会がヘアテルに訪れなかったことを残念に思った――

**ポック**。

――ヘアテルなら、この機会を彼よりはるかに有効に使うことができるだろう。このような事態に対処できるのは、最高度の数学の教養を身につけ、それをフルに使いこなせる人間だけなのだ。しかし考えてみると――

**ポック**。

――自分でも相当なところへ行けそうな気もする。（少なくとも、正気にしがみついてさえいれば）十カ月後には――

**ポック**。

――人間のかぎられた寿命では得られないような知識、ヘアテルやそのほかの誰よりも

――

**ポック**。

――進んだ知識をたずさえて、地球に――

**ポック**。

――帰還することができるのだ。**ポッ**。期待に背筋がぞくぞくした。**ポッ**。秒を刻む音も快かった。**ポッ**。もう、頭にたたきこんでおいた**ポッ**あの〝動くな〟という命令を**ポッ**

解いていいかもしれない。**ポッ**あれだけ**ポッ**動いても**ポッ**生命に**ポッ**別状は**ポッ**なかった**ポッ**のだから**ポッポッポッポッポッポポポポポ**

彼はあくびをし、背を伸ばした。しかし、喜ぶのは早すぎる。たとえば頭脳の中枢が、哲学上の問題の枝わかれした論理の道をたどっているとき、船時間に支配されている肉体労働をどうやってするかというようなことは、あらかじめ解決しておかなければならないからだ。そのうえ……。

そのうえ、彼はいま動いたのだ。

しかもそれは正常時のこみいった動作にちがいなかった。

カレンダーを見るより早く、秒を刻む音が耳にとびこんできた。遅ればせにやってきた過去の充足感の波に洗われていた彼は、カレンダーの加速していた事実に、意識的に目をつぶっていたのだ。

さらば、ギリシャ人を辟易（へきえき）させる偉大な倫理大系よ。さらば、ディラック（イギリスの理論物理学者。一九〇二～一九八四）のスピノル（ディラックの電子論に始まる素粒子論の研究に重要な役割を演ずる数字）より数千年進歩した数学よ。さらば、神をn次元外野の球ひろいの補欠の補欠の補欠に落ちぶれさせるギャラードの宇宙哲学よ。

そして――大学時代に、ついにはたせなかった――態位（ラーゲ）の種類とその型を研究する計画よ、さらば。噂によると、それは四十八手あるという。ギャラードは、これまで二十手しか発見していなかった。残りを徹底的に研究する機会は、これでおそらく永久に失われてしまったのだ。

微視的時間（マイクロタイム）は、船がオーヴァードライヴに切りかわってから数分後に消滅し、彼は麻痺状態から解放された。内分泌腺の反射作用をひきつれた頭脳の苦悶は、消え去った。ギャラードの精神は、ふたたび船時間の支配下に還ったのだ。

ギャラードは、喜んでいいのか悲しんでいいのかわからない複雑な気持で、シートに横になった。結局、そのどちらでもない。彼はおもしろくなかったのだ。微視的時間（マイクロタイム）は、それが続いているあいだは耐えがたかった。しかしいまやすべては過ぎ去り、もとに戻ったのだ。あんな一時的なもので、ブラウンやセリーニが死んでしまうなどということがあるだろうか？　彼らは、なにものにも動じない人間だった。意志強固という点では、ギャラードをはるかにしのいでいたかもしれない。しかし生き残ったのは彼ひとり。では、もっと恐ろしい責め苦が、まだ残っているのだろうか？

あるとすれば――いや、そんなものがあるはずがない。

解答はなかった。あの永遠に続くかと思われたパニックの最中に彼が押しのけたシャーシから、時を刻むカレンダーの音が聞こえてくる。エンジンの騒音は、もうない。呼吸は自然のリズムで行なわれている。体は軽く、力がみなぎっている。船はひっそりとして、いつもと変わらなかった。

ただカレンダーだけは、動きをますます速めていた。オーヴァードライヴに切りかわって最初の一時間が過ぎた。

**ポック**。

ギャラードは、ギクリとして起きあがると、カレンダーを見た。聞きなれた音と思ったのは、実は一時間をジャンプする時針の音だったのだ。分針はすでに三十分を過ぎていた。秒針はプロペラのようにまわっている――そして見ている前で、それはかすみ、見えなくなった――

**ポック**。

二時間。もう、三十分が過ぎた。**ポック**。三時間。**ポック**。四時間。**ポック**。**ポック**。**ポック**、**ポック**、**ポック**、**ポッ**、**ポッ**、**ポッ**、**ポッ**、**ポッ**、**ポッポッポッポッポポポポポポポポ**……。

分針も、時針も、みるみるうちにかすんでいった。しかし船に変化はなかった。なにものにも乱されることなく、厳(げん)としてそこにあるのだった。日針を追うのをついに断念したとき、彼は自分がまた身動きできなくなっているのを知った――しかも、ハチドリの羽ばたきのように全身がふるえているのに、そんな感じは全然しないのだ。部屋は暗くなり、赤くなって――いや、赤というより……。

しかし、その先――ヘアテル・オーヴァードライヴが現出させた巨視的時間(マクロタイム)の極限の世界——を見届けることはできなかった。
仮死が、彼を襲ったからである。

3

DFC＝3の推進が、オーヴァードライヴに切りかわったあとの比較的短い期間に、ギャラードが完全に死んでしまわなかったのは、ほんの偶然だった。だが、そのことに彼が気づくはずはなかった。事実、代謝作用がほとんどゼロにまで低下し、頭脳の働きも無力化して、硬直状態のまま両目を見開いていてすわっていたときのことを、彼はなにも覚えていないのである。ときおり、不可思議な生存衝動によって起こった——電気学者なら〝容量交替〟とでも呼びそうな——低次の代謝作用の波が、彼を襲った。しかし、それも所詮、原始的な衝動にすぎず、彼の意識まで到達することはなかった。仮死とは、そんなものだった。
しかし観察者が到着すると、彼は目覚めた。そのとき見たこと感じたことは、いまもって理解できないが、ひとつだけ明白な事実があった。オーヴァードライヴが切れていたことである。それと同時に、時間感覚のとてつもないくいちがいもなくなっていた。舷窓（ポート）のひとつから、強烈な光がさしこんでいる。旅の片道が終わったのだ。彼を生き返らせたのは、そのふたつの変化だった。

　ギャラードの意識を回復させたそれ（あるいは、それら）は――いったいなんだったのか。解答はない。建造物――それも、非常にこわれやすそうなたぐいの――とでもいうべきそれは、彼のシートをぐるりと取り巻いていた。いや、建造物という言葉は適当でない。それは確かに生きていたのだ――彼の周囲に、ひとりでに平たく組みあがった生命といったほうがよいかもしれない。それだけで一個の――いや、多数の――というより、そういったものを全部つきまぜたような生命体だった。

　どうやって、それが船内に侵入したかは謎だった。要するに、そこにそれ――あるいは、それら――は、いたのだ。

「あなたの聴くものは？」生命が不意にいった。それの声、あるいはそれらの声は、周囲のどこからも等しいヴォリュームで聞こえ、どこが発声の中心とも思えなかった。ギャラードは、それを別に奇妙だとも思わなかった。

「わたし――」彼はいった。「いや、われわれ――われわれの聴くものは、耳だ。これがそうだ」

　その返答は、低母音のだらだらした連続とあいまって、空疎（くうそ）に彼の耳に響いた。なぜこんな奇妙な言葉を使うのか、彼自身にも合点がいかなかった。

「われわれ＝彼らは、この方向に、あなた＝従属物を調節するために求愛した」生命がいった。バタンと音がして、一冊の本がＤＦＣ＝３の書棚からシートの脇に落ちた。「われわれは、多くの者のために、其処と其処と其処で求愛した。あなたは、存在＝ギャラード。われわれ＝彼らは、クラインスタートン・ビーデムングだ。愛のすべてをこめて」

「愛のすべてをこめて」ギャラードが繰りかえした。彼とビーデムングの会話は、どこか奇妙だった。しかし、ビーデムングの言葉が誤まりだとする理由は、どこにもないように思えた。

「きみ──きみたち＝彼らは、アルファ・ケンタウリ人か？」彼はためらいがちにきいた。

「そう、われわれは双子の輻射腫瘍を聴く。それは其処、贈与孔口の彼方に現われる。われわれ＝彼らは、存在＝ギャラードが、この双子を心から崇拝すること、そしてこの双子への心を、やわらかく、しかもよく聞こえるように調節した。あなたの聴くものは？」

こんどは、存在＝ギャラードにも、質問の意味がわかった。「わたしは地球を聴く」彼は答えた。「しかし、それは非常にやわらかいので、現われない」

「そう」と、ビーデムングはいった。「それは初でなくわれわれのように調和だ。食尽存在は、双子の輻射腫瘍においてばかりでなく其処の恋人たちをも聴く。存在＝ギャラードに香る路に沿って、自分＝従属物とあなた＝従属物が、ローダレント・ビーデムングや、そのほかの同胞や恋人たちと等しい心を持つよう調節したいと思うが」

ギャラードは、自分がなんの苦労もなく、彼らの言葉を理解しているのに気づいた。しかし、と彼は思った。独自の語法を有する言語を——自国語に置き変えることなく——理解するには、長期間の訓練と努力が必要なはずなのに。と、すぐ、内の声が問いかけた。《だが、これは英語じゃないか？》確かにそのとおりだった。クラインスタートン・ビーデムングの申し出は、彼の心を大きくふくらませた。おかえしに、彼もビーデムンゲンの、そして彼の歓び（よろこ）のために心を与え、愛をこめた。もはや、言葉は必要なかった。

それ以来、接触は数多くあった。存在＝ギャラードは、食尽存在が愛するよう贈与孔口を調和的にたずさえて船を離れ、ビーデムンゲンが現わす自分たち＝従属物をながめながら、ビーデムンゲンの調和に合わせていった。

彼はまた、時空にしか求愛しないオーヴァードライヴとの生活で、いかに愛が得られなかったかを伝えようとして、特徴子をこしらえた。ローダレント・ビーデムングは、オーヴァードライヴに求愛してみた。しかしやはり、それは、彼＝彼らを調節しなかった。

そのとき、存在＝ギャラードは、全時間が食いつくされたことを知った。また地球を聴かなければならない時が来たのである。

「わたしは、きみたち＝彼らを愛のきわまるところまで調節しよう」彼はビーデムンゲンにいった。「わたしは、アルファ、そしてプロクシマ・ケンタウリの輻射腫瘍を〝天界と同様、地球においても〝心から讃えるだろう。さあ、わたしが、オーヴァードライヴ、すなわち自分＝他存在の求めに応じて、身をゆだね、沈黙にも似た特徴子を讃えねばならない時が来た」

「しかし、あなたはいつか調節される」クラインスタートン・ビーデムングがいった。

「それはあなたが地球を讃えたあとのことだ。あなたは、食尽存在、すなわち〈時〉の寵愛を受けている。われわれ＝彼らはこの疎外のあいだ待ち続けるだろう」

内心、ギャラードはそれほど誠実ではなかった。しかし、こう答えた。「そう、われわれ＝彼らは、また別の輝きで、ふたたびビーデムンゲンの求愛をしよう。愛のすべてをこめて」

これに対して、ビーデムンゲンは讃嘆を創り、調節した。その途中に、オーヴァードライヴが割って入った。多くの贈与孔口を従えた船と、存在＝ギャラード、自分＝他存在は、遠のいていく双子の輻射腫瘍を見た。

そしてまた、仮死が訪れた。

## 4

仮死状態を続けていたギャラードの意識の底知れぬ空洞に、小さなローソクが一本灯（とも）ったとき、DFC＝3は天王星の軌道の内側深く漂っていた。太陽はまだ遠く小さかったので、舷窓（ポート）からさしこむ光も弱く、死後睡眠から彼が目覚めるには、さらに二日かかった。

電子頭脳は辛抱強く彼を待っていた。操縦装置は、もう彼の思いのままになるのだった。思いたちさえすれば、装置を操って、自由に地球へ帰還することができるのである。しかし、DFC＝3は、彼が死亡した場合も考慮して作られていた。丸一週間待ったあとで——その間（かん）、眠りをむさぼる以外、彼はなにもしなかったが——装置はまたひとりでに動きだした。特別な周波数に合わせた信号が、地球へ送られはじめた。

一時間後、かすかな信号が戻ってきた。ただの方向指示電波で、DFC＝3の内部では物音ひとつ聞こえなかったが、エンジンを作動させるには、それで充分だった。

ギャラードが完全に目覚めたのは、その瞬間だった。意識は、仮死の名残（なごり）の冷めたい泡といっしょに、いまだに混沌とした世界をさまよっていたが、それでも船内に変化がないことは気づいた。甲板に落ちた本をのぞいて——

本。クラインスタートン・ビーデムングが落としたやつだ。だが、クラインスタートン・ビーデムングとは、いったいなにものだろう？　そして、彼、ギャラードは、なにを喚（わめ）いていたのだ？　わからない。ケンタウリ二重星での経験が、おぼろげに心によみがえった——

《――双子の輻射腫瘍――》

もうひとつ、そんなような言葉があった。語源がギリシャ語だったような気もするが、彼はギリシャ語を知らない――それに、ケンタウリ人が、どうしてギリシャ語なんか使うのか？

彼は体をかがめて、前部の舷窓（ポート）――半透明の観測スクリーンを備えた望遠鏡――のシャッターをあげるスイッチを押した。星がわずか、そして、スクリーンの端からすこし離れて、小さな明るい円盤が見えた。それが太陽なのだろう。円型のスクリーンを時計だとすれば、その一時にあたるところに、ティー・カップの把手のようなものが両側についた豆粒大の惑星があった。出発のとき、ＤＦＣ＝３の舷窓（ポート）から土星は見えなかった。当時それは、太陽に対して、航星船とは逆の位置にあったからである。あの奇抜な形から見て、それは確かに土星だった。

帰途についているという実感が、やっとギャラードの心に湧いてきた――しかも、まだ生きており、狂ってもいない。いや、ひょっとすると、もう狂っているのではないか？ ケンタウリ人の幻影――その影響から、彼はまだ脱けきれていないのだが――のことを考えると、精神状態が疑わしくなってくる。

だが、それも急速に薄れていくようだった。結局その問題は、〈記憶〉の中でもっとも手におえる断片――〝ビーデムング〟の複数が〝ビーデムンゲン〟であるという事実――

を発見して以来、真剣に考える気もなくなってしまった。ギリシャ語を話すケンタウリ人が、ドイツ語の複数変化を持っているわけがないではないか。あれは、彼の無意識が創りあげた幻想だったのだろう。

しかし、いったい彼はケンタウリでなにを発見したのだ？

愛についてのわけのわからないたわごと、食尽存在、そしてビーデムンゲン……ほかにこの疑問に対する解答らしいものはなかった。サバみたいに冷めたくなって、二十カ月も寝ていただけで、実はケンタウリ二重星系など見なかったのかもしれない。

《もしかしたら、一万二千年間では？》

オーヴァードライヴがひき起こした特殊作用のあとでは、客観的時間を知るのは不可能だった。ギャラードは慌てて望遠鏡を動かした。地球はどこだ？　一万二千年後の——

地球はあった。ありはしたが、それでなにかわかったというわけではない。地球は過去何十億年にわたって存在し続けてきた。一万二千年など、惑星にとって、ほんの一瞬にすぎない。月もあり、ふたつとも、太陽の向こう側にくっきりと見えていた——望遠鏡の倍率を最大にすれば、その細部が見えないほどの遠さではなかった。ギャラードは、グリーンランドの東寄りに、太陽の光を反射して輝く大西洋さえ見ることができた。電子頭脳は、DFC＝3を、黄道面の北二十三度から、地球へ導くつもりらしい。

月にも、やはり変化はなかった。地球の海に照り映える陽光のように、その表面にひろがるまっ白の巨大なしみは、宇宙時代のごく初期、宇宙船の着陸標識として、〈湯気の海〉に散布された水酸化マグネシウムであり、その南の端にある黒い点は、マニリウス火口にちがいなかった。

しかし、これもまた、彼の疑問の答えとはならなかった。月に変化はないからだ。宇宙時代の人間が、その表面に撒いた薄い塵は、数十世紀のあいだ消えないだろう——それらを吹きとばす風が存在しないのだから。〈湯気の海〉の標識は一万平方キロメートルにわたってひろがっている。時がたつにつれて、色があせるようなこともないし、(偶然にせよ、故意にせよ)人為的にそれが取り払われることもない。大気の存在しない世界に撒かれた塵は、永遠に撒かれたままに終わるだろう。

彼は、星ぼしの位置を星図とてらしあわせてみた。変化はなかった。しかし、わずか一万二千年で、それほど変化があるだろうか? 北斗の剣先は、まだ北極星を指している。竜は、ちぎれたテープのように、二匹の熊のあいだをのたうっている。ケフェウスにも、カシオペアにも、変化はなかった。星ぼしを見ただけでは、北半球が春だということぐらいしかわからなかった。

《だが、いったい何年の春なのだ?》

そのとき、とつぜん、彼は解答を知る方法を思いついた。月は、地球の潮汐現象をひき起こす。その場合、作用と反作用の値は等しく、その方向は逆になる。つまり、月が地球に影響を及ぼすときには、月も影響されずにはいられないということだ——これは月の角運動量に現われてくる。月と地球との距離は、毎年一・五センチずつ伸びている。その計算でいけば、一万二千年後には、出発のときより、百八十メートルだけ遠のいているはずだ。

計測できるだろうか？　可能だとは思えなかったが、とにかく彼は位置推算暦とコンパスをひっぱりだし、写真を撮った。計算しているうちに、地球はますます近づいてきた。終えるころには——求めようとする値よりも、誤差の限界のほうが大きくなって、結果は惨憺（さんたん）たるものだったが——地球と月はさらに近づいて、もっと正確な計測ができるようになっていた。

それも、実はまったく必要なかったことに、ギャラードはやっと気づいた。DFC＝3は、恒星あるいは惑星の動きを追跡するのではなく、たんにあらかじめ計算された位置に戻るにすぎないのだ。DFC＝3が戻ってきたとき、そこに地球と月がなかったとしても、それは電子頭脳の知ったことではない。では、ここから地球が見えるという事実は、予期された以上に時間が経過していないことの立派な証拠になるわけだ。

これはギャラードにとって、別に目新しいことではなかった。要するに、彼はそれを努めて考えまいとしていたのだ。計算をした理由はひとつ、たったひとつ——頭脳の中に、彼がかつて植えつけた、なにかを数えていたいというメカニズムが、まだ働いていたからである。遠いむかし、カレンダーの一秒を刻む間隔を知ろうとして、彼はかたく決心すると、数えはじめた――それ以来、ずっと数えていたらしい。脳内に単純なメカニズムを強制的に植えつける場合の危険というのは、このことだった。しかし、それもいまの無意味な計算で、区切りがつきそうだった。

洞察力も戻ってきた。彼はいいかげんのところで数えるのをやめた。と、脳の奥底に潜んで執拗に数えていた魯鈍の声が消えた。そいつは、丸二十カ月も、ひっきりなしにソロバンをはじいていたのだ。その存在がしだいに薄れていくのを感じながら、むこうでもさぞ喜んでいるだろうとギャラードは思った。

キーンという音が、ラジオから聞こえ、心配そうな声が彼を呼んだ。「DFC＝3。ギャラード、聞こえるか？　生きているのか？　こちらは大騒ぎだ。ギャラード、聞こえたら、返事してくれ！」

ヘアテルの声だ。ギャラードはコンパスを閉じた。夢中でやったので、片方の先端で手首を怪我してしまった。「ヘアテル、聞こえるよ。DFC＝3より〈計画〉へ。こちらギャラード」そして無意識に付け加えた。「愛のすべてをこめて」

騒ぎがひととおりおさまると、ヘアテルはことのほか、時間効果に興味を示した。「これで、ぼくの研究は、ますます複雑になる」彼はいった。「しかし、変換で証明することができるだろう。もしかすると因数に分解できるかもしれない。そうすれば、パイロットに関するかぎり、あれは消去されるわけだ。とにかくやってみよう」

　ギャラードは、もの思いにふけるように、手に持ったスコッチのハイボールをゆすっていた。〈計画〉の実行本部の一画にある、ヘアテルのこの狭いオフィスの中では、自分が別人になったような、年老い圧迫されて、萎縮してしまったような、そんなふたつの感じが同時に彼を襲った。彼は口をひらいた。「アドルフ、ぼくはこのままでいいよ。たすかったのは、あのおかげじゃないかという気がする」

「どうして？」

「オーヴァードライヴに切りかわったあとで、仮死状態におちいったと、前に話しただろう？　帰ってきて、ぼくは本を読んだ。そして、気がついたことがある。心理学者たちが、ぼくらほど、人間精神の独自性を重要視していないことだ。きみやぼくは自然科学者だから、宇宙というものをわれわれの外にあるものとして認識している――つまり、宇宙とは観察するものであって、本質的な自己はそれによってなんら変わるものではない、とね。だが、従来のこのような唯我論的物の見方は、ある意味では誤まっていたんだ。ぼくらの人格は、実は、周囲に存在する大小さまざまな物体のすべてによって決定されていた。だから、もし人間が、なんらかの方法で、外界より受ける影響から完全に遮断されたとしたら、その人間の人格は数分で消滅してしまうにちがいない。そして、おそらく死ぬだろう」

「引用終わり。ハリイ・スタック・サリヴァン（アメリカの精神病学者。一八九二～一九四九）」ヘアテルがそっけなくいった。「それで？」

「それで」と、ギャラードは続けた。「宇宙船の内部が、どんなに変化のないものか考えてみたまえ。完全に固定され、単調を破る音はなく、変化もなく、しかもほかに生命はない。普通の惑星間飛行でも、そういう状況に置かれたパイロットは、どんなに意志堅固な人間だって、何回となく席をたつ。スペースマンの精神異状の典型的な例は、きみも知っているな。彼らの人格は、周囲の物に影響されて硬化してしまう。しかし、着陸して、多少とも正常な世界と接触をはじめると、彼らはまた本来の自分を取り戻す。

しかし、ぼくの場合、外界との断絶は彼らよりはるかに酷烈（こくれつ）だった。舷窓（ポート）の外を見てもしかたがない——オーヴァードライヴが作動していて、なにも見えなかったからね。超光速で飛行しているから、地球と連絡をとることもできない。おまけに、自分が身動きできないことを発見した。実に長いあいだだった。光速以下の宇宙船なら絶えず動いている計器が、ぼくの場合は動いていなかった。完全に停止していた。時間間隔が縮まってくると、それまで以上に途方もないことが起こった。計器が動くようになったのはいいとしても、こんどは速すぎて読めなくなったんだ。ふたたびすべてのものが停止した——そして、ぼくは死んだ。船の一部と化して、硬直したまま、オーヴァードライヴが切れるまで横たわっていた」

「それを聞くと」とヘアテルがそっけなくいった。「時間効果は、どうみてもきみの友じゃなさそうだな」

「そんなことはない。いいかい、アドルフ。きみのエンジンの動きを、主観的時間でながめてみよう。それは——超微速から超高速へと——連続曲線上を変化していく——そして、また逆戻りする。これは連続変化だろう？　仮死をまぬがれることはできなかったが、そのおかげで、ぼくの人格は抹殺されずにすんだんだ。ブラウンとセリーニは、ここで失敗したんだと思う。あの二人は、スイッチまでたどりつけば、オーヴァードライヴを切ることができると考えた。二人は、それを行動に移す途中で死んだ。だがぼくは、じっとすわってがまんしなければいけないと思った——それと、幸運なことに、きみの時間の正弦曲線変化があった。あれがなかったら、ぼくは生きていないだろう」

「はあ、なるほどね」と、ヘアテル。「そいつは一考の価値がある——もっとも、恒星間飛行を一般化する見込みはなくなったがね！」

彼は急に黙った。薄い唇がすぼまった。ギャラードは、この機会を狙って、酒を喉に流しこんだ。

やがてヘアテルがいった。「きみはなぜ、ケンタウリ人のことでいつまでもくよくよしてるんだ？　きみの業績はたいしたものだと思うんだが……。なにも、きみを英雄に祭りあげてるんじゃないよ──英雄なんてものはバカでもなれるからね──ただ、ブラウンやセリーニがすぐさま行動を起こしたのに、きみはまず考えた。あの二重星へ行ってきみが発見した事柄に関しても、秘密があるんだろう？」

ギャラードは答えた。「ある。しかし、それはもうきみに話したことだ。仮死から回復したときのぼくは、まっ白なプラスチック紙みたいなもので、誰がその上に字を書いても構わないような状態だった。ぼくの本来の環境、つまり地球の生活は、そのときのぼくとおよそ縁のないものだった。しかも周囲は、オーヴァードライヴが切れる前とほとんど変わっていない停止した世界だった。だから、ケンタウリ人が現われると──本当に現われたのかどうか、ぼくには確信はないが──彼らは、たちまちぼくの人生でもっとも重要なものになってしまった。ぼくの人格は、適応し、理解するために変質した。その変化に対して、ぼくはなにをすることもできなかった。

たぶん、ぼくは彼らを理解したんだろう。しかし彼らを理解した男は、いまきみが話している男とは違うんだ、アドルフ。地球に帰ってみると、その男がさっぱりわからなくなってくる。彼は、ぼくには全然でたらめとしか思えない英語をしゃべっていた。また逆に、そのときのぼくが平常のぼくを理解できなかったとしたら──事実、そのとおりだった。当時は、あれがぼくの知ってるギャラードという男だとは、どうしても思えなかったくらいだ――だから、ケンタウリ人に、〈計画〉のことや、きみのことを伝えることもできなかった。彼らは、コントロールされた環境にいるぼくを発見し、その中に入ることによって、ぼくを変質させた。彼らが行ってしまったいまでは、思いあたることはなにひとつない。彼らが英語を話しているなどと、どうして思ったのか、それさえわからない始末だ！」

「彼らは名前を持っていたのか？」

「もちろんだ」ギャラードは答えた。「ビーデムンゲンというのがそれさ」

「どんな恰好をしていた？」

「見なかった」

ヘアテルは前にのりだした。「だが……」

「聴いたんだ……と、ぼくは思う」ギャラードは肩をすくめ、スコッチをまたすこし飲んだ。やっと故郷に帰ったのだ。その気持をいい表わすとすれば、やはり、〝うれしい〟というのが、いちばん適当のように思えた。

しかし、心の中では、誰かがこういっていた。《天界と同様、地球においても》そして、別の声が、これもまた彼かもしれなかったが（なぜ、自分＝他存在などと思ったのか？）……《考えても、遅すぎる》

「アドルフ」と、彼はいった。「これがすべてだろうか？　まだこれから先、知らないも

「何年もかかるだろう」ヘアテルがあたたかい微笑をうかべていった。「ギャラード、そう気をとがらすな。きみは帰還したんだ。だれにもできないことを成し遂げたんだ。もういちど行けとはいわないさ。それに、きみの生きているうちに、次の船が完成するとも思えない。たとえ完成したとしても、出発は長びくだろう。目的地がどんなものか、ぼくらはほとんど知らないからね」

「ぼくは行く」ギャラードはいった。「もうこわくはない——むしろ、行きたいんだ。DFC＝3が、どのような反応を見せるかわかった以上、それに耐えられるつもりだ。こんどは、むこうの地図やテープや写真もとってきてみせる」

ヘアテルは、急に大まじめな顔になっていった。「きみはまさか本気でDFC＝3に乗れると思ってるんじゃないだろうな？　ギャラード、DFC＝3は分解されるんだ。ほとんど、分子の単位までね。これはDFC＝4の建造にさいして、どうしても要求されることだ。それに、きみを行かせることもできない。別にきみをいじめてるわけじゃない。だが、きみのその戻りたいという欲求は、後催眠の暗示だと思わないか？　もしそれが事実なら、戻りたいときみが思えば思うほど、危険は大きくなるんだ。きみは、船と同様、精密な検査を受ける必要がある。ビーデムンゲンたちが、きみの戻るのを待っているということには、なにか理由があるはずだ——それを見きわめなければならない」

ギャラードはうなずいた。しかし、ヘアテルが、彼の眉の動きと、ひたいによったしわ――涙をとめようとして、顔筋を収縮させたときはからずも顔に出てしまった悲しみの表情――に気づいたことは、わかっていた。

「要するに」と、彼はいった。「〝動くな〟ということさ」

ヘアテルは心もち当惑してみせた。しかし、ギャラードはそれ以上なにをいうこともできなかった。彼は人間性の公時間（コモン・タイム）に回帰したのだ。もう、二度とそこを離れることはあるまい。

たとえ、彼の記憶におぼろげに残るあの約束の、愛のすべてをもってしても。

# キャプテンの娘

フィリップ・ホセ・ファーマー

〈S‐Fマガジン〉1968年9月臨時増刊号

The Captain's Daughter
**Philip José Farmer**
初出〈サイエンス・フィクション・プラス〉1953年10月号

第二次世界大戦後にデビューした、いわばアメリカ第二世代のSF作家のうちでも、異能作家という名にもっともふさわしいのが、一九一八年生まれのフィリップ・ホセ・ファーマーでしょう。その異能性は、タブー破りにも発揮され、異星種族の性をテーマにした中篇「恋人たち」（一条佳之名義・伊藤典夫訳／〈別冊宝石〉122号「世界SF傑作集」一九六三年八月）は、一読「吐き気を催す」と酷評したジョン・W・キャンベル編集長の〈アスタウンディング〉誌、ホレス・ゴールド編集の〈ギャラクシイ〉誌など一流誌で軒並みボツにされたあげく、サミュエル・マインズが編集するパルプSF誌〈スタートリング・ストーリーズ〉の一九五二年八月号にようやく掲載されました。この〝危険なヴィジョン〟をもつ中篇のおかげで、ファーマーが、翌一九五三年に創設された第一回ヒューゴー賞の最有望新人賞の栄誉に輝いたのは、キャンベルやゴールドにとってなんとも皮肉な結末でした。

ファーマーが、〝ゼノバイオロジー〟（異星生物学）と性のテーマにご執心だった時期に書かれた本篇は、性科学誌の〈セクソロジイ〉も出していたヒューゴー・ガーンズバックが発行する〈サイエンス・フィクション・プラス〉――ハイブラウゆえにわずか七号で終刊したこの雑誌に掲載されたファーマー作品二篇のうちの一作で、その時のタイトルは“Starange Compulsion”でしたが、バランタイン・ブックス刊の作品集 *The Alley God*（一九六二年）に収録の際、「キャプテンの娘」に改題されました。

（高橋良平）

火口（クレーター）の上にうかぶ地球を見るともなくながめながら、彼は湯気の立つコーヒーを口もとにあげた。

通話器がかん高い音で鳴った。

彼はボタンを押した。「はい、ドクター・ゴーラーズです」

「マーク、おれだ、ハリーだ。いま〈アールキング〉にいる、エバレーク船長の貨物船だ。十二号ドックだよ。患者が出た。おたくの技術員（テック）も連れてきたほうがいいな。車をそっちにやった。五分もしたら着くはずだ」

声は間（ま）をおいた。そして、やや興奮した口調でいった。「ラスポールド警部がそれに便乗する」

「殺人事件か？」

「わからん。ただ、乗組員がひとり、〈アールキング〉が空間転移した直後に失踪している。ほんの一分ばかり前に、船長が報告してきた。娘のことが気がかりで、そっちまで手がまわらなかったんだそうだ」

「オーケイ、ローダを呼ぼう、バイ」

マーク・ゴーラーズは壁面スクリーンのスイッチを入れた。そしてボタンを押した。スクリーンが明るくなり、グリーンのブラウスとスラックスに身をつつんだ、小柄な、華奢な娘が現われた。テーブルに両足をのせてマイクロリーダーを読んでいる。ゴーラーズは彼女の前にあるスクリーンに目をやり、拡大された文字に目を通した。

「またヘンリー・ミラーか、ローダ？　古典しか読めないのかい？」

ローダ・テューはマイクロリーダーを切り、短い黒い髪を整えた。つりあがった感じの黒い目が笑っていた。

「代わりのスリルが何かないと、先生。あたしには、厳しい臨床的な態度しかとってくださらないんですもの」

彼は赤みがかった眉をあげて、いった。「おいおい、月世界の男はぼくだけじゃないんだぜ、ローダ」

彼の声から、からかうような調子が急に消えた。「道具をとってくるんだ。急患が出た」

彼女はすばやく立ちあがった。「いま行きます、先生」

スクリーンが消えた。マーク・ゴーラーズは診療鞄（かばん）の中身を確かめて、グリーンのコートをひっかけた。その直後に、ローダがはいってきた。カートを押している。その上には、穴やダイヤルのたくさんある大きな黒い金属の箱がのっていた。

「患者はだれですか、先生？」

「どうやら船長（キャプテン）の娘らしいね」

「また、がっかり！　男の人だったらいいのに。大きな、たくましい男性で、軽い病気にちょっとかかっているくらいがいいわ。彼は昏睡（こんすい）状態から目覚めて、最初にあたしを見るの——そして、ひと目で恋をするの」

「そして、また昏睡状態に逆戻りだ。自分にとって何がいちばんいいか、その男が知ってさえいればね」

二人は自動ドアを通りぬけた。ローダは精密検査機（メクテツク）を引っぱって傾斜路を下った。グリーンの明かりが、エアロックへはいっても安全なことを告げていた。はいると、車がもう二人を待ち受けていた。ローダは機械とカートを高々とさしあげて、ドライバーにわたした。男は片手で受けとり、なかに入れた。そして彼女は三メートル上にある車にとびあがった。ゴーラーズが続いた。二人が落ち着くか落ち着かないかというとき、ひとりの男がドアから泳ぐようにとびだしてきて、二人のむかい側の席についた。ドアがしまり、エアロックが開いた。車は道路へすべりだした。暗いガラスをすかして、荒涼とした平原やはるかな火口（クレーター）の周壁をながめるものはひとりもいなかった。彼らの目は、タバコに火をつける作業にそそがれていた。

マークが煙を吐きだして、いった。「どうだい、刑事（デカ）稼業は、ラスポールド？」

ラスポールドは、つややかな黒い髪をした背の高い男だった。黒い目はつき刺すように鋭く、鼻はブラッドハウンドのそれを思わせる。

しかし声はやわらかく深みがあって、荒けずりの醜い容貌を多少ともやわらげる役にたっていた。

「正直いって飽きたな。犯罪に関するかぎり、月（ルナ）では閑古鳥（かんこどり）が鳴いてるよ。こっちはたいてい、風景やヌードを描いて時間つぶしをしてる」

「もうこんりんざい、あなたのモデルなんかしないから」ローダがいった。「いつも普通よりデブに描くんだもの」

ラスポールドはつかのま長い白い歯を見せて微笑した。

「うん、わかってるよ。だけど、どうしようもないんだ。おれの下意識は、ローラーコースターみたいな曲線の女を求めてるんだな。いまの時代じゃ、そんな女は見つからない。少なくとも、この月ではな」

ゴーラーズがいった。「転勤願いは出したのか？」

「ああ、だが返事が来ない。ウィルドンウーリーがいいと書いて出したよ。三メートルも歩かないうちに、個人主義者か神経病患者に必ずぶつかるような辺境の惑星がまだあるんだ。きたない、つらい仕事で手をよごすのが好きな、おれみたいな刑事（デカ）には、おあつらえの惑星だぜ」ラスポールドはにっこり笑い、そしていった。「ゴーラーズ、あんたはいつ出かけるんだ？」

「ましな容れ物が見つかったらさ。三十カ月の猶予があるんだ、じっくり選ぶよ。こういうことは、慎重すぎるなんてことはないだろう。ウマの合わない船長や乗組員といっしょになってみろ、人生は地獄だぜ」

「惑星（ほし）を選ぶつもりはないんだろう？」

「十年もそこにつなぎとめられて、ついには医学の勉強のスポンサーになってくれていた会社から、お払い箱になるか？　ごめんだね。船医でいれば、サクスウェル社のために六年つとめるだけですむし、たくさんの惑星（ほし）をまわれる——おまけに、ありがたいことに、地球での休暇もときどき楽しめる」

「容れ物の中で長いあいだ暮らすんだぜ」

「わかってる。それは覚悟のうえだ。期間が切れたら、地球で開業するよ。おれには、あそこで充分だ」

「おれはいやだね。お巡（まわ）りは多いが、悪者は少ない。一生うだつがあがらない。おれはウィルドンウーリーだ」

ローダがいった。「あたしも結婚相手を捜しにそこへ行かなければならないみたいだわ。男五人に女一人なんですって。すてきでしょ……すてきじゃない！」

男たちは顔をしかめてローダを見た。そして口をきくものがないまま、車は十二号ドックに到着した。ゴーラーズは鞄をつかんで、とびおりた。彼はエアロックを通りぬけ、〈アールキング〉の入口にはいった。税関吏のハリー・ハラージが出てきた。

「こっちだ、マーク。一等船室に寝かせてある。あんなかわいい娘はちょっといないぜ。といっても、健康なときを想像しての話だがな。いまは血の気がなくなって、痩せ細っている。舌は傷だらけだ」

「発病したときには誰がいた？」

「父親だ。みんなの話ではな。いまは部屋で娘を看病してる。医者が来るまでだといって離れない。おたくのことだよ、マーク」

「情報をいろいろとありがとう」

彼らは通路を進み、階段をのぼって上のデッキに出ると、何人かの乗組員が税関・検疫手続きのために身ぐるみはがされて待たされている部屋を通りぬけた。急な螺旋階段をのぼると、ドアがあった。ハラージがノックした。

深みのある声が、「どうぞ」といった。

彼らは部屋にはいった。二段ベッド、大きな鏡のある鏡台、片隅に立っている腰ほども丈のある歩く人形、書物とマイクロリーダーを入れたガラスのはまったケース、何十もの世界から集められた貝殻がおさまっている同じようなケースがもうひとつ、女の写真。これらがみんなはいるほど、一等船室は大きかった。ベッドと鏡台のあいだにドアがあるが、それは、と彼は思った、ふたつの一等船室にはさまれた共有の浴室への入口なのだろう。もうひとつのドアはすこし開いていて、ハンガーにかけたドレスが何着か見えた。どれも純白だった。

同じことは、エイサフ・エバレーク船長の制服についてもいえた。それは、ゴーラーズには驚きだった。サクスウェル星間(ステラー)運輸の社員はグリーンの制服を着用するきまりなのだ。しかしエバレーク船長を見て、それも合点がいった。自分の個性に固執し、サクスウェル社のような大企業をむこうにまわしてさえ、自分の我を通しそうな面(つら)がまえの男なのだった。

それに比べれば、ゴーラーズの友人、ラスポールドのいかつい闘志まんまんの顔など、人情味あふれた柔和な顔である。

マーク・ゴーラーズは時間を惜しんですぐその顔から目を離すと、下段寝台にいる娘の上にかがんだ。彼女は白いブラウスとスラックスに身をつつんでいた。顔色は服と同じくらい白いように思われた。目は閉じ、口はすこし開いていた。唇には噛んだ形跡があり、舌はひどい嚙み傷で腫れあがっていた。口のなかは血だらけだった。脈拍は早かった。

彼はハラージにいった。「ローダがおもてにいる。廊下で装置の準備をするようにいってくれないか。ここでは場所がない」

患者の眼球を押してみたが、やわらかくはなかった。

「船長」と彼はいった。「同じような発作におそわれたことは、前には？」

「ない」

「これがおこったのは？」

「船時間で一時間前だ」

「場所は？」

「ここだ」

「発作がおこったとき、あなたはおられたわけですね？」

「はじめからいたよ」

ゴーラーズは船長に目をやった。ちょうどハンマーで鉄敷を叩くように、舌がアクセントのある音節をピシッピシッと叩きだす。

その目は、声に似つかわしかった。淡いブルーの目で、盾のような堅さがあった。その上にある眉は、乾いた血の色をしていた。びっしりと生えた長い髪は、槍兵の方陣を思わせる。つまり、とゴーラーズは思った、エイサフ・エバレーク船長はすぐ激怒する男だ。

身じろぎもせず沈黙しているいまでも、絶対に攻略できない力強さを感じさせる。

ローダがドアから首をつきだしたので、彼の考えはそちらに移った。

「血液サンプルを五つほしい。血糖値、インシュリンとアドレナリン、血球数、それに一般検査用だ。異物に注意してくれ。それから脳波測定機の調整も頼む」

彼女の首がひっこんだ。彼は呼びかけた。「ちょっと、ローダ。この娘の息をかいでくれないか」

ローダは娘の上にかがみ、やがていった。「アセトンのにおいはありません、先生。魚のにおいだけです」

彼はエバレーク船長にいった。「娘さんは最近、魚を食べましたか？」

「食べたかもしれんね。今日は、船時間の金曜日だ（キリストが処刑された金曜日は肉のかわりに魚を食べる風習がある）。それは料理人にきいてみてくれ。わたしは食事をとらなかったものでね」

ゴーラーズは脳波測定機をとった。長い電線で装置につながった小さな金属の箱である。彼はそれをゆっくりと彼女の頭上で移動させた。そうしながら、スイッチを入れたり切ったりした。ローダは、血液サンプルをとると、出ていった。彼女がいなくなると、ゴーラーズは娘の父親に発作の模様をたずねた。

船長の話から判断するかぎり、それは、てんかんや、インシュリン・ショックにふつう見られる古典的な発作だった。ゴーラーズは聞きながら、ときどきうなずいた。糖尿病性昏睡とは思えないが、血糖値を測ってからでなければ、はっきりしたことはいえない。それに、ほかの病気の可能性もある。税関・検疫事務所がいちばん案じているのは、彼女が地球外の病気や寄生生物を運んでいる可能性なのだ。彼はそうは思わなかった。おそらく、ごくふつうの地球型の病気におかされているだけだろう。

しかし、そう断定できるわけではない。もし彼女が、新しい病菌、船外からひとたび出たら黒死病のように全土に蔓延する病菌を宿しているとしたら？

そのとき彼女は目をあけた。

慰めの言葉を口に出す間もなく、彼女はゴーラーズから逃げようとした。目を見開き、彼の手の届かない寝台の隅にもぐりこもうとした。父親がすぐ彼女のそばにやってきて、痩せた体でゴーラーズを遠ざけた。

「だいじょうぶだ、デビー。パパはここにいる。こわがることはないんだ。静かにしなさい。わかるかい？　静かにして。もうじきなおるから」

娘はそれに答えず、代わりに父親のうしろにいるゴーラーズに目をやった。その目は父親と同じ淡いブルーだが、もっと穏やかだった。彼女は顔を起こしていた。この姿勢になって、はじめて、彼女の黒色の髪がとても長いのに彼は気づいた。刈りあげた頭ばかりのこの世界では、それだけでも目を奪うながめだった。

「だれ？」押し殺した、かすれた声で、彼女は父親にきいた。だが疲れがふたたび勝ちをおさめ、頭は枕に戻った。彼女が目を閉じ、両手を胸の上に組みあわせるのを、ゴーラーズは一分ほどながめていた。そして脳波測定機をかかえて、外に出た。

ローダ・テューが、精密検査機(メクテック)から目をあげた。

「一般検査だけ残して、あとは全部終わりました」

彼女がよこした一枚の紙には、機械がパンチしたコードが記されていた。

「アドレナリン・ショックだな」とマーク・ゴーラーズはいった。

「地球外のものじゃないのか？」とハリー・ハラージ。「うん、それならいいんだ！　で、アドレナリン・ショックとはなんだい？」

ゴーラーズの見るところ、説明の時間はたっぷりありそうだった。

「血糖値がさがると、副腎髄質からアドレナリンというホルモンが出るんだ。これにはグリコーゲンを糖に変換するはたらきがあるから、したがって血糖値もあがる。だがアドレナリンは、人間の体にとっては非常手段だ。多すぎると、心悸亢進(しんきこうしん)や、皮膚充血、けいれんが起こる。インシュリン・ショックを受けた糖尿病患者や、ある種のてんかん患者には、必ずこの症状が出るんだ。

一般検査が終わるまでは、決定的なことはいえない。血液中にアドレナリンを分泌させるような要素が、まだほかにあるかもしれないからな。ところが精密検査機(メクテック)では、血糖値は低い値を出している。いや、アドレナリン・ショックを起こすほど低くはない。とすれば、血糖値はそのホルモンと最初に接触した瞬間からあがってきているということだ。回復しかかっているわけさ」

「血糖値を低くさせた原因はなんだ？」

「それがわかっていれば、いま何かやっているよ」

ラスポールドが彼らのところへやってきた。その体は、突風のなかのアンテナのように前かがみになっていた。

「いまのところ、税関・検疫の調べでは、みんな白（しろ）だ」そういって、彼はブラッドハウンドを思わせる大きな鼻をあげると、あたりを嗅（か）いだ。

「だれだ、死んだ魚を隠してるのは？」

目をしばたたいて、マーク・ゴーラーズはいった。「おたくみたいに、鼻がきかないんでね」

「それはけっこうなことだな」警部はいいかえした。「この世界じゃ、いいにおいより悪いにおいのほうがはるかに多いんだから困る」

彼はハラージのほうを向いた。「このどうしようもないにおいの原因を捜さなくてもいいのか？」

ハラージも負けてはいない。「あいにく、そんな猟犬みたいな鼻は持ちあわせていないんでね、ラスポールド。一等船室のあいているドアのところまで行くと、なまぐさいにおいを感じるが、ここではなんともないよ」

ラスポールドの体が、ハエたたきのように前にとびだした。

「あのなかか、え？」

彼はゴーラーズを横目で見て、いった。「どうだろう、先生？　話ができないかな？

乗組員はだれも、失踪がどんなふうに起こったのか知らないみたいなんだ」

「船長とは通路で話してくれ。ミス・エバレークのほうは、まだ話ができるところまでいってないと思う」

「出てくるようにいってくれないか？」

「出てきてもらえるか頼んでみるよ。いい、いうだけじゃ、船長みたいな男には通じそうもない」

エバレーク船長は寝台の端にすわって、娘の容態をうかがっていた。彼女は組んでいた両手をほどいて、片方の手を彼にむかってのばしていた。だが彼がその手をとろうとはしないので、シーツの上におかれたままになっていた。彼の顔は、雪のなかに放置されたびしょ濡れの毛布のようにこわばっていた。瘦せた体が立ちあがり、弓なりにまがった背とがっしりした首と筋肉の発達した胸がつかのま強調された。

ラスポールドの要請を聞くと、うなずいて了承したことを示した。部屋を出るとき、彼はもういちどふりかえり、黙りこくっている娘を見やった。その目はつぎに若い医師に移った。ゴーラーズはすくみこそしなかったが、何か硬いものが自分にむかって飛んだのを感じた。心理的な稲妻というものがあるとすれば、船長の目がはなったのは、まさしくそれだろう。ゴーラーズにとっては、それはあまり嬉しくない奇妙な経験だった。警告と威嚇、それが船長の目のなかに彼が見たものだった。

ゴーラーズは肩をすくめ、敏感になりすぎているぞ、と思った。目それ自体には、光やメッセージを伝える力はない。顔筋のかたちと、体の姿勢、声の調子、それらが結合してひとつのパターンを作りだすのだ。この全体が目にはいっても、よほど気をつけていないかぎり、記憶に残るのは一部にすぎない。そして、たいていの人間にはそれだけの注意力はないものだ。目はなかでもいちばん記憶に残りやすい部分である。文学や人びとの話に必ずひきあいにだされるようになってから、それはじっさい以上に重要視されるようになってしまった。

しかし、とゴーラーズは心のなかで思った。あの男には、じろりと見るだけで、妥協を許さない冷酷な人間だ、という印象を与えるものがある。ひとたびその目ににらまれたら、かわそうにもなかなかかわせないものだ。

彼は船長の娘のほうを向いた。彼女の目はあいていた。伸びたままになっている片手は、拳のかたちになかば握られていた。何かに手をのばしたが、それが拒絶され、怒りを示そうとして、それが不成功に終わっている、という感じだった。

彼はそんなことに関心はなかった。少なくとも、当面は。彼はさし迫った目的でここにいるのであり、しなければならないことがあるのだ。

「二、三回、手を握って」と彼は娘にいった。「ブドウ糖注射をするから」

彼女の顔には、言葉を理解した表情はなかった。彼はくりかえした。彼女の目は一瞬、手のほうに移り、ふたたびもとに戻った。

「もちろん、どうしてもとはいわないよ。だけどそうすれば静脈がうきあがるから、ちがう場所に針をうってやりなおすようなこともしなくてすむんだ」

彼女はまぶたをとじた。体と顔にふるえが走った。自分自身とたたかっている、そんな感じだった。

ややあって、目をとじたまま彼女はいった。「じゃ、いいわ、先生」あきらめたような口調だった。

面倒もなく、静脈は見つかった。

「このところ体重が減ったね？」

「メルビルを出てから、五キロぐらい」

「メルビル？」

彼女は目をあけ、じっと彼を見つめた。

「さそり座ベータ星の第二惑星。ベータ星は、ズーベン・エル・チャマーリともいうわ。

アラビア語で〝北のけづめ〟という意味。地球から人間の目で見える、たったひとつの緑の星」

彼は注射針を抜いた。

「たまには、ぼくも星空を見なければいけないな。月に住むと、ひとついいことがあるんだ。星空がよく見えることさ。でも、それくらいだね」

彼女が話す気になってくれればいいが、と彼は思った。

「メルビルでは何をしていたの？」

「医療品をおろすために寄ったの。いいときに着陸して嬉しかったわ。ちょうどフェスティバルだったの」

彼の眉があがったのに気づいて、彼女はいった。「レモーの誕生をお祝いする日だったの」

その説明で、彼はやっとエバレーク父娘の白服と長い髪の意味がわかった。これほど仕事に熱中していなかったら、とうに思い出していたはずなのだ。レモーとは、かつて五十年ほどのあいだ地球で栄えたことのある新ピューリタン宗派の設立者である。その後、初期の情熱がうすれ、若者たちがつぎつぎと脱落していることに気づいた指導者たちは、ゴーラーズがうっかり名前を忘れていたその惑星に移住した。彼らは土地や財産を売り、あらゆる方法で金を集めたが、それでも乞食同然の身にならなければ、移住は困難だった。

宇宙旅行は経費がかさむ。旅行費も荷物の輸送費も法外な値がついた。わずかばかりのレモー教徒の一団がメルビルに着いたときには、彼らのポケットには一枚の貨幣もなく、彼らのバッグには道具すらほとんどなかった。

「おとうさんはどうしてスペースマンになったの？　きみの惑星の人びとは、地球とはほとんど接触がないと思っていた」

「サクスウェル星間運輸もほかの会社も、交易所はおいているわ。あたしたちと取引して儲けることのほかに、若者をたくさん雇い入れるの。その人たちはみんな宇宙へ出て、財産を作って――それから奥さんを見つけて戻ってくるわけ。あたしたちの惑星は、地球とは事情が反対なのよ。女の生まれる比率は、男二人に対して一人だから」

「それほど問題ないんじゃないのかな。地球へ来れば、よりどりみどりだ」

「でも、そのなかにレモー教徒になる女の人がどれだけいるかしら。生活がまるっきり違ってくるでしょう。気ままな暮らしに慣れていたら、とてもがまんできないわ。それに、レモーを信ずる男たちは、ふしだらな娘とは結婚しないし」

ゴーラーズは、壁にかかっている女の写真をながめずにはいられなかった。

その視線をとらえて、彼女はいった。「わたしの母は地球人よ。父の前の船、〈ブルーバード〉であたしを生んだの。メルビルにおちついたのは、それから。でも母が死ぬと、父はまた宇宙へ出ていったわ。サクスウェル社は父が復帰したのを喜んだわ。父はおもしろい人ではないけれど、船長としては抜群でしょう。清廉潔白のところが、会社に気に入られたの。辺境の惑星では一攫千金の機会なんていくらでもころがっているし、そういう誘惑にいつもさらされている高級船員たちのことで、会社がどれだけ頭を悩ましているか」

彼はうなずいた。ブドウ糖が急速にききめをあらわしている。彼女の頬は赤みを、目は輝きを、手は生きいきした動きを取り戻していた。そればかりか、父親に静かにするように注意されたにしては、彼女は驚くほど口数が多かった。女友だちや若い男との接触がなく、船長も無口なのでさびしかったのだろう、と彼は思った。

ローダがはいってきて、丸まった一枚の紙をわたした。脳波を記録した紙である。それには不規則な脳波のパターンが現われていた。これは、いまの診断の段階ではたいした意味はない。不規則さはしばらく前の発作によるものかもしれないし、それが彼女の正常なパターンかもしれないからだ。

彼はローダにもういちど、娘の脳波をとってみるようにいい、血糖値があがっているか確かめるために血液サンプルをとった。ローダがいってしまうと、彼は娘のかたわらに腰をおろし、その手をとった。ふりほどこうとはしなかったが、かすかにこわばるのが感じられた。彼は手をシーツにおろした。彼女の反応を見たかったからで、そのほかの興味はなかった。

「どう、ぐあいは?」

「力が出ないわ。頭もすこし変」彼女はためらい、やがて続けた。「それに体がはじけそうな感じがまだなくならないわ」

「はじけそう？」

彼女は腹に片手をのせた。無意識の動作だろう、そんな確信があった。

「ええ、体が爆発するみたいな、ばらばらにちぎれとびそうな感じがするの」

「そんな感じに気がついたのは、いつごろ？」

「船時間で二ヵ月前」

「ほかには何も感じない？」

「ええ。そうだ、あるわ、ひとつ。急にばかみたいに食欲が出てきたわ。でも体重はすこしも増えないの。そのうち、おなかがすこし出てきたので、食事を減らすようにしたわ。でも疲れて、動くのがいやになるだけ。とにかく食べなければならないの」

「おもにどんなものを食べるのかな？　澱粉質、糖分、タンパク質？」

「あるものならなんでもよ。もちろん、あまり脂肪はとらないわ。それからチョコレートをよく食べるわ。肌にはなんにも影響はないみたい」

それは認めざるをえなかった。彼女の肌は、いままで彼が出会った女のどの肌よりもなめらかだった。血の気が戻り、その目が生きいきと輝きだしているいまでは、彼女は美しかった。頬骨がやや目立ちすぎ、もうすこし肉をつけたほうがよい感じだが、骨格は彼に見える範囲でいうかぎり、すばらしかった。頭蓋、あご、歯も、よくつりあいがとれていた。あまりにも臨床的な美の分析に自分でも苦笑しながら、彼は仕事に戻った。

「体がはじけそうな感じは、ほとんどいつもかい？」

「ええ、眠っているときもそれを感じて目がさめるの」

「はじめに気がついたのは、何をしていたとき？」

「ドビュッシーの《ペレアスとメリザンド》のマイクロフィルムを見ていたとき」

彼は微笑していった。「これは仲間が増えた！ きみはオペラが好きなのか！ めずらしい人だね！ きみがもっとよくなったら、話をしようよ。このごろではめったにいないんだ、そういった……つまり、わかるだろう？ そうだ。第一幕のはじめのところを覚えてるかい？ ゴローが森のなかの泉のそばでメリザンドを見つける。彼女が逃げようとすると、彼は歌うんだ。〝こわがらないで、わたしを恐れる理由はない。教えてください、なぜ泣いていたのです？ こんなところで、たったひとりで〟」

彼は低い声で歌いはじめた。“N'avez pas peur, vous n'avez rien à craindre. Pourquoi pleurez vous, ici, toute seule?”

ゴーラーズは、メリザンドの台詞‘Ne me touchez pas！（わたしにさわらないで）Ne me touchez pas！Ne me touchez pas！’を彼女に引きつがせようと歌うのをやめた。そのあとのゴローのはげましの言葉、「こわがらないで。あなたを傷つけたりはしない。ああ！ そんなにも美しいあなたを！」その台詞を伝えたかったからだ。

それは誇張ではなかった。彼女は美しかった。肌は白くなめらかで、髪はキンポウゲのような明るい黄色だった。

だが期待したような反応は得られなかった。彼女は下唇をふるわせ、青い目を涙でいっぱいにしている。そして、とつぜんすすり泣きをはじめた。

彼も当惑していた。「ぼくが何かいったかい？」

彼女は両手で顔をおおって泣き続けている。

何をしてよいかわからず、ただ彼女の心をまぎらわすつもりで、彼は《愛の二重唱》からファウストの言葉を引用した。"Laisse-moi, laisse-moi contempler ton visage"（あなたの顔を見せてください）

だが彼女は顔を見せようとはしなかった。隠したまま、そのままの姿勢でいるのだった。

彼は歌をやめた。「気にさわるようなことをいったのなら、あやまるよ。ぼくはただきみを喜ばせようと思っていっただけなんだ」

すすり泣きがやみ、彼女はこれだけいった。「ううん、そんなことじゃないの！ そばにいて話しかけてくれる人がいて、嬉しくなってしまったんだわ、きっと」

彼女は片手を彼にむかってのばしかけたが、途中でひっこめてしまった。

「あたし——あたしといっしょにいて何も……不愉快なことない？」

「ないよ。どうして？　きみはとてもきれいな娘だと思うし、それに悪いことは何もしていないじゃないか」

「そんなふうな意味じゃないの。いいわ、そのことは。あなたがすこしも……つまり、どうしてかというと……この三カ月、あたしに話しかけてくれたのは、ピート・クラクストンとパパだけだったものだから。そのうちパパがいけないって——」

「何を？」

誰かがはいってきて話をさえぎるのを恐れるように、彼女は口早にいった。「ピートと話すこと。二カ月前だったわ。それからは……」

「それで？」

「それからはパパもほとんど口をきいてくれないし、ピートと話せるのも、こっそりと会ったときだけだったし。そのすぐあとなの、あたしが昏睡状態かなにかにおちいったのは。というより……」

彼女はためらい、ふっくらした唇に力をこめていった。「彼と話しているときに気を失ったの」

ゴーラーズは彼女の手をとり、そっと叩いた。つかのま不安げな表情がその顔にうかんだが、手をふりほどこうとするようすはなかった。彼のほうも、彼女のなめらかな肌に触れた瞬間、自分のなかに起こった変化に気づいて驚いていた。喜びと苦痛のいりまじったその感情をやわらげようと、彼は大きく息を吸いこんだ。

その瞬間、わずかではあるが、専門家としての彼が、個人としての彼に席をゆずった。

「ピート・クラクストンとは？」そういってしまって、彼はまた驚いた。その男の名を聞き、それが彼女にとってどんな意味を持っているか考えたとたん、おだやかならぬ気持が心にわきあがったのだ。

「二等航宙士よ。あたしより年上だけど、とても親切にしてくれるの」

彼はつぎの言葉を待ったが、情報はそれ以上は得られなかった。

デボラ・エバレークは、いい気でしゃべりすぎたことを後悔しているらしい。唇を嚙み、彼の肩越しに宙をじっと見つめている。明かりに照らされた彼女の目は、ごく淡いブルーの目を持った人びとによくあることだが、うつろで、人間の目というより動物か蠟人形のそれを思わせた。彼は目をそらした。美しさもそれではだいなしであり、そんな彼女を見るのはいやだったからだ。それが、淡い色の目をした人間のひとつの欠点だろう。彼がどちらかといえば目の色の濃い女性を好むのは、そんなところに原因があるのかもしれなかった。

いたたまれなくなって、彼は立ちあがるといった。「すぐに戻るからね」

彼女は何もいわず、宙を見つめている。彼は踵をかえし、ドアをあけた。そこでちょうど、大股にドアからはいってきた船長とぶつかりそうになった。ゴーラーズは立ちどまって、彼を通した。エバレーク船長は彼に目をくれたようすもなかった。ドアが光電管のはたらきであいたかのように、そのまま奥へはいっていった。

ゴーラーズはその断固とした表情をうかべた顔を見つめ、部屋を出た。あれでは健康な娘でも病気になる。

ドアが背後でしまった。「ローダ、きみは……」

彼の言葉はそこでとぎれた。一等船室のドアはしまっている。だが内部からつきぬけてくる激しい悲鳴をくいとめる役にはたたなかった。

もういちどドアからとびこもうとするマーク・ゴーラーズを、ラスポールドの引き締まった力強い腕がとめた。

「ニュースを打ち明けたんだろう」大きな口をあけ、残忍な笑いをうかべて、ラスポールドはいった。

「ニュース?」とゴーラーズはきいたが、その瞬間、彼の頭に真相が閃き、警部が何を話そうとしているか知った。

「彼の娘は、失踪したのがピート・クラクストンだということをいままで知らずにいたんだ」

ゴーラーズは悪態をつき、そしていった。「まるでけだものだ! もっとおだやかに打ち明けられないのかな？」

「なにか急いでいるような感じがしたぜ」とラスポールド。「もう話したのかときいたんだ。すると、話してないと答えた。で、おれはいったんだ。おれから話そう、だが話をする前に娘さんからもききたいことがあるとな。そうすると、とんでいった。何をやらかす気だろうと思って、あとをつけてきたんだ」

「これから何をするつもりなんだ？」

ラスポールドは筋骨たくましい肩をすくめた。

「さあね。ただ、クラクストンが生きているのを最後に見たのは自分だということは認めてる。それから一時間ほどで、クラクストンはいなくなってる。だが、そういったことから は何もわからない」

娘が発作を起こしたとき、クラクストンが娘の船室にいたことを警部は知っているのだろうか、とゴーラーズは思った。ほとんど同時に、ラスポールドがいった。「エバレークがいうには、三人が娘の船室で話しているときに発作が起こったんだそうだ。手助けを呼ぶために、クラクストンを送りだした。それが最後なんだ」

「そうだ」とゴーラーズはいった。「いま気がついたんだが、〈アールキング〉の船医はどこにいる？」

ラスポールドは歪んだ微笑をうかべて、いった。「メルビルのフェスティバルの最中に溺死してる」

ゴーラーズはローダに向いた。「血糖値はどうだ？」

「約百二十ミリグラムです、先生」

「ぐんぐんあがってる。しばらくは気をつけていよう。あまり高くなってもいけないし、さがっても困る。ピニミーターさえあれば、一分ごとの測定ができるんだがな。患者を船外に出すのは許してくれないんだろう、ハリー？」

ハラージは残念そうに首をふった。

「病気が地球外のものでないという証明ができるまで、ここにいるんだ。この船にのっている全員がそうだ」

「あんたも含めてか？」

「おれも含めてさ。それも仕事の一部なんだ。わかっているだろう、マーク」

「こっちの調べも、終わったわけじゃないんだ」ラスポールドがいった。「自白剤を使う許可をその筋からもらいたいもんだな――最近できたカラロケイルでいいだろう。だがいまのところ、自由意志を強制できるだけの充分な証拠がないときてる」

「容疑者たちに志願するようにいえばいい」

ラスポールドは鼻を鳴らした。「おっと、あぶないぜ！　おれだって〝容疑者〟なんていう言葉をやたらに使えないんだからな！　へたをすれば裁判ざたになる。それにだ、船長から軽蔑の表情以上のものを探りだせるとあんたが思っているのなら、まずお門違いだね！　なくなった救命艇のあたりで指紋採集をやったんだ。たいした証拠が見つかったよ。この船に乗ってる連中全員の指紋なんだ。乗っていないやつのまである！」

マークのいぶかしげな顔つきに、警部はいった。「どの船にも、乗組員と乗客の指紋をとったファイルがある。わりと簡単に調べはすんだよ」

ゴーラーズは一等船室に戻った。もう充分泣いたことだろうし、そろそろ悲しみから心をそらしてもいいころだった。精神的な傷をとり去るのに泣くのが効果的なことは、すでに一般に認められている事実なのだが、それよりも彼は、父親と二人だけにしておくことのほうを心配したのだった。

そしてまた、彼女のそばにいてやりたい気持もあった。それは職業的な理由からは多分にはずれたものであったが。彼女に会ってからまだまもない。だが、彼が感じているのは好意以上のものだった。

船長は寝台の端にかけ、聞きとれないほど低い声で話していた。娘は船長に背中を向けている。体をボールのように丸め、両手で顔をおおっていた。両肩がすすり泣きに合わせて揺れていた。

エバレークが目をあげた。ゴーラーズはきっぱりといった。「そのニュースは、娘さんには衝撃が大きすぎたかもしれない。特に、いまの体の状態では。もっとやさしいいいかたがあったでしょう」

　エバレークは立ちあがり、長身の体をぴんと張って彼をにらみつけた。

「医者のきみが口出しするようなことじゃない」

「そんなことはありません。傷を手当てすると同時に、患者の健康を守るのが医者の務めだ。いい古された言葉だが、予防は治療にまさるというのは事実ですよ」

　彼は船長のいた場所に腰をおろすと、両手をのばし、娘の体を抱きおこした。彼女はすぐ向きを変え、すすり泣きながら、彼の腕の動きに身をまかせた。抱いたまま、彼はひとこともいわず、彼女の長い黄色の髪をなで、涙のあとをふきとった。それだけで満足だった。うしろに船長が音もなく立っていることを考えると、首筋の毛がさかだつほどだったが、それでも娘を抱いたままの姿勢を続けた。彼女はまだ泣きやまない。彼はそっと脈をさぐり、百二十という猛烈な速さで打っていることを知った。彼女の顔はふたたび青ざめ、肌も冷たかった。

　しばらくして、ようやく彼女の体を押し戻し、ベッドに寝かせた。エバレーク船長は体をこわばらせ、声もなく立ちつくして、娘の顔をくいいるように見つめていた。その顔は、ブロンズ像のように無感動だった。

「どういうことになるか知ってさえいたら、あなたを入れなかったところですよ」ゴーラーズはいった。「これで回復するはずだ。さて、用事がなければ出ていっていただきたいんですがね。いろいろやらなければならない仕事があるから」

　エバレークはびくりとも動かなかった。動いたのは、唇だけだった。「わたしは〈アールキング〉の船長だ。船内では、わたしのすることに誰も文句はいわせん」

「この船は宇宙空間にいるんじゃない」ゴーラーズはこたえた。「ドック入りしているんです。ぼくの記憶が正しければ、いや、確かだと思うが、法規三十条によれば、こういう場合の医師は船長をしのぐ権限を持つことになっている。じっさい航行中のときでも、医師の権限は、医学的な問題に関するかぎり船長より上のはずです。医師の決定が、乗船者の生命を危険にさらす場合を除いて」

　白い服を着た姿は身じろぎもせず立っている。承服できない規則は、地球のものであろうとどこのものであろうと決して通すまいという気構えなのか。と、とつぜん微動もしなかった輪郭が流れるように動きだし、エバレーク船長は去っていた。

　訴えが効を奏するかどうか見当がつかなかっただけに、マーク・ゴーラーズは安堵のため息をもらした。うまくいくかもしれないという考えはあった。権威を重んずるのが、エバレークのようなタイプの人間の特徴である。彼らは権威を利用しているので、それが自分に対して使われる場合も反抗はしない。そんな行動をとれば、みずからの墓穴を掘ることになるからだ。

ゴーラーズは唇をすぼめ、デビーをもういちどそっと叩くと、ローダを呼びに戸口へ行った。ローダは親指と人差し指で輪をつくり、一般検査では異物が見あたらなかったことを示した。そしてレポートを確認してもらおうと、彼にパンチカードをよこした。彼は部屋から出ると、ハラージに結果を教えた。ハラージは大喜びだった。

「いつも食事に遅れるような仕事なら、やめちゃいなさいと女房はいうんだ」と彼はいった。「だが月のほうが、おれは好きだね。地球にいるよりはるかに調子がいいよ。老体にはすごしやすい」

「へっ!」ゴーラーズは鼻を鳴らした。「こっちはできるかぎり早くとびだすつもりだ」

彼は通路を見わたした。「船長は?」

「ラスポールドが用があって、どこかへ連れていったよ。どういうわけかは知らん。そうだ、ドク、局長のオブライエンにあんたのレポートを承認してもらおうと思うんだが、どうだ? 検疫局のほうも納得させる必要がある。それがすめば、隔離をとけるし、みんな自分の家へ帰れるわけだ。それればかりじゃない。船をあんまり長いあいだとめておくと、サクスウェル社がうるさくなるからな。税関局員の一生なんていうのは、むこうさんがなんとかしたいと思えば、どうとでもできるからこわいよ」

ハリーはひたいの汗をふいた。「まいったね、納得させにゃならん人間が多すぎる。船長、乗組員、検疫員、サクスウェル社の連中、最後はいちばん手ごわい女房だ。どうしてこんな仕事はやめちまって地球へ帰らんのかと思うよ」

　ゴーラーズは笑っただけで、先刻とは矛盾するハラージの言葉のあげ足をとるのはさし控えた。

「こちらはかまわないんだ、隔離をといても。だがひとり、文句をいう人間がいる。ラスポールドだよ。彼のほうはまだ予備調査も終わっていない」

　ハリー・ハラージは髪をかきむしりながら廊下を歩いていった。ゴーラーズとローダ・テューは船室に戻った。彼女は精密検査機（メクテック）を押して寝台のわきを通りすぎると、それを部屋の中央においた——スペースがあるのは、そこだけだったからだ。ローダは部屋の温度調節機の目盛りをあげ、娘の服を脱がせた。

　デビーは涙で赤くなった目を二人に向けた。

「心配しないで」とマークはいった。「これからちょっと手荒いことをするけど、きみにとってはそのほうがいいんだ。いまのうちになおしておかないと、何年も体のなかに隠れたままになっていて、何か大きな事件がおこったときに急におもてに現われて、病院に入れられるようになってしまうからね」

　〝精神科の病院〟というのだけは避けた。開けたように見えるこの時代でも、この語はまだ患者を動揺させるのだ。

　ローダは血液サンプルをさらにひとつとった。ゴーラーズは脳波測定機のワイアを彼女の頭にテープでとめ、手をばたつかせたとき、テープがはがれないようにワイアを彼女の背中から壁のほうにまわした。

デビーがいった。「父がはいってきて、裸にされているところを見られたら困るわ」

そんなことはさせないと彼は誓った。と同時に、彼はデビーの属している社会のさまざまな特異性にもっと注意を向けたほうがいいと考えていた。このような羞恥心は、狂人だけに見いだされるものである。だが彼女は狂人だとは思えない。メルビルでの異常な生活環境がそうさせているにちがいない。

ローダがドアの磁気錠をおろした。そのあいだに、ゴーラーズはデビーの心臓と腹の上に二枚の小さな円盤をテープでとめた。その円盤もまたワイアで装置(メク)に接続されていた。

「こちらはきみの心臓の鼓動を記録する。こちらは筋肉の運動だ」

「何をするの？」彼女は不安げな声できいた。泣くのをやめ、ゴーラーズたちの動きを見守っている。

彼はローダがよこした注射器をとって、いった。「このなかには、十ccのアセフィンと十ccのブドウ糖がはいっている。これをきみの腕の筋肉に注射すると、すこしして神経系に作用してくる。精神身体的な面に働きかけるんだ。最近の出来事で積みかさなった精神的な負担をみんな解放する。というより、解放するはずだ。それで道が開け、本来なら解きあかすのに何年もかかるような、いや、何年かかっても解きあかせないかもしれない病気の原因がつかめる。きみの予想する以上に苦しいかもしれないが、それもみんな、きみのためなんだ。どういったらいいかな……そのう、燃えるような感じがおさまると、驚くほどすっきりしてくるから。それに、これから先、何年間もきみのなかにあって心をむしばんでいく悲しみも気にするほどではなくなるんだ」

彼女はふるえる声でいった。「あたしがいやだといったら？」

「きみの自由意志までは干渉しないよ、エバレークさん。だけど、すっきりした気分になるというのは嘘じゃない。たしかにアセフィンは一般的な治療にもちいられるようになってから、たいして日がたっていない。だけど研究所で五年間、実地では三年間、テストされているんだ。ぼくだって、もう何人かの患者に使っている。そしていわれるとおりのききめをあらわしているんだ」

彼女は目をとじ、腕をさしだした。「わかったわ、先生、信じるわ」

注射針を定められた位置に刺すと、彼はいった。「我慢できそうだったら、薬にさからわないほうがいい。薬が効くままにまかせるんだ。何か話したくなったら、話しなさい。たぶん人には聞かせたくないようなことが——自分だって聞きたくないようなことが、口から出てくるだろうが、ぼくらのことなら心配しなくていいよ。この壁の外には絶対に漏らさないから。きみをいまと違った目で見るようなこともしない」

彼女の目はその前から大きかった。だがいままでは、それはもっと大きく見開かれていた。

「どうしてそれを注射する前に教えてくれなかったの？」

「無意識的な心理がほとばしり出てくると知ったら、だれだって注射されるのをいやがるからさ。自分自身がさらけだされるのを恐れているんだ。よこしまな、不潔なものだと思っていて、それを人に知られるのがいやなんだ。ばかげた態度だよ。真底からの天使や真底からの悪魔なんてどこにもいない。人はみな俗界に触れて生きているんだ。それだってすこしも悪いことはない。人がそれを認めるだけの謙虚さを持っているかぎりね。認めようとしない人間は、自分がなかに隠しもっているものによって、肉体的に、あるいは精神的にだめにされてしまう」

　彼はもう一本の注射器をとりあげた。

「ごらん！　これは解毒剤だ。これをきみに注射すれば、アセフィンは中和される。射ってほしければ、いいたまえ。これを射たずにすめば、きみは健康になる。健康になりたくないかもしれないな。精神的な時限爆弾がきみのなかでコチコチと時を刻むままにして、それが爆発しないチャンスに賭けるほうがいいのかな。これを射てば、きみの幸福の決定者、というより、不幸の決定者はきみ自身ということになる」

　彼女が唇を噛んでためらうのを見て、彼はいった。「ぼくを信じてくれ、デビー、育ちのよい女性が手術台の上でよく口走るようなこととたいした変わりはないんだ。たったひとつの違いは、麻酔をかけられていないという点だ。自分が何を話しているか気づいている。きみの場合は、それが大きな違いになるんだ。最近の経験から生まれた有害な影響が、それできれいに洗い流されるんだから。それに、もしきみがやめてくれといえば、すぐに解毒剤を射ってあげる」

彼女は救いを求めるように、あたりを見まわした。何もいおうとしないので、彼は進み出て解毒剤を射とうとした。

彼女は動きをやめて、いった。「いいの！ 我慢できるわ。射たないで！」

「ありがとう、デビー」彼は注射器をおくために背を向けた。と同時に、ローダのとがめるような視線に気づいていた。彼は肩をすくめた。彼のとった態度が道義的に正しくなかったことは確かなのだ。規則に忠実に従うなら、どういうことが起こるのか詳細に教えなければならないのである。だが彼が話したのは、注射の効果が予期しないかたちで現われるだろうということだけだった。とはいえ、それがアセフィン投与の必要のある患者たちに与えられる最大限の説明であることを、彼は経験から知っていた。この娘にはアセフィン投与が必要なのだ。暴力に訴えない範囲でなら、彼はなんでもするつもりだった。すこしぐらいの説明不足は、問題ではない。

通路に出ていたあいだ、彼はローダが当然の義務として船のファイルから持ってきたデビーの病歴に目を通していた。これ以前には病気の記録はなく、もうひとつの重要な点である心臓にも異常はなかった。あの不思議な発作に、さらにアセフィンのもたらす激しい、だが短時間の緊張が加わっても、もちこたえられるにちがいない。

すぐにも解毒剤を射てる用意をして、彼は装置のそばに立った。そこからならダイヤルと患者を同時に観察できる。三分ほどすると、カリウム・イオンその他を負荷したアセフィンがききめをあらわしはじめた。

彼女の裸身にふるえが走った。やがて、それはおさまった。彼女は不安げにこちらを見上げた。彼は微笑をおくった。彼女は弱々しげに微笑を返そうとした。そこで新たなふるえが起こり、波が砂の城を崩すように、その顔から表情を奪った。ふたたび休止がはいったが、時間は前よりも短かった。続いて、さらに激しいふるえが襲った。

「かたくならないで。体の力を抜いて。サーフィンをしていて、ちょうど波のてっぺんにいるときのように、自然に体を動かすんだ」

彼は自分にむかってささやいた――〝そして波からふりおとされないように、ふりおとされて深い深いところに沈んで溺れてしまわないように……海の底は静かでおだやかで、深い美しい緑だろう、だがそこへ安らかな気持で沈んでしまったら、二度と人生の騒がしさのなかへうかびあがることはできないんだ〟。

危険なのは、それなのだ。自分の筋肉や舌が教えるものを拒絶することはできる。そして、たったひとり、奥深い暗い淵にしりぞいてしまったら、だれだって、彼女自身でさえ見つけだすことはできない。

だからこそ、ダイヤルを絶えず監視する必要があるのだった。針があまりにもマイナス方向によりすぎたら、解毒剤を与えなければならないのだ。それもすばやく。失敗すれば、彼女の体はこわばり、そのかたちのまま、外からの刺激に対して盲目状態になる。そして彼女は地球のどこかの病院の精神科に送られ、適当な治療を施される。そこでむかしの彼女に近い状態に回復するかもしれない——運がよければ、完全な健康を取り戻すかもしれない。だが一方で、死のようなトランス状態が続く可能性もありえるのだ。だれかが体の向きをかえたり、四肢を違った角度に折りまげたりしないかぎり、身じろぎひとつしない状態が。やがて動くこともないまま、内部器官さえ動きをとめる日がやってくる。

危険なのは、それなのだ。にもかかわらず彼がその可能性に賭けたのは、自分を信頼していたからであり、成功するという見通しがあったからであり、最大の理由として、彼女の父親のことを考えたからだった。いま思いきった治療をうけさせないまま、〈アールキング〉が出港してしまったら、彼女は永久に失われてしまう。それを恐れたからだった。彼女の健康も、また彼自身からも——これが重要な部分を占めていることは認めないわけにはいかなかった——失われてしまうのだ。

そんなわけで、彼は職業的な興味以上のものを持って、ふたたびはじまった筋肉の動きを見守った。こんどのそれは、リズミカルな腹部の動きだった。それはやがて、水面に落ちた石が波の輪を作るように、全身に広がっていった。それはほとんど抵抗もなく全身を通りぬけた。彼女は両手を頭にあげ、肘をわずかに広げた姿勢を崩さなかった。いまの筋肉の緊張が、全身のふるえに対する恐れから起こったものなのか、それとも裸身をさらしているという羞恥心がまだ残っていて、それから起こったものなのか、彼にはわからなかった。

それは問題ではなかった。つぎの瞬間、筋肉の緊張が続けざまに襲い、針はロケットのようにマイナス方向にとんだ。下腹部が回転をはじめ、同時につきあげる動作をはじめた。顔はまるで苦痛のなかにあるように歪み、首を何回も前後にふった。

それだけ見れば、何が起こっているのか知るには充分だった。彼はローダに、彼女の体に毛布をかけるよう合図した。これ以上、彼女を当惑させたくはなかった。

「抵抗してはだめだ、デビー。続けるうちに体が疲れてくる。アセフィンを燃焼させて、終わるのを待つんだ。薬に体をまかせて」

彼女は荒い息の下でいった。「ほかに何をしていると思って？」

「薬の効くままにしていると思っているだろうが、まだすこし抵抗している。体の力を抜いて、それがさせるままにまかせるんだ。ぼくらのことは気にするな。早まった判断はしないから」

「あたしはするわ」

だが針はプラスに移るようすはなかった。

「デビー、ぼくはうしろを向いて、ダイヤルしか見ないようにする。それでどうだ？」

彼女がうなずいたので、彼は背中を向けた。すこしして、かすかな叫びが聞こえ、続いてもういちど、さらにいちど聞こえた。寝台の上で激しく手足のばたつく気配があり、同時に針がもとの方向に戻り、彼の願っている部分におちついた。彼は微笑し、緊張を解いた。第一段階は終わったのだ。やがて針はまたマイナスに戻り、もういちど闘いがはじまるだろう。もし彼女がそれに勝てば、ダイヤルの勝利の側に針を戻すことができるようになる。

そのとおりだった。しばらくのあいだ彼女は静かに横たわり、何回かあえぎ、うめいた。やがて彼が願ったとおり、彼女は二度めの興奮に屈した。そして、いままでなかったほど激しいすすり泣きをはじめた。ときどき、失踪した男のことを思いださせるような言葉をはさむほか、彼はほとんど黙って耳を傾けた。彼がいうひとことは、必ず新しい感情の盛りあがりを誘い、彼は満足の微笑をうかべた。とにかく悲しいエピソードをみな吐きださせてしまわなければならないのだ。

ただひとつ気にかかるのは、いま起こっている興奮の意味や動機はわかるものの、先刻のはさっぱり見当がつかないことだ。彼は苦々しくそんなことを考えた。根本にある動機はわかる。だが、それは欲求不満やショックを意味しているのか。いずれにしても、彼は最初のそれの原因を作った男に嫉妬を感じた。

やや疲れを感じながら、彼はローダにさらに指示を与え、そして怪我をしていないかとデビーの体を診た。そのあいだ彼女は、目を合わせるのを恐れるようにうつむいていた。

彼はデビーの肩をそっと叩くと、眠るのに鎮静剤はいらないかとたずねた。

「それがとても変なの」彼女は弱々しい声で答えた。「今日みたいにいろんなことがあった日は、興奮して眠れないんじゃないかと思うでしょう。ところが、とても落ち着いた気分なの。アセフィンとかなんとかいう薬が、なおしてくれたのね。眠れると思うわ。こわい夢なんかも見ないわ、きっと」

「薬のせいじゃないよ。きみの力でなおしたんだ。あの注射は、きっかけを作っただけさ」

彼は毛布をデビーのあごのところまであげた。

「看護師をよこして、目がさめるまでそばにいるようにしよう。それで、どう？」

彼女は眠そうに微笑した。

「だれもあたしを起こさない？」

「ああ、起こさないよ」

〝きみのおとうさんだって〟――彼は心のなかで吐きだすようにいった。

「おやすみ」

彼は船室のドアをそっとしめ、上衣のポケットに両手をつっこんで通信室へ足を運んだ。

そこへ着く前に、ラスポールドが現われた。

警部の黒い目の奥には、輝きがあった。球根を思わせるその鼻は、見えない手に握られているようにすぼんだり、ふくらんだりしていた。

「おい、マーク、何が起こったと思う？　第五基地のレーダーが、地球の大気圏に〈アールキング〉の救命艇ぐらいの大きさの物体がつっこむのを観測した。二時間ほど前だ。クラクストンは失踪したんじゃないかとおれたちが考えはじめたころだよ」

ゴーラーズは緊張を解き、ぽかんと相手を見つめた。

「へえ」

「速度を出したまま大気にぶつかったんで、流星みたいに燃えあがった。燃えかすは太平洋に落ちたそうだ！」


ドクター・マーク・ゴーラーズは、サクスウェル星間運輸のステーションに立っていた。そのそばには、二個の大きなスーツケースがある。〈アールキング〉に持ちこむのを許された荷物はそれだけだった。彼からすこし離れたところにはローダ・テューがいて、見送る人びとに別れを告げている。マークはぼんやりと人びとをながめながら、話し声の断片を聞きとろうとしていた。聞いていると、それはなかなかおもしろかった。いまはローダの友人のひとりが、ウィルドンウーリーで男をつかまえる方法を伝授している。いまのところ、その友人は男性獲得に成功していないが、アドバイス自体は見事なものだった。

「あたしのこと？　あたしは地球にいて、チャンスを待つわ。二重結婚の許可証だって取れるし、それに第二夫人になるのをいやがる娘もいるけど、そんなに悪い話でもないわよ。亭主野郎がいつ気がかわって、第一夫人にしてくれないともかぎらないんだし、それにね……」

ラスポールドがやってきて、会話のあいだに影を投げた。

「おい、マーク」彼はいきなり話をきりだした。「おれの配置変えの申請書は却下になっちまいやがった。〈アールキング〉で行けないんだ。だから頼む、おれたちゃ人類全体のためにも、見張ってくれ！」

「見張るって、見張って、何を？」

「わかってるじゃないか。マーク、〈アールキング〉のなかで、くさいのは、デビー・エバレークの船室だけじゃないんだぜ。船ごとすみからすみまで調査する必要があるんだ。だが上からの許可がおりない。確実な証拠を出すことはできないと連中はいうんだ――自白剤のカラロケイルの使用を許可するだけの証拠がな。連中は、クラクストンが一時的に精神錯乱をおこして自殺したという見かたをとってる。忘れろとおれにいった。それができりゃ、世話はないさ。だから頼む。エバレーク父娘を監視してくれ」

「おやすい御用だ」

「デビーのことを考えてるんだな。ああ、たしかにきれいな娘だ。というより、きれいな娘になるだろうよ。あの細い骨にもうちっと肉がつけばな。だけど、まずならんね。あの父親の目にじろじろ見られて体力を消耗しているあいだは」

スピーカーが大声で、〈アールキング〉への乗船用のバスは六号フォームに待機していると告げた。ゴーラーズはラスポールドの手を握りしめて、いった。「クラクストン事件におかしな点があることは、こっちもわかってる。エバレークの船で仕事することにきめたのは、それもあるんだ」

ラスポールドは眉を寄せた。

「おまえさんがデビーに職業的な興味以上のものを持ってるのはわかってるよ。教えてくれ、あの娘の発作から何がわかったんだ？」

「彼女は健康だよ。血糖が絶えず正常値からさがる傾向があって、それをくいとめるのにキャンディや炭水化物を人の倍もとっていることを別にすればね。何人か専門家にきいてみた。本に書かれていることはみんなやってみたが、それでもさっぱりわからない。血糖値をさげる原因がどこかにある。だが、どの器官を調べても正常みたいなんだ。

それだけじゃない。想像していたとおり、あのけいれんと昏睡がアドレナリン・ショックによるものじゃないという結論も出た。副腎ホルモンがいくらか血液中にあるのは確かだが、そんなものを起こすほどの量じゃないんだ。そればかりか、理解力や活動力を取り戻すのも、はじめ考えていたよりははるかに早い。明らかにてんかん性の発作だが……」

「それで低い血糖値の説明がつくのか？」

「そうだな、けいれんや昏睡は過インシュリン症の結果であることが多いんだ。だけどその場合には、膵臓が腫れていたり、異状があったりして、インシュリンが多量に流れでていたことがわかる。それが血糖値をさげる。ところがショックを起こすのは、インシュリンの過剰で、血糖とは関係ないんだ。デビーのインシュリン分泌は正常だよ。

つまり、こうだ」ラスポールドにむかって指をふり、われを忘れた表情で相手の目を見つめながら、ゴーラーズは続けた。「血液中のブドウ糖が少なすぎるとき、人体が起こす正常な反応は、副腎皮質ホルモンを分泌することだ。そのホルモンは、インシュリンとは逆の働きをする。コルチンとかコルチゾンとかそういったものは、肝臓に貯蔵されているグリコーゲンを再変換して血糖値をあげる。

副腎の内部にある髄質は、アドレナリンを分泌する。だがそれは、闘うとか走るとか急にエネルギーを出す必要があるとか、そういった非常事態だけのものなんだ。そして……」

「早く、先生！」ローダが駆けよってきて、いった。「遅れるわ」

マークはぽかんと見つめている警部としぶしぶ握手をかわした。

十五分後、ゴーラーズとローダは〈アールキング〉に乗船していた。ゴーラーズの技術員ではなくなったローダは、客室にはいった。彼のほうは、一等航宙士と共用の部屋に持ち物をおいた。そしてインターカムの執拗な声に導かれて離陸室にはいると、椅子にベルトでとめられた。十分後、彼は立ちあがり、これからは彼の医務室となる小さな部屋にはいった。船は加速一Gで航行しており、そのころには太陽系から約四十光年、そして目的地であるデルタ・ベロルムのウィルドンウーリーから約四十五光年のところにいるはずだった。次の半時間のあいだに、船は二度めの空間転移を行ない、問題の星から半光年の距離に近づく。垂直空間の位置座標をもういちど変えたときには、目的地まであとわずか八兆キロしかない。そうなれば、あとはカンガルーのジャンプに代わるノミのホップだ。船は垂直空間を出たりはいったりしながら通りすぎるあたりまで、ウィルドンウーリーに接近する。そしてそのあとは出発のときまで、正常空間にとどまるのだ。

船時間で一時間後、船はブレークネックのすぐ外にある宇宙港に着いた。荷物の積みおろし時間はごく短いので、乗組員の離船は許されなかった。ゴーラーズはローダにさよならのキスをし、すばらしい相手が見つかるのを祈っていると話した。

彼女は泣きながらいった。「どうして、それがあなたじゃいけないの、マーク？　あなたなら、こんな神に見捨てられた惑星にこなくてもよかったのよ」

「ごめん。本当にすまないと思ってる。きみはきっといい奥さんになるよ。わかるんだ、ぼくには。それが愛にまではいかなかったんだだな」

彼がローダを知って以来、はじめて彼女はかんしゃくを起こした。

「愛！　このロマンチシストのわからずや、チャンスさえ与えてくれれば、あたしを愛するようにしてあげたのに！」

彼女は行ってしまった。彼はそこに立ちつくしたまま、目をしばたたき、本当はローダはここに来るべきではなかったのかもしれない、そして自分は非常に好ましい女を取り逃してしまったのかもしれない、と考えていた。彼女の大きな黒い瞳がかんしゃくを起こして輝き、その赤い唇が歪んだのを見たとき、彼はそんな激しい気性のローダを求めていたことを知った。どうして彼女はこんなに手遅れになってから、それを見せたのか？　もしこれが月で起こっていたら（デビーを知る前に起こっていたら、彼は急いでそう訂正した）、結婚してくれと頼んでいたかもしれない。

一等航宙士のマッガワンがタバコを一本よこして、いった。「なぜそんな気の抜けたような青い顔をしてるんだね。恋人だったのかい？」

「はじめて相手の人柄がわかったときには、もうその人間はいない、と考えてたんですよ。みんな行ってしまうか、死ぬか、どうかなってしまう」

「どうかなってしまうほうだな、たいていは。セクシーじゃないか、あのローダという娘。どうなんだ、寝たことはあるのかい？」

「いや、その機会はあったんだが、ぼくの考えかたがいまの人間にはわからないような方向に傾いているものだから。それにだいいち、女三人に男一人という割合が、どうも男にとってうますぎるような気がしてならないんですよ。それで、姦通しても、それを禁じている宗教の信徒でもないかぎり、離婚訴訟は起こせないような現実ができている。もうひとつの理由は心理的なもので、ぼくを崇拝してくれるような女でなければ愛情がわかない頭脳構造になっているんですね。うぬぼれみたいに聞こえるかもしれないけれど、そうなんだからしようがないし、それでいままでうまくやってきたんですよ。なにげないつきあいには見つからない人間関係の機微がある」

マッガワンは煙をプッと吐いていった。「ローダは——わたしが見ていたところじゃ——きみを愛していたね」

「ええ、でも、ぼくの助手でした。ぼくらの生活に個人的な要素がはいってきたら最後、仕事はあんなにスムーズにはいかなかったはずだ。こちらが応じられないような要求をしはじめるでしょうからね。簡単にいってしまえば、まるで二人が夫婦のようにふるまいはじめるだろうな」

「もっと前に会っていればよかったよ」マッガワンはいった。「喜んで身代わりになってあげたのに。女は数えきれないほどいるが、精力はまだまだ衰えていない。スペースマンの生活は孤独で厳しいものだからな。ところで、詮索しすぎるかもしれないが、船長の娘はどうする気なんだ？」

「あの娘（こ）の病気の原因をつきとめようと思って」

「誤解しちゃいけないよ、ドク。船長の娘をどうする気だときいたのは、あんたのそぶりに見える個人的な興味のことをいったんだ。結婚しないかぎり、あんたにはどうするチャンスもないことは知っているんだろうな？　それに、レモー教徒にならなければ、結婚もできない。

あの娘（こ）の左手の中指にある太い黄金の指輪を見ただろう？　投げられた槍を三角の盾がかわしているデザインのやつだ。あれは処女の指輪なんだ。若い娘が結婚するまではめている。結婚するとはずして——自在バンドでとめてあるんで——こんどは夫の指にはめる。そのときから、娘は、夫のもの、夫だけのものになるんだ。そのあとで催される豪華な祝宴は、ただの宣伝、つまりその事実を人びとが認承する儀式にすぎん。もちろん、あらかじめ長老会にうかがって許可を得ておかないと連中はぶうぶう文句をいう。だが、強引に押し通すつもりなら、しなくてもすむ」

「月図書館（ルナ）で、レモー教について出ているかぎりのことは読みました」とゴーラーズはいった。「しかし、それは読まなかったな。まだ知らないことがあるかもしれない。よかったら教えていただけませんか？」

マッガワンは話好きの男だった。だが口のかたい船長といっしょでは、なかなかその機会に恵まれなかったのだろう。耳を傾けてくれる相手を得て、彼はとめどもなく話しはじめた。

　話の大部分は、ゴーラーズがすでに知っているものだった。マッガワンは、数百年前、開拓されたゴビ砂漠のなかの小国オプティマのある小さな町から広がった宗教の起源を話した。レモーとその弟子たちは、周囲の文化の自由な規範に反抗し、狂信者ばかりの緊密な小集団をつくった。しかし、若者たちの多くが集団の外からもたらされる無数の誘惑に負け、離散しはじめているとわかると、惑星メルビルに移住した。そこでなら、子供たちに彼らの規律を押しつけることができるからだった。それは、さらにヒンズー教から借用した信念によって、いっそう強められることになった。もしこの人生において厳格な道徳的規律に従わなければ、復活のとき、その人間は下等な生物にしかなれないというのである。

「連中が白い服しか着ないのや、髪を長いままにしているのは見ただろう」とマッガワンはいった。「ほかにも変わっている点がある。嘘をつかない……」

「決して？」

「うん、まず、ほとんどね」にやにや笑いながら航宙士はいった。

「連中は絶対的な一夫一婦主義者だ。結婚を終わらせるのは、死しかない。姦通さえ、絆を断ちきることはできない。その過ちを犯したものは、自分の〝過失〟を悔いる象徴として、まる一年間黒服を着せられる。知っているだろうが、古くさい〝罪〟という語は、連中は使わないんだ。そればかりじゃない。姦通したものは、まる一年間、その配偶者と性的な交わりをするのを禁じられるんだ。その期間の終わりまで、行ないがよければ、また白服を着るのが許される。そして理論的には、むかしと同じように貞節の身にかえる。もちろん無実の配偶者のほうも、〝過失〟を犯した相手と同じように禁欲を強いられるのだから大変だよ」

「それも意外と悪くないかもしれない」とゴーラーズはいった。「まかりまちがえば二人ともトラブルに巻きこまれるんだから、おたがいに気をつけて相手を監視しますからね。二重監視システムだ」

「それは考えてみなかった。だが、それは支配の方法のひとつの例にすぎないんだ。訓導と刑罰には、経済的、社会的、宗教的圧力を加える。連中は子供たちを決して殴らないが、その代わり、〝雰囲気で叱責〟する。ののしるようなことはしない。衣服や書物みたいなものは個人の所有物だが、収入の大部分は社会全体の財源としてたくわえられる。レモー教徒の若者たちがあんなにたくさん宇宙に乗りだすのは、その理由もあるんだよ。宇宙船に乗るほうが、故郷にいるよりも、よっぽど稼ぎがいいからね。もうひとつ、レモー教徒たちには若返りエキスを製造する産業設備がない。それを買うだけの金を得るために、若者たちを星間運輸会社と契約させるんだ。その気持はあんたもわかるだろう、ドク？　人生の一部をサクスウェル社に捧げているんだから」

「ええ、自由を取り戻すまでには、まだ五年と十一カ月と十日ある」

「そういえば、ドク・ジャイナスも〈契約者(デンティー)〉だったんだ。自分の体が自分のものになるまで、あと一カ月だった。それが溺れ死んでしまった。かわいそうにな。いい男だったよ。溺れる現場をわたしも見ていたんだが、どうにもならなかった」

「どうしたんですか？」

「こうさ。こちらは岸にいて、レモー教徒が湖に腰までつかり、体を清める儀式をやっているのを見ていた。ドク・ジャイナスがボートであたりを漕ぎまわっているのが見えた。連中に手をのばせば、さわれるくらいのところだった。だが、彼の関心はそんなところにはない。小さな罎で水をすくっては、コルクで栓をしていたよ。どういう理由かは知らん。その調査がどういうものかは、だれにも見当がついてない」

「サンプルを調べることはできなかったんですか？」

「見つからなかったんだ。ボートがひっくりかえったとき、沈んじまってね」

ゴーラーズは眉を寄せて、いった。「どうしてひっくりかえったんですか？　人びとにそんなに近いところにいて、みんな腰までの深さのところに立っていたのなら、どうして歩いてこなかったんだろう？」

「それがおかしいんだよ、ドク。みんなで〈湖の女王〉に冠をかぶせる儀式を見物していた——ついでにいっておこう、冠をさずけられたのはデビーなんだよ——そのとき叫び声が聞こえてきた。ふりかえると、ボートが傾き、ジャイナスがボートのむこう側に落ちるところだった。彼はそのまま沈んで、うかびあがってこなかった。そのあと捜索したところ、湖のいちばん深い部分で見つかった――」

「検視の結果は？」

「自殺さ。行けるだけ沖へ行ったんだろうということになった。でなければ、なぜあんなに速く、あんなに深いところまで行ける？」

「検視の立ち合いには、だれが立ったんですか？」ゴーラーズはきいた。

「レモーの長老たちさ、わかりきったことじゃないか、それにサクスウェル社の代理人だ」

「あなたも証人？」

「うん、だが、はっきり目撃したとはいえない。人ごみで混乱していたからね。何十人もジャイナスを救いに沖へ泳いでいった」

「そんな浅瀬で壜は見つからなかったんですか？」

「うん。深みへ蹴とばされたんだろうとしか考えられない」

つかのま沈黙があり、二人の目が合った。マッガワンは鼻孔から煙を吐きだした。何かをいおうとして、どうきりだしていいかわからないようだった。

「ねえ、ドク」やがて彼はいった。「あんたはいい男だ。月にいた一週間でそれがわかった。気がついたこともいくつかある。あんたは隠してるつもりかもしれんがね。ひとつは、あんたがデビー・エバレークにまいっているということだ。それには、みんな気づいてる。特に船長はな。あんたを扱う態度は変わってない。それは確かだ。だがそれは、いま以上にぶっきらぼうにはできないからだ。あんたに対する考えかたが変わったようなようすは、だれにも見せない。だが、やっぱり、あんたに目をつけてはいるんだ。

もっとも、話の本筋はそれとは違う。なあ、ドク、デビーはちょっとそこらにはいないくらいかわいい娘だろう？　そうさ。なら、不思議に思わないか、乗組員たちがどうしてあの娘を避けるのか？」

マークは驚いて目をしばたたくと、いった。「ここへ来てあまり長くないから気がつかなかった――それが事実なら。しかしいいよらなくたって変じゃないでしょう？　船長の娘なんだから」

マッガワンはにやりと笑っていった。「スペースマンをまだ知らないな。宇宙船に男二十人とかわいい娘が一人乗っていて、男たちは一カ月にいちどしかほかの女を見る機会がないとしたら、その娘に無関心でいられると思うかい？　それればかりか乗組員たちは彼女と話もしない。用事があっても、距離をおいて話す」

マークは顔を赤くし、手を握りしめた。

マッガワンはいった。「おちつくんだ、ドク、何もあの娘を侮辱しているんじゃないよ。

事実を指摘しているだけだ。知りたくないなら、そういいたまえ、黙るから」

「いってください」

「つまりだ、ドク、単刀直入にいってしまえば、デビーはくさいんだよ……そら、そら、またおこる！　いいか、あの娘にはじめて会ったときのことを思いださないか？　あんたは技術員に、アセトンのにおいがしないか息をかいでくれといった。そのとき彼女はなんて答えた。魚のにおいしかしないといっただろう。ほかの連中にきいたとしても、みんなデビーの船室は魚のにおいがぷんぷんする、あの娘の吐く息もなまのタラみたいだ、といったはずだ」

一等航宙士はそこで言葉をきった。

「それは」と彼はおだやかな声でいった。「あんたがおこるのも無理はない。だが、これはあんたのためにいってるんだ」

ゴーラーズは握りしめていた手をほどいて、いった。「わかってますよ。しかし、だからといって、気がおさまるわけじゃない」

「なぜそうおこるのかね？　たとえば、あの娘が足を折ったといったら、あんたはおこるかい？　それと同じだよ、あの娘のどこかがおかしいから、魚のにおいがするんだ、あの娘には、足を折ったのと同じように、どうしようもないことなんだ。ドク、こんな意見をしちゃいけなかったかな？」

「ぼく自身にもかかわりあってくることなんですよ。だから問題にするんだ」

「それは、わかってるさ。だからこそ、こっちも話すんだ。いいか、それをいうなら、デビーだけじゃないんだ。あんたがにおいに敏感なら、船長もおんなじようなにおいをぷんぷんさせているのに気がついただろう」

「ええ？」

「そうなんだ。そばにいる連中にいわせれば、船長はここ何年もそんなふうらしい」

ゴーラーズの目が輝いた。

「それで、デビーがその——悩みを持つようになったのは、いつごろからなんですか？」

「うん、最初に気づいたのは、そう、二カ月半ばかり前だな」

「はっ！」

目をしばたたいたのは、こんどはマッガワンだった。「どうしたんだ？」

「いや、まだわからない。それではききますがね、マック、そのう……変調を起こす前のデビーはどうでした？」

「あんたには想像もつかんだろう。元気な、頭のいい、陽気な女の子だったよ、いつも笑ったり、冗談をとばしたりしていた。男と親しくつきあおうとしなかったのは事実だが、妹の役なら喜んでかって出たよ。驚いた話だが、たいていの乗組員はあの娘のやりたいようにさせていた。ときどきチンピラがいいよろうとするようなことがあったが、われわれのほうでおとなしくさせた」

「船長といるときはどうでした？」

「あまり幸福そうじゃなかったね。太陽もくもらせるような男だからな。だが少なくとも、話をすることはあった。いまはそばへもよらない。インターカムを通じて話すだけで、食事もいっしょにしない」

ゴーラーズの眉がつりあがったが、急にうかんだ考えに、またそれはもとの位置にさがった。

「ねえ、待ってくださいよ！　ピート・クラクストンはどうなんですか？　彼はぜんぜんそういうことは気にしていなかったらしい。デビーと父親が証言したところでは、発作が起こったとき、彼はエバレークに二人の結婚の話を持ちだしていたという。彼はあなたのいうようなことを気にしていなかったんですか？　それとも、ぼくみたいに、においに鈍感な男だったのかな？」

マッガワンは冗談をいうつもりだったのかにやりと笑ったが、急にまじめな口調に戻った。

「いや、においには敏感な男だったよ。ただこの場合は、盲人も同然だった。あたりまえの話なんだ。彼もあのどうしようもない、なまぐさいにおいをぷんぷんさせていたんだからな」

　ゴーラーズは目をなかばとじて、長いあいだ沈黙していた。インターカムを通じてチャイムが鳴った。マッガワンがいった。「お呼びだ。また会おう」医師はうなずき、「ああ、もちろん」とつぶやいた。そして眉を寄せると、行くあてもなくゆっくりと通路を歩きだした。自分の足もとを見つめたまま歩き続け、やがて立ちどまると顔をあげた。無意識に自分がやってきた場所に気づくと、彼の顔に驚きがうかんだ。一瞬、そのまま立ち去ろうとしたが、そと目にもはっきりした動作で緊張を解くと、船室のドアをノックした。返事がないので、さらに強くノックをくりかえした。

「デビー？」と彼は呼んだ。

　ドアがわずかに隙間をあけた。内部から光は漏れてこない、だが白いドレスのうすぼんやりした輝きと、影になった卵形の顔かたちは見分けられた。

　彼女の声は静かで、不機嫌だった。

「何か用？」

「きみと話がしたいんだ」

　急に息を吸いこむ気配があった。

「どうして？」

「そんなに驚かなくてもいいだろう。なんとかして、きみと二人だけで話す機会を作ろうとしていたことは知ってるはずだ。だけど、ぼくを避けている。はじめて会ったときみたいな気のおけない女の子じゃなくなってしまった。何かがきみを変えてしまった。それが心配なんだ。だから、こうして話そうとしているんだ」

「話すことなんかないわ」

ドアがしまりはじめた。

「待ってくれ！　いいわけぐらいしたっていいだろう。なぜそうふさぎこんでいるんだ、なぜそうとげとげしいんだ？　ぼくが何をした？」

ドアの隙間はさらに小さくなっていく。彼はドアとドア枠のあいだに手をさし入れ、低い声で歌いはじめた。“Tiens, où est l'anneau qui je t'avais donné ? Oui, la bague de nos noces, où est-elle ?”

彼は間をおき、そしていった。「覚えてるだろう、デビー、ゴローがメリザンドにいう、〝あなたにあげた指輪はどこにあるのですか？　そう、わたしたちの結婚のしるし。お願いだ、どこなのです？〟」

答える間も与えず、彼はドアを押し広げると片手を奥に入れた。そして彼女を探りあてると、通路の明かりが照らすあたりまで、その形のよい青白い姿を引き寄せた。

「あの指輪はどこなんだ、処女の指輪だよ、デビー？　なぜそれをはめていないんだ？　どうしたんだ？　だれにあげた、デビー？」

闇のなかの人影は短い叫び声をあげ、握られた手をふりほどこうとした。彼はつかんだ手を離さずにいった。「これで入れてくれるかい？」

「父がおこるわ」

「わかりはしないよ。きみに会いにも来ないじゃないか。ぼくの言葉を信じるんだ、デビー、ぼくといれば安心だ。きみには触れやしない」

「だれだってそうだわ」意外な、荒々しい返事がかえってきた。やがてあきらめたように、「いいわ、はいりなさい」

彼はあいた隙間からすべりこむと、背後のドアをしめた。と同時に、壁にあるスイッチに手のひらを押しつけ、明かりをつけた。そして彼女の肩に両手をおいた。彼が触れたとたん、彼女はすこし体をすくめ、顔をそむけた。

「気をつかうことはないよ」彼はやさしくいった。

彼女は顔をそむけたままだった。

「あなたが気を悪くしないことは知っているわ」彼女はつぶやいた。「でも、みんながあんまりあたしを敬遠するので、男の人がいるとぎこちなくなるのが癖になってしまったの。あなたがなぜほかの人とちがうのかも知っているわ。でも、においに敏感だったら、きっとみんなと同じようにするわ。そばに来るのをいやがって、あたしのいないところで馬鹿にするのよ」

「いまの言葉は聞かなかったことにしよう」彼はそういうと、デビーのあごに手をおき、こちらを向かせた。「話したいのは、そのことなんだ」

　彼はデビーの左手をとった。「デビー、もしピート・クラクストンの死体が燃えつきていず、救命艇が太平洋のどこかで見つかったら、警察はきっと彼の指に太い黄金の指輪がはまっているのを見つけるだろう。その指輪には、投げられた槍をかわしている三角の盾の図案があるはずだ。そうだね？」

　彼女はうなずいていった。「否定はしないわ。でも、それを知っているのなら、なぜ審問のときにいわなかったの？」

「二、三分前、マッガワンが指輪の習慣を教えてくれるまで気がつかなかったんだ。きみの手には指輪なんかなかったのを知っていた。あの状況から見て、クラクストンの指にはめたという可能性がいちばんありそうだ。婚約発表がなかったところから見ても、それはクラクストンの失踪直前に起こったことにちがいない。そうだろう？」

　それまでの不機嫌な顔は、悲しげな顔に変わった。彼女は唇をこわばらせていった。

「ええ、あたしたちは愛しあっていたわ。待てなかったの……メルビルに着くまでなんか。二人で部屋で《ペレアスとメリザンド》のマイクロフィルムを見ていたとき、ピートが求婚したの。そのすぐあとで、二人でいるところを父に見つけられたの。父はおこって、レモーランドに着くまで娘とは会わせないとピートにどなったわ。そして、指輪を返せ、長老から許可がおりるまであずかる、といったわ」

あの感情を押し殺したエバレーク船長が、怒り狂う父親となっている情景を想像することはむずかしかった。

ゴーラーズは彼女の髪に手をやり、そこから名案を見つけだそうとするように、それをそっと指でとかすと、口をひらいた。「なぜそれを審問のときにいわなかったんだ？　なぜ、ぼくに話す気になったんだい？」

「それほどはっきりした質問をされなかったから。されていたら、本当のことを話したわ。あたしたちレモー教徒は決して嘘をつかないの。あたしたち三人は結婚について話していたとだけいって、口論のことまで触れなければ、問題も起こらずにすむだろうと父はいったわ。口論していたといえば、あのラスポールドという警部はあらぬ疑いをかけてきて、問題をこじらせるだろうからって。

あなたに話すのは、もっと簡単だわ。直接的な質問をしたんですもの。答えを拒否するか、本当のことを話すか。そして、あとのほうを選んだわけ」

彼は手をほどいて、いった。「なぜ？」

彼女は目をそらした。「ひとりぼっちでさびしかったから、だと思うわ。話し相手がほしかった。それに、ほとんどいつも、体が爆発しそうな気がするんですもの。体のなかの緊張を解放するものが何もないし――話すとか、踊るとか、歌うとか、叫ぶとか、なんでもいいの、そうしないと気が狂いそうなの。そして、これがいちばん苦しいところなんだけど、何か思いきりしてみたいような気持になることはあっても、衝動に負けるところまではいかないの。抑制がききすぎているのね。自由に行動することができないの。そうしたくって、いてもたってもいられないくらいなのに」

彼女は腹に手をおいて、いった。「このあたりだわ。爆発したいような気がするところは、でもそれができない……こわいのね」

ゴーラーズは彼女の横顔を観察した。眉を寄せ、口をきっと結んでいる。こわばった首筋、かすかに弓なりになった背。これほど父親に似た姿を見るのははじめてだった。

彼はそばへ行き、肩に手をおいた。かすかに身をふるわせたが、しりぞこうとするようすはなかった。彼は指で痩せた肩先を押した。

「まだたくさん隠しているね」やさしくいった。「何かが起こったんだ。クラクストンはそのために救命艇に乗り、地球の大気にまっさかさまにつっこむようなことになった。それは、この船室で起こったにちがいない。それはなんだろう？　結婚を遅らせられたというだけのことじゃない」

「知らないわ。どうして、あたしにわかるの？　目がさめたときには、ピートはいなかったのよ。父が助けを求めに彼を外に出したのが最後で、そのあと見た人はいないんだもの」

「ところでね、デビー、ピートが長いあいだ精神的に不安定な状態にあったことは知っているね。月に着いたら、精神身体的な精密検査を受けるはずだった。疑わしい言動もあった」

「知っているわ。だからみんなもすぐ自殺だと考えたんだもの。でも、あの人に自殺する理由があって？　あの人がそうするくらいだったら、あたしだってしているわ。何かはわからないけれど、彼の悩みもあたしと同じだったのよ。比べても、それほどひどかったわけでもなし。精密検査を受けることになったのは、彼がレモー教に改宗したので、メルビルのサクスウェル社の代理店が精神に異状があってそうしたのではないかと心配したからよ。レモー教を信じない人たちには、正気の人が急に光明を見て、違う社会の一員になりたがる心理がわからないのね」

「きみとおとうさんを見たかぎりでは、レモー教徒たちはあまり幸福ではなさそうだね。しかし、それは別の問題だ。するとクラクストンは、フェスティバルのとき水にはいったわけだね？　ほかの人びとといっしょに洗礼を受けるために」

彼女はうなずいた。ゴーラーズの顔にはいままでにない困惑がうかんでいた。全体像はつかめてきたのだが、それが何を意味するのか、さっぱり見当がつかないのだ。

彼はいった。「一ヵ月足らずでメルビルに着陸する。滞在は一週間だね？」

「ええ。〈殉教〉のお祭りがあるの。レモー教徒たちはみんな集まるわ、スペースマンさえも」

「ねえ、デビー」両手で彼女の体をこちらに向けると、彼は真剣な口調でいった。「きみは、ぼくが好奇心だけでこの事件に首をつっこんでいると思っているかもしれない。そうじゃないんだ。こうする理由のひとつは、ぼくが医者だからだ。だが、それ以上の大きな理由がある。それがなんだか想像がつくだろう？」

彼は期待をこめてデビーを見つめた。彼女は目をおとし、口をつぐんでいる。

「じゃ、いおう。きみを愛しているからなんだ！」

「このあたしを？　あたしはいけない女よ」

「そんなことはないよ」

彼はデビーを抱き寄せるとキスした。つかのま、それまでかたく結ばれていた唇が開き、やわらかさを増した。そしてしなやかな腕で彼の頭を引き寄せると、熱っぽい唇で抱擁にこたえた。だが、すぐに体を引き離し、手の甲で口をふきながらあとじさった。うちとけた、愛情のこもった表情は、すこし前の不機嫌な顔つきに戻っていた。

「出ていって！」と彼女は叫んだ。「もう二度とあたしのそばには来ないで。あなたなんか嫌いよ。男なんかみんな嫌いだわ！　ピート・クラクストンだって同じよ。でも、いちばん嫌いなのは、あなただわ！」

彼は両手をあげて一歩踏みだした。だが彼女の顔にうかぶ激しい反発に気づくと、腕をおろし、踵をかえして部屋を出た。ドアがうしろでバタンとしまった。その瞬間、彼は自分の一部が引きちぎられ、部屋のなかに取り残されたような気持を味わっていた。

一ヵ月が過ぎた。〈アールキング〉は二十の惑星を訪れ、荷物や乗客や通信文をおろし、運び入れた。ドクター・マーク・ゴーラーズはできるかぎりいそがしい状態に自分をおくように努めた。じっさい宇宙港には仕事はいくらでもあり、毎日が多忙の連続だった。着陸するたびに、サクスウェル社の代理人が、治療を要する患者や、医師が興味を持ちそうな外地性の病気のサンプルを用意して待ちかまえているのである。

船が航行しているときには、ゴーラーズは常に船長とその娘を監視した。マッガワンの話が嘘ではなかったことが、ようやく彼にもわかってきた。エバレークとデビーが顔を合わせることは決してなく、二人の意志疎通はすべてインターカムを通じて行なわれるのだった。また船長は、はじめゴーラーズが感じたほど、薄情で無感動な人間でないこともわかってきた。彼がこの人生で愛着を持っているのは、ただひとつ、〈アールキング〉だけ。それ以外のものにはまったく動じない男だったが、船を思うままに操っているときには、彼の口もとにかすかな微笑がうかんだし、その目には暖かい光が宿るのだった。彼は船内を絶えず歩きまわり、すべてを点検し、それらが完全な作動状態にあるかどうかはいうにおよばず、しみひとつの有無まで念入りに確かめた。宇宙航行も着陸案内も、逐一、彼が指揮し、また〈アールキング〉が地上にあるときには、一刻も早く宇宙に飛びだしたがっているように、いつも彼はおちつかなかった。もしこれが事実とすれば、彼は始終いらだってばかりいることになる。なぜなら船は、航行しているよりも、ドックにいるときのほうがはるかに多いからだ。星ぼしのあいだにひろがる空虚も、転移装置をとりつけた船なら、水切りの石が用水池の水面をスキップするように、簡単に飛び越えてしまう。時間の大半は、どこかの衛星に停泊しているうちに過ぎ去ってしまうのだ。

そんなわけで、〈アールキング〉は予定日を一日も遅れることなくメルビルに着いた。それが着陸したのは、マツに似た木のしげる、ゆるやかな丘陵とたくさんの湖沼のある土地だった。レモーランドの首都カリタポリスは人口三万ほどの町で、住民の大部分は、赤い屋根をふいた、白い箱のような木造の家に住んでいた。海港が正面にあり、うしろには森に囲まれた大きな淡水湖がある。ここで、ドクター・ジャイナスが溺れ死に、デビーが〈湖の女王〉の冠をさずけられたのだ。〈アールキング〉の出口に立ち、光のさんざめく平和そのものの湖面をながめながら、ゴーラーズはそんな感慨にひたった。ちょうど非番だったので、彼は町を見物に行くつもりだった。だが、すぐには出かけず、その前に船員室に足を運んだ。めざす相手、料理人はすぐに見つかった。ゴーラーズはノートとペンをとりだすと、医師としての自分にかえった。

「町へ行く前に、食べものの好みについて、ちょっと聞きたいことがあるんだがね。ミス・エバレークのほかに、チョコレートや糖分の多い食べものを特別にとっている人間を、だれか知らないか?」

　料理人も外出しようとしているところだった。「いる、いる、船長ですよ。ねえ、ドク、質問はべつのときにしてくれませんか?」

　ゴーラーズは笑って、いった。「いいんだ。楽しんできたまえ」

　彼はノートをポケットに戻すと船員室を出た。数分後には、カリタポリスの舗装された広い通りに出て、人ごみのあいだを進んでいた。国をあげての〈殉教の祭り〉であり、レモーランドの人間はみんなそこにいた。家々は客たちで混みあい、首都を取り囲む丘にはテントがキノコのようにたちならんでいる。空色のシャツ、緋色のスラックス、金色のサンダルというい
でたちのゴーラーズは、風になびく純白のガウンやスーツのまったただなかではひときわ目立った。同じ色の服をなぜ着なかったかと、彼は自分の間抜けさを呪った。だが、なんとかしようにも、もう遅すぎた。

　彼はフラッコウという医師の家にまっすぐむかった。そして外出する寸前のところをつかまえた。ゴーラーズは彼にいくつかの質問をした。いずれもデビーの病状にあからさまに関連したものだった。男は首をふり、急いでいるのだといった。ほかのときなら喜んでお答えするが、いまは困る。宗教上の義務が行き先で彼を待ちかまえているのだという。

「血糖値がそんなに目立って低い値を示す病気を、あなたがいままで聞いたことがないとしても——もっとも、あるのなら、そのうちあなたの耳にもはいると思いますよ——もう

ひとつ、なまぐさい息と体臭のほうはどうなんですか？　それに気づいたことはありませんか？」

　ドクター・フラッコウは、船長と同じような、長身の、痩せた、自分を厳しく抑制しているタイプの男だった。彼は開きなおると、かたい表情のまま、「ないね！」といった。ゴーラーズは礼をいって、おもてに出た。医師がたとえ何かを知っていたとしても、ひとこともらすまい。レモー教徒は団結心がかたい。彼らは自分たちだけが選民、唯一の真実の光のもとにすむ民だと考えている。よそもの（アウトサイダー）の詮索は、怒りを呼び起こすだけなのだ。

　彼はサクスウェル社の代理人、ジェースン・クラムをたずね、フラッコウにした同じ質問を繰りかえした。クラムは黒光りするひたいにしわをよせると、そういった話は聞いたことがないと答えた。だが、それもあまり参考にはならないと思う。なぜかというと、レモー教徒と自分のつきあいはビジネスの面だけにかぎられているからだ。そんな話があるようだったら注意していよう、とクラムは約束した。ところで、それはどういうことなんだ？　そうたずねられたが、それを知りたいのだ、とゴーラーズは悲しげに答えた。

〈アールキング〉への帰り道は、群衆をかきわけるのにひと苦労だった。〈殉教の祭り〉はすでになかばにさしかかっていた。ビクター・レモーの迫害と殉難を記念する大群衆の壮麗な行列である。わきあがる感動に圧倒され、気を失ったり、地面にうずくまったり、発作を起こして身もだえする光景があちこちで見受けられ、彼を驚かせた。激しい宗教的な興奮に接するのははじめてだったが、それは決して見ていて気持のいいものではなかった。真剣で、慎重で、形式的で、抑制された態度が、彼らの日常の姿であると聞いていただけに、その光景ははるかに強烈で、意外だった。

彼はようやく〈アールキング〉に帰りついた。そして船にはいるとすぐ船長とその娘のいどころを確かめた。管理ロボットの記録によれば、二人とも船を出ていなかった。これは彼にとっては驚きだった。成人したレモー教徒で、〈殉教の祭り〉に参加できるものは、必ず出かける義務があるからだ。なぜ彼らは参加しないのだろう？

彼は肩をすくめ、新たにうかびあがった謎の一面として、それを記憶にとどめた。そして実験室にはいると壜を用意して、夜になるのを待った。出かける前に、彼はデビーの部屋のドアをノックした。かすかに、彼女のかけているマイクロフィルムの音が聞こえる。それはまた《ペレアスとメリザンド》だった。オペラは終わりかけていて、医者の低音（バス）が、メリザンドの死の床から離れたほうがよいとゴローに伝えている。

「彼女は、孤独な、悲しい、謎めいた女だった。われわれすべてと同じように」

彼はもういちどノックした。マイクロフィルムはそのまま続いている。一瞬のためらいのあと、彼はそこを離れた。そして宇宙船の出口で、船長の痩せた不気味な姿とぶつかった。不意の出会いに驚きはしたものの、ゴーラーズはなんとか彼に気軽な挨拶をした。だが、包みをかかえた腕に力がはいるのだけはどうすることもできなかった。エバレーク船長はうなずいて彼の挨拶に答えると、壜のはいっている袋に視線を走らせた。傾斜路をおりながら、ゴーラーズは船長の視線を背中に感じていた。町を迂回して、湖の岸辺に着くと、やっとくつろいだ気分になれた。

砂浜にはたくさんの小型ボートが並んでいた。持ち主が見えないので、彼はそのひとつを無断で借りだすと、広々とした渚にむかってオールを漕いだ。わずか半時間前には、そこで清めの儀式が行なわれていたのだ。それが終わり、人びとが市中のほかの行事に参加するためひとり残らず岸から去っていくのを、彼は見定めていた。あたりは暗いので、彼がしていることを人に見られる心配はなかった。彼をぼんやりと照らすのはカリタポリスの市街の灯だけ。月はまだあがっていない。それに、たとえ見られたとしても、彼が知るかぎり、これは法に触れるようなことではないはずだった。

洗礼式の群衆の中心があったあたりの浅瀬に着くと、彼は漕ぐのをやめ、壜の栓を抜いて水の採取をはじめた。そうしながらもボートの四方八方に目を配るのだけはやめなかった。水面に近づいた魚が起こすのだろう、いちど、小波がたって反射光がちらついたほかは何も見えなかった。だが彼は動作をやめ、うずくまって闇のなかをすかし見た。それ以上は何も見えなかった。彼は安堵のため息を漏らすと、急いで仕事に戻った。

その瞬間だった。何かが激しくボートの腹にぶつかった。ボートが傾きはじめた。ゴーラーズは中腰のまま、どちら側にとびこもうかとためらった。はじめの一秒かそこら、その力の原因がわからなかったが、やがてふたつの手を思わせるものがボートの側面をつかんでいるのに気づいた。その下には、得体の知れない大きなボール状のものが見える。それに続く部分を見る前に、ゴーラーズはしっかりと栓をした壜のひとつをつかんで、あおむけに水中にとびこんでいた。それと同時に、そのボールがひと筋の光を放った。それが光でなく剣であったら、ゴーラーズの両脚は断ち切られていただろう。だがじっさい、それが与えた効果は同じくらいだった。切りふせられたように、彼の姿は不意に消えたからだ。彼はうしろ向きに水面に倒れると体をねじり、ボートとは直角の方向に水にもぐった。死にものぐるいで潜水し、行けるところまで行くと、水面に顔を出し、急いで息を吸いこみ、岸から遠ざかった。本能はいちばん近い陸地をめざすようにうながしていたが、何者かも――それがなんであるにせよ――彼がそうするだろうと考えて待っているにちがいない。その道理がわかるくらいの理性は残っていた。怯えているのは確かだが、恐怖にわれを忘れるまでにはいっていなかった。それに、この暗い水面では、あまり騒がしい音をたてないかぎり、自分を見つけるのが不可能なこともわかっていた。にもかかわらず、いまにも足首をつかまれて、湖底に引きずりこまれるという感じが、つきまとって離れなかった。そうなったら、どうあがいても、最後には肺のなかに湖水が流れこむことになるのだ。

　水面からまたすこしのあいだ顔を出すと、彼は急いで背後に目をやった。ひっくりかえったボートの裏側が、町の灯に照り映えて輪郭をうかびあがらせている以外には、何も見えなかった。彼はふたたび水中に沈み、やがて最初に水にとびこんだところから四百メートルほど離れた岸辺に、疲労と恐怖にふるえながら、息苦しさに泣きながら、這いあがった。長いあいだ、彼は木のかげにすわっていた。そして呼吸が正常に戻り、心臓の鼓動が日常のペースにかえると、一・六キロ先の〈アールキング〉にたどりついた。帰りつくころには、暖かい春のそよ風がわずかばかりの彼の服をほとんど乾かしていた。着換えをするのももどかしく実験室へ足を運ぶと、逃げるときポケットに入れた壜の中身を調べはじめた。

こんなことをしてもどうなるわけでもない、と彼は思った。だいたい何を捜しているのかさえ、わかっていないのだから。それに、わかっているにしても、たったひとつの壜にすくいあげたものでは、かんばしい結果が得られるはずはない。しかし何か手がかりを見つけなければならないのだ。幸い、船内には必要な器具はそろっていた。精密検査機に取りつけられたサワチ顕微鏡が、完全な分析結果を知らせてくれるだろうし、また彼に必要なものをひろいあげるかもしれない。彼は所定の穴に壜を挿入すると、ダイヤルをセットした。巨大な立方体が唸りをあげているあいだ、彼は行きつ戻りつしながら、ヒントのジャングルのなかに隠された正しい道を捜そうとした。その間の大部分、彼の考えを占めていたのは、水中に彼をつきおとそうとした何者かのことだった。彼を殺すつもりだったことは明らかである。ドクター・ジャイナスに真っ昼間起こった出来事も、これと同じなのだ……。

とつぜん彼は足をとめると、指をはじいて大声でいった。「なぜ、すぐあれに気づかなかったんだろう？」

彼は実験室をとびだすと非常ロッカーをめざした。いつでも、だれにもあくようになっているので、ドアをあけ、そこにかかっているエラストイドの宇宙服をひとつずつ調べることは簡単だった。はじめ、はじめに見た十二個は失望しかもたらさなかったが、十三番めで努力は報いられた。はじめ、それはほかのと同様に乾いているように思えた。だが彼の指は、片方の靴のかかとと先端のあいだの窪(くぼ)みに、わずかな湿り気を感じとった。あと何分か、ロッカーの熱気のなかにおかれていたら蒸発していたにちがいない。だれかがブーツについた泥を注意ぶかくふきとったのだ。

彼は体を起こし、ドアをしめた。考えたとおりだったのだ。ばらばらの断片の少なくとも半分は、これで一瞬に組みあわさったことになる。問題は、ほかの半分がさっぱり結びつかないことと、全体像からどんな事実がうかびあがるか、いっこうに見当がつかないことだった。ハンカチで手をふきながら、彼は思った。なんであるにしろ、それは……。

彼の体がこわばり、動きをとめた。かたい物が背中につきつけられ、聞き慣れた声が、低い、冷酷な調子でいった。「きみは頭がまわりすぎたな、ゴーラーズ」

ゴーラーズはいった。「あなたがどこかで目を光らせていることには気づいているべきでしたね、エバレーク船長」

「そうだ。防衛の手段をこうじておくべきだったたな」

エバレークの声は、彼が医師の背中にくいこませた銃口のようにかたかった。しかし芝居がかった調子はなく、平板な声だった。

「実験室まで歩くんだ、両手を前に出してな。助けを求めようなんていう考えを起こすなよ。おまえを撃つ。銃声を聞く人間はいない。乗組員はみんな町にいる」

ゴーラーズはデビーのことを考えた。いま、どこにいるのだろう？　首筋の毛はさかだっており、かすかな吐き気が腹のあたりに感じられた。父親のしていることを彼女が知ったとしたら？　それは、彼に有利だろうか？

彼には耐えられない考えだった。それを頭から払いのけたが、彼女がどこにいるのか考えずにはいられなかった。

彼の心を読んだかのように、船長がいった。「娘に聞こえるかどうかなど、考えなくてもいい。またオペラを聞いている。それに、こんな遠くでは聞こえんだろう」

ゴーラーズは、巨大な重荷が取り除かれたのを感じた。これであと心配しなければならないのは、自分が生きてここから脱出できるかどうかだけだ。よし！

彼らは実験室にはいった。エバレークがドアを背後でしめた。ゴーラーズは、センター・テーブルがゆくてをはばむまで歩き続けた。

そして許しも請わず、ゆっくりとふりかえった。エバレークは何もいわなかった。「武器を携帯するのは、あなたの宗教の教義に反するんじゃありませんか？」心臓を狙っている二十五口径の自動拳銃を指し示しながら、ゴーラーズはいった。

船長の顔にかすかなけいれんが走った。彼は答えた。「わたしは大きな過失よりも、小さな過失をとる。人を殺して、それ以上の過失が避けられるものなら、わたしは殺す」

自分でも驚いたことに、ゴーラーズの声はおちつきはらっていた。「殺人よりも重い犯罪なんて考えられない」

「それが、あるんだ。きみを殺した罰は、つぎに生まれかわったときに受ける。この人生に汚点を残すよりも」

「それで、あなたはクラクストンを殺した？　ジャイナスも？」

やつれた顔はうなずいた。「そうだ、これからきみを殺さねばならんようにな」

その声には、はじめてかすかな感情がこめられていた。

「どうにもならん！　ほかに取る道はないんだ！」

「どうして？　いまでは電気椅子での死刑なんてない。あなたは病院にはいり、治療を受ければ自由の身になる」

木から裂きとられた木片のように、エバレークの口から言葉が吐きだされた。「わたしの病気に治療法はない。デビーも同じことだ。これは誓ってもいい、わたしのしたことは大部分、あの娘のためにやったことだ」

ゴーラーズは、顔から血がひいていくのを感じた。彼は身ぶるいすると、テーブルに片手をついて体を支えた。

「それはどういう意味だ？」

船長の声はふたたび平板になった。「これ以上話すことはない、ゴーラーズ。それに、もし万が一、おまえに逃げられでもしたら、たいへんなことが起こる。いままで話したことは、わたしだけにかかわりがあることだ。それに、おまえの話などは、いつでも否定できる。だが、娘にそれをするのは――許さん」

ゴーラーズは精密検査機（メクテック）を手で指した。そこには、まだ壜がおかれたままだった。

「サンプルの分析結果から、ジャイナスの捜していたものが見つかるだろうな？」

船長の口もとにつかのま微笑がうかんだ。

「おまえをここに連れてきたのは、おまえ自身に壜を処理させるためだ。それで、わたしの指紋が残る危険もなくなる。それをとって流しに中身をこぼす。それから分析記録を機械からとる」

ゴーラーズはゆっくりした動きで、しぶしぶ命令に従いはじめた。そして肩越しにいった。「結果が出るとすれば、なんだ？」

「なにも出ないかもしれん。もしかしたら……どうでもいいことだ。いうとおりにしろ」

ゴーラーズは、ふりかえり、男の顔に壜を投げつけることを考えた。だが急いで、その考えを改めた。そうしても不可避の出来事を早めるばかりだ。それだけはしたくなかった。壜の処理が終わると、銃身が音もなくふられてドアを指し示した。先に行けという意味である。どこへ？　それは想像がついた。

「船長」ゴーラーズはいった。「なぜいまのうちにあきらめない？　逃げられるとしても、それは一時しのぎだ。そのあいだに、またたくさんの人びとを殺すことになる。あなたの教義が禁じているはずだ……」

「禁じていることはたくさんあるさ」エバレークはまるでどなるような調子でいった。「だが自分の良心が自分自身のものでなくなるようなことが、ときにはある。ふたつの過失のどちらかを選ばねばならないようなときが。わたしは選んだ。もう神も悪魔もわたしの決心をひるがえさせることはできん。自分の道を行くまでだ！」

それが結論のようだった。ほかの人間には大ぼらであっても、船長にとっては事実をたんに述べたにすぎないのだ。

肩をすくめ、ゴーラーズは男のそばを通りすぎた。その瞬間、実験室のドアがあき、デビーがはいってきた。

「パパ、声が聞こえたものだから……」

彼女は目を丸くして立ちどまると、二人の男を見つめた。

「どうして町へ行かないのかと思ったの」そこまでいうと、彼女の声は弱まり、とぎれた。

エバレークがきびしくいった。「船室に戻りなさい。ここで見たことは忘れるんだ！」

彼女はそのまま近づいてくる。彼はゴーラーズに銃を向けると、いった。「逃げるな、ゴーラーズ。撃つぞ！」

デビーはそれにはなんの関心もはらわなかった。まるで夢遊病にかかっているように、父親を見つめたまま歩いていく。彼はあとじさったが、テーブルにさえぎられてとまった。一瞬、その目は逃げ道を捜すように、絶望的にあたりを見まわした。そのときにはデビーは彼につめより、きいた。「パパ。パパは人殺しじゃないわね？」

「やめなさい、デビー」彼は叫んだ。「おまえは自分のしていることがわからないんだ！」

ゴーラーズが緊張して見つめる前で、エバレークは、彼にむかってくる手を避けるようにふいに片手をあげた。デビー自身も、なぜ自分がそんなジェスチャーをしたのか合点がいかぬように足を止めた。「なに？……」とデビーはいったが、つぎの瞬間、彼女の体もまた殴られたようにゆらいだ。そのころには二人とも、息をはずませながら見つめあっていた。二人の顔から陰気な線が消え、やわらいだ表情になった。デビーの唇は充血し、胸は激しく上下していた。父親は低くうめき声をあげると、いった。「いけない、デビー、いけない」

彼の手から銃が落ちた。だが、ひろいあげようとする気配はなかった。その代わり、彼はとつぜん娘を抱きしめていた。

ゴーラーズはその光景に呑まれて立ちつくしていたが、とっさにとびだして二十五口径をかすめとるだけの心の備えはあった。彼は銃身を船長のあばらにつきつけると、いった。

「エバレーク、どういうことかわからないが、いまのうちにやめておいたほうがいい」

二人は彼がいることに気づいたようすもない。彼はもういちど、命令を繰りかえした。それでも反応がないので、銃身をつかみ、船長の頭にふりおろした。声もなく、エバレークはくずおれた。しがみついていたデビーも、いっしょに床に引きずり倒されるところだった。

ゴーラーズはデビーを引き離した。そして、おそらくこの光景に対する嫌悪からそうさせたのだろう、彼女を壁にむかってつきとばした。彼は船長の上にかがみこむと、出血している頭の傷を調べようとした。だが、そこでまたデビーを押し返さなければならなかった。何かに憑かれたように、やみくもにむかってくるのだとわかると、彼はデビーを床に倒し、手首と足首をコイルで縛りあげようとした。彼は二度、デビーに爪で顔をかきむしられ、いちどは手首に噛みつかれた。彼はデビーの顔を平手打ちし、肘であごに一撃を与えた。彼女はすすり泣きながら、頭をたれて床にうずくまった。ばらばらの髪は、黄金の滝のように床に流れおちていた。立ちなおる時間を与えず、彼はデビーを横倒しにすると、何本かのコイルを合わせて、身動きひとつできないように縛りあげた。そしてとびおきると、意識を回復しかけた父親にも同じ処置を施した。

　エバレークは、内にある得体の知れない力にこらえかねているようだった。何かが体の内でふくらんでおり、空気を入れすぎた風船のように、いまにも皮膚をつきやぶって爆発するように思われた。目はとびだし、口は大きく開ききり、首や背中はそりかえり、かかとと頭だけが床についている状態だった。

「お願いだ、ゴーラーズ」彼は荒い息の下でいった。「離してくれ！　もう我慢できない。こんな恥ずかしいことを！」

　医師は彼にむかって一歩踏みだした。船長は相手の行動を違った意味にとったにちがいない。彼はこう叫んだ。「いや、そんなつもりじゃない！　離さないでくれ！　そんなことはしたくない！」

　鉄壁の表情がふいに一片の破片になって砕けた。その顔は苦悶に歪んでいた。と、それまでの苦悶が管弦楽全体のほんの序曲であったかのように、それは全身に移った。

　ゴーラーズは麻痺したように見つめながら、てんかんの発作がエバレーク船長を襲っていることに気づいていた。

　彼は船長にむかってさらに一歩踏みだしたが、背後から聞こえる身もだえとあぶくの音に気づいてふりかえった。デビーもまた抑えがたい苦悶に襲われ、口から泡を吹いているのだった。誰を先に治療するかについては、一瞬のためらいもなかった。彼は急いで彼女の口にハンカチを入れ、舌や唇を嚙みつぶさないようにした。そうしながらも、実験室を見わたして、必要になりそうな薬品や器具を捜した。発作が去ったとみると――彼の推測では、それは三十秒ほど続いたようだった――彼女の口からハンカチを出し、立ちあがり、ブドウ糖とラザーロの注射を二本用意した。後者は、彼が〈アールキング〉の仕事につくすこし前にはじめて入荷した興奮剤である。死体を復活させるまではいかないが、その発明者が公言するところによれば、それ以前の段階にある患者なら圧倒的な効果があるらしいのだ。唯一の欠点は、弱った心臓には強すぎること。二人ともそちらの心配がないことは知っていたので、ゴーラーズはためらいもなく静脈に注射針を入れた。

そのあと二人の血糖が急激に増える場合に備えて、インシュリンの注射を一本ずつ用意した。血液検査をしたわけではないので、どのくらいインシュリンが必要なのかはわからない。それをいえば、ブドウ糖の量も多すぎたかもしれないが、そんなことにはかまっていられなかった。すべて実地から得た経験で行動したまでで、それすらデビーとのわずかな接触以外、ほとんどゼロに近いありさまだった。しかし自分が正しいことをしているという確信はあった――もちろん、間違ったことはしていないという程度の確信であったが。

エバレーク父娘はまもなく人事不省の状態を脱した。てんかん患者が意識を取り戻すときに現われる精神錯乱と脱力状態は見られなかった。ラザーロの作用はまだ充分に明らかにされていない可能性も考えられるので、ゴーラーズは二人の容態を注意深く観察した。また、体内で急速に燃焼する薬品なので、貯えがつきた場合、すぐ二本めの注射をうてるように、その徴候を見張っている必要もあるのだった。ただし三本めは、〝極端な非常事態にのみ特別に与えること〟という注意書きがあった。

船長の頬や目に血の気が戻ると、ゴーラーズはすぐ彼を起こし、壁のところまで引きずっていって立ちあがらせた。そして、つぎにデビーを縛っていたコイルをほどいた。細いコイルは、身もだえのあいだに、彼女の手首や足首に深くくいこんでいた。ひどいあざに気づいて、かすかに後悔の念がよぎったが、それが唯一の手段なのだから仕方がなかった。

無言のまま、彼女の大きな、淡いブルーの目が彼にむかって見開かれた。

「気分はどう？」微笑をうかべて、彼はいった。

「あまり力が出ないわ」彼女はつぶやいた。

「何が起こったか知ってるかい？」

彼女は首をふった。

「きみを信じるよ」そういって、彼はエバレーク船長のほうをふりかえった。

「さあ、話を聞こうじゃないか。どういうことなのか、はっきりと知りたい。これがあんたとデビーだけのことじゃなく、もっとはるかにスケールの大きい問題だということはわかってる。レモーランドの社会全体が、どういうものかそれにおかされているんだ。しかも、その根は深い。図星だな？」

　エバレークは無言だった。答える意志がないことは、かたくくいしばった口からわかった。

　ゴーラーズはいった。「そんなことをしても、どうにもならないね。地球に送還されて裁判にかけられれば、精神科の医者がたっぷり自白剤のカラロケイルを投与してくれる。そうすれば、あんたは際限なくべらべらとしゃべりだす。だが、それは地球の話で、そうなればぼくらはみんな裁判のために地球に行かなければならなくなる。そんなことはしたくない。ぼくはいま、ここで知りたいんだ。デビーを助けるために。ここを離れたら最後、帰る見込みはなくなるかもしれない。デビーは病院に入れられ、問題が解決するまで自由の身にはなれない。データさえそろえば、ここでデビーを救えるような、何か医学的な手が打てるかもしれないんだ。でないと……」

　期待をこめて、彼は船長の顔を見つめた。口もとのこわばった筋肉がいっこうにゆるみそうもないとわかると、彼はいった。「よし。これからすることは、デビーにはかわいそうかもしれない。だが少なくとも、それであんたにしゃべらせることはできる」

　彼はデビーの上にかがむと、「すまない」と小声でいって、彼女を両手でかかえあげた。抵抗の余裕も与えず、彼はデビーをかかえて父親の前に進みでていた。ゴーラーズの意図に気づいて、父親は叫んだ。「それはよせ！　娘を離してくれ！　手を離すんだ！　教えてやる！」

ゴーラーズはデビーを床におろした。彼女はとがめるようなまなざしを彼に向けると、おぼつかない足どりで椅子に歩いていき、ぐったりと腰をおろしてテーブルにつっぷした。

エバレーク船長は悲しげにその光景を見ていたが、やがていった。「悪魔め、わたしに口を割らせるたったひとつの方法を思いついたな。それだけはいかん！」

ゴーラーズはふるえる指でタバコに火をつけ、いった。「そうさ、さあ、聞こう」

船長の話は一時間ほど続いた。そのあいだに二度、一度めは医師が二人にブドウ糖とラザーロの注射をうつあいだ、二度めは彼が水を飲むあいだ、話はとぎれた。終わると、彼は顔をくしゃくしゃにして泣きながら壁にもたれかかった。

マーク・ゴーラーズはいった。「すると、そいつの名前は〈ワナーズ〉。最初に取り憑かれたのが、ドクター・ギデオン・ワナーズだったからか。いまの話から考えると、〈ワナーズ〉は内部寄生体で宿主のやわらかな肉体組織のなかに繊維状の網状組織をひろげている。組織は人間の頭脳細胞に見つかる成分とまったく同じ。そして人間の頭脳と同じように、血糖だけを養分にしている。ただこの場合、血糖は宿主のもので、〈ワナーズ〉のものじゃない」

エバレークはうなずいた。

ゴーラーズはデビーに目をやったが、彼女の見開かれた目や血の気を失った顔に現われている恐怖を正視するに忍びず、顔をそむけた。全身にくまなく巣くった邪悪な組織。彼女の骨格を足がかりに、網をひろげている別の生きもの。考えるだけでも吐き気を催すほどだった。どんな手段をもってしても駆逐することのできない吸血鬼。彼女の意志など知らぬげに、おそろしい行動を思いのままにとらせることのできる魔物……彼は思った、彼女の心はいままで父親が耐えてきたように、この緊張に耐えられるだろうか……いや、父親だって敗れているのだ、殺人を犯したのだから。正気の人間はそんなことはしない。

彼はふたたび早口で話しはじめた。デビーの注意を彼女の体のことからそらし、自分の言葉のほうに向けておきたい。それが彼の願いだったが、また自分の話のなかに解決の糸口が見つかるかもしれないという期待もあった。

「X線写真にうつらないのも無理はない。繊維ではとても探知できないからね。説明のつかない血糖の低下のほかは、なんの手がかりもない。ドクター・ワナーズや何人かは発狂するまえに自分の体を研究した、とあなたはいった。それによると、寄生体は宿主の腹部に住みついた、小さな、思考力のない頭部から枝分かれしていくという。頭部には、孵卵嚢がついている。足場固めが終わると、それは特殊化した組織のひとつをのばしはじめる。宿主が男なら、孵卵嚢から宿主の貯精嚢に髪の毛のように細い管を通す。宿主が女なら、孵卵嚢から腟口に管をおろす。もちろん、これは知性があってしていることではなく、本能的なものだ。

〈ワナーズ〉には、そのほかになまぐさいにおいを出す特殊な能力がある。宿主はそれを皮膚や吐く息を通じて発散させる。二人の宿主がにおいに気づくほどの距離に接近すると、〈ワナーズ〉の嗅覚器官もまたそれに気がつく。するとただちに、宿主の神経細胞と接触している部分を通じて衝撃が送られ、それが副交感神経系とそれにつながる腺を刺激する。刺激される器官は巧妙に選択され、その結果、宿主の性欲は——それが男性でも女性でも——急激に抑えがたい点に達する。各個人にある抑制は問題にならない。〈ワナーズ〉には、一時的にそれを打ち破るくらいの力は充分にある」

　とつぜんうかんだ考えに気をとられて、彼の言葉はとぎれた。この寄生体の体細胞は、生物電気を作りだすくらいには組織化されているにちがいない。神経路の選択方法さえ確認されれば、精神異常の原因となる抑制を取りのぞく科学的方法も決定できるかもしれない。そうなれば、狂人を治療する新しい道も開ける。

　彼は筋違いの思索をふりはらって、現状に話を戻した。

「ぼくが聞き違えてないとすれば、ドクター・ワナーズはこの惑星の最初の植民者のひとりだ。指導者で、厳しい高潔な人で、その行動にはひとつの汚点もなかった。ところがある日、若い女と寝ている現場を見つかってしまった。調査したところ、何十人もの女を妊娠させていることがわかった。全員が、その後、寄生体を宿していることが明らかになった。それがドクター・ワナーズによって媒介されたものか、それとは関係なく宿していたのかはわからない。

どちらにしてもドクター・ワナーズは、自分の犯した罪を〝嘆き〟ながら、なまぐさい息とそれに平行してはじまった不道徳な行為の原因を追求した。そして自分やほかのものたちに何が取り憑いたかをつきとめた。はっきり宿主とわかっているいくつかの死体を解剖したところ、寄生体の形状がうかびでてきた。だが悲嘆にくれる一方で、また寄生体のあらがいがたい欲求の犠牲者になってしまった。彼は森林地帯に連れていかれ、寄生体に取り憑かれた人びとが住む収容所に入れられた」

エバレークはうなずいて、いった。「そうだ、〈ワナーズ〉に取り憑かれた人びとはみんなそこへ行く。そして残りの一生をそのなかですごすんだ」

「その上、仲間との肉体的接触も許されないから、それは地獄の苦しみとなる」

「そうだ」船長はうめくようにいった。「一生のあいだ、破裂してしまいたいような、おそらく、むずむずする感じを味わいながら、その反面、破裂してしまうのを怯えて暮らす。陰惨な苦悶の一生だ。現世や前世で犯した過失がこうなって現われたのだと教えられても、慰めにならない」

「では、信じないのか？」ゴーラーズは鋭くきいた。

「もちろん信じている。信じもしないで、ずうずうしくレモー教徒の白服を着ているわたしだと思うか？　ばかな！」

ゴーラーズには、いうべき言葉がなかった。こんな考えかたをする人間といいあって、なんになろう？　レモー教徒たちが〈ワナーズ〉に取り憑かれるのは、長老会が彼らの社会と外世界とに押しつけた秘密と無知のベールによるものにすぎないと指摘したとしても、それはなんの役にもたたない。彼らは〈ワナーズ〉が、〝本能〟と呼ばれる体組織からの指令に従って行動する、たんなる生物にすぎないことを知っている。だが、それを充分承知の上でなお、その人間やその祖先がかつて過失を犯したからこそ〈ワナーズ〉が取り憑いたのだという説をまげようとしないのだ。

「船長」と彼はいった。「あなたは知性も行動力もある。でなければ、〈アールキング〉をまかされはしない。それなのに、なぜ地球の医師のところへ行って、自分の病気のことを調べてもらうように頼まなかったんですか？　〈ワナーズ〉を除去する手段は手近なところにあったかもしれない。だが恐怖と無知から、あなたは自分をだまして治療の機会をわざわざ失ってしまった。それに、デビーはどうです？　〈アールキング〉に乗せて星から星への旅を一生続けさせる気だったのですか？　幸福も愛も知らない一生、孤独しか知らない一生を送らせる気だったのですか？　デビーはどうなんです？」

〈殉教の祭り〉にデビーを行かせなかった理由は、いまとなれば容易にわかる。森のなかの収容所にたちまち連れ去られてしまうからだ。そして、同胞たちに忠実であるエバレーク船長は、抗議することもできない。さらに悪いのは、彼自身、同胞と近くで接触をとれないことだ。彼もまた、そこへ行かなければならない運命を背負っているのだから。彼のいままでの人生は孤独であったにちがいない。

　彼がなぜ殺人を犯さなければならなかったか、ゴーラーズにもようやくわかってきた。しかし、それをくいとめなければならない。続けさせておくことはできないのだ。〈ワナーズ〉それ自体の性質、人びとがそれを隠しておく手段、このふたつによって伝播は不可避なものとなる。メルビルばかりではない。やがては銀河系全体に広がっていくだろう。〈ワナーズ〉は、すべての惑星が総力を結集して戦わねばならない脅威である。いまこの瞬間にも、何百、いや、何千という男女が、ひそかな特殊な手段を使って〈ワナーズ〉の受け渡しをしていると考えたとたん、彼は寒けを感じた。

「船長」と彼はくりかえした。「知っていることを洗いざらい話してください、一刻も早く手段をこうじるためにも。もちろん地球政府には通告しなければならない。そうなれば、全惑星系に警告が送られることになるでしょう。ひた隠しにすれば、たしかに、あなたの惑星の人びとの醜聞は暴かれることはない。その考えはわかります。でも、第一に〈ワナーズ〉は、かつてのおぞましい難病がそうであったように、道徳的な汚点だ。だが、それらは絶滅した。〈ワナーズ〉だって駆逐することはできる。第二に、あなたが事実の公表を恐れるのは、そうなったらメルビル全体が封鎖されてしまうからだ。宇宙に出ていた人びとがもたらす所得はなくなり、若返りエキスを買うこともできなくなる。しかし気がつきませんか、あなたが人類全体から負っている恩恵は、この星の小さな社会から負っている恩恵よりもはるかに大きなことに?」

「説教は生まれたときから聞き飽きるほど聞いた!」エバレークはどなった。「おまえのようなよそものからは聞きたくない!」

ゴーラーズは間をおき、やがていった。「わかりました。しかしひとつ聞いておきたい。船医のジャイナスを殺した理由は?」

エバレークはいった。「疑いはじめたのだ。やってきて質問しようとしたが、わたしは話をそらした。だが、このまえここに着陸したとき——〈戴冠の祭り〉のときだ——彼は姿を消し、三日間現われなかった。〈湖の女王〉を選んだあの日、彼は戻ってきて、いった。田舎へ行っていたのだが、そこである女と話したところ、彼女の夫は奥地へ連れ去られたという話を聞いたとな。もちろん手を下したのは長老たちで、その男が〈ワナーズ〉に取り憑かれていたからだ。その女からどうやって聞きだしたのかは、わからん。おそらく、いっしょに寝て、しゃべらせたんだろう。ふしだら女どもめ!」

彼の声は終わりに行くほど高くなり、最後は吐きだすようにいった。

「事態を公表する充分な確証をつかんだといった。わたし自身がそれに取り憑かれていることも知っているといった。そして、こうもいった。もしそこが、わたしのおかした〝過失〟によるものだと思っているのなら、それは間違っている。彼はこうきいた。わたしの妻は、寄生体に取り憑かれて収容所に入れられているのではないかとな、わたしは答えた。たとえそうだとしても、妻は死んでいるのだ、デビーに話したとおり」

　デビーが悲しげにうめき声をあげた。だが父親は顔を向けようとしなかった。

「妻が〈ワナーズ〉に取り憑かれたのは事実だ。そのあと、わたしは彼女のことを忘れようとした。妻が不貞をはたらいたと思ったからだ。ところが一年ほどして、わたしの体のなかにも〈ワナーズ〉がいることを知った。理由がわからなかった。そのあいだ、いちども女と接触したことはなかったからだ。この苦しみはわかるだろう、妻に根も葉もない疑いをかけて問いつめたことに気づいたのだ。わたしの体のなかには、いまわしい〈ワナーズ〉がいる。だが、まったく身に覚えのないことなのだ」

　そのときから、短い期間やむをえずそうする以外は、メルビルの地表を踏んだことはない。デビーも、つとめて人に会わせないようにした。ところが運わるく、長老たちがデビーの美しさを聞きつけて、その年の〈湖の女王〉に選んでしまった。ジャイナスが来たのもそのときだ。彼の説明では、肉体的接触がなくても、〈ワナーズ〉に寄生される場合があるという。

　彼はこういった。〈ワナーズ〉の個体は、それぞれの孵卵嚢のなかに男性と女性の配偶子を持っているにちがいない。受精は男性と女性の宿主の性交のさいに起こる。男性の宿主が射精すると同時に、彼に寄生した〈ワナーズ〉も配偶子を射出しているからだ。それは女性の宿主の子宮管に流れて、そちらに寄生していた〈ワナーズ〉の精液とまじる。そこで生まれた受精卵は、管の表面に付着して排出されるときを待つ。

わかるな？　それからジャイナスはいった。生殖方法としては複雑なものだから、〈ワナーズ〉が大量に繁殖することは考えられない。だからこそいままで、ほとんど知られないままになっていたのだろう。寄生されているのは住民の五パーセント、〈ワナーズ〉の存在を知っているものも、十五パーセント以上はいないだろうと彼は見積っていた。長老会はあらゆる手段をとって、この事実を隠そうとしてきた。レモー教徒が外来者とほとんど接触がないのと、たとえあっても星間運輸会社の代理人と地球政府領事だけだったのが、成功した原因だろう。

ジャイナスはこうも考えていた。排出された配偶子は、短時間のうちに人体に接触しないと死んでしまう。だが、これは彼の推測だが、洗礼の儀式のときには全住民が参加するから、そのなかにはまだ発見されていない宿主もあって、彼らが水中に精液や接合子を排出する。宗教的な感動は性的な興奮に近い場合もあるからだ。〈ワナーズ〉の幼虫も、生暖かい水のなかでならしばらくは生き続ける。〈ワナーズ〉は退化した甲殻類に似ているとジャイナスはいった。そればかりか、地球にもそれと類似した生物がいるそうだ。

マーク・ゴーラーズの眉があがった。

船長は続けた。「そうなんだ。彼の話では、フクロムシという、フジツボにごく近い地球の甲殻類が、カルシヌスというカニに寄生するらしい。フクロムシは皮膚から侵入し、いちど分裂してカルシヌスの体組織に流れこみ、宿主の体ぜんたいに繊維状の網状組織を作りあげる。体制が整うと、それはカニの餌を養分にする。それにも孵卵嚢があるそうだ。もっとも、それはカニの腹に穴をあけて、外につき出ているそうだが。地球のフクロムシとメルビルの〈ワナーズ〉の大きな違いは、〈ワナーズ〉が人間に寄生することと、器官がずっと整い、特殊化していることだ」

「あっ！」とゴーラーズ。

「なんだ？」

「たいしたことじゃない。いまの話から思いついたことがあったものだから、どうぞ続けてください」

「水浴の式でも〈ワナーズ〉は広がることがわかった、とジャイナスはいった。結論が出れば、すぐ地球政府のその筋に通告する気でいるようだった。その場で殺してよかったが、湖水をテストするというので、うまい考えを思いついた」

「あなたは森の側から湖にはいった」ゴーラーズがさえぎっていった。「宇宙服を着て。そしてボートをひっくりかえすと――服のジェットの力を借りて――深みまで運んでいって殺した。ぼくにしたのと同じ方法で」

「いいわけはしない。レモー教徒すべてのためにしたことだ」

はじめてデビーが口を開いた。

「パパ、ピートとあたしは儀式のときに寄生されたんだわ。急に気が遠くなったり、チョコレートを食べたりするようになったのは、それから一週間ぐらいしてからだもの。パパが、ぶっきらぼうな態度をとったり、あたしを避けるようになったのも、そのころからだわ。ピートに近づくなといったのも」

「そうだよ、デビー。本当のことを、おまえに聞かせたくなかったからだ」ゴーラーズがはじめて聞く優しい口調で、船長はいった。「知らないままで無事に通すことができるだろうと思った。おまえのそばにも行ってやれなかった。その理由はもうわかるだろう？」

「ええ。でも、なぜピートを殺さなければならなかったの？」

「デビー、船員のひとりから、彼がおまえのキャビンにはいったと聞いたんだ。そこで何が起こるかわかっているから、キャビンへとんでいってクラクストンに出ろと命令した。おまえの指輪が彼の指にはまっているのも見た。それで……いや、そのあと何がはじまるかはいわなくてもいいだろう。ただ、わたしの怒りがあまり激しかったものだから、〈ワナーズ〉の強力なコントロールも一時的にまぎれたんだ。そのとき、おまえと彼が発作を起こした……」

「なぜ？」とゴーラーズ。

「〈ワナーズ〉をあまり長いあいだ欲求不満においておくと、神経に過度の刺激を与える。

性腺だけに向けていた制御力を失って、植物的な組織全体を爆発させる。狂乱状態になって、宿主を発作におとしいれるのだ」

「では、てんかんだとぼくがいったのは間違っていたことになる。血糖値が低下するのと、血液中に副腎ホルモンが現われるのは？」

頭の回転がにぶいのにいらだったように、エバレークはこたえた。「宿主が性的な興奮状態にあるあいだ、〈ワナーズ〉は法外な量のブドウ糖を消費するんだ。宿主を刺激する神経系のエネルギーが必要だからだ。そのための力のほかに、孵卵嚢から配偶子を排出しなければならない。これが血糖値を下げる。そうなっても、ふつうは害はない。興奮はたいていほんの数分で終わるからだ。だが宿主たちがその場にいて欲求が満たされないままだというようなことがあると、血糖の消費は続く。急激な低下によって、副腎皮質と髄質からホルモンの分泌がはじまる。だが髄質からのホルモンは少ないので、アドレナリン・ショックを起こすまでにはいかない。宿主が意識を失うと寄生体も同じ状態にはいる。そして目覚めるまで、ブドウ糖を消費しなくなる。そのころまでに、相手の宿主による性的刺激が取り除かれていれば、〈ワナーズ〉はまた正常な機能をはたすようになる。

デビーとクラクストンが発作を起こしたとき、わたしは自分が何をしてしまったか知った。何が起こるか二人に教えておかなかったわたしが悪いのだ。だが気弱になってもしかたがない。彼はレモー教に改宗を認められたばかりだった。レモー教に対する考えかた、忠実さという点では、まだよそものだ。その筋にあらいざらいをぶちまける理由はたっぷりある。それに——わたしはクラクストンを信じていなかった。娘を結婚させたくなかった」彼は言葉を切り、大きく息を吸いこんだ。

ゴーラーズは船長に鋭いまなざしを向けた。たんたんと語られる言葉のなかに、死者に対する怒りが押し殺されたまま煮えたぎっているのを感じたからだ。

「デビーにまた会いに行くのはわかりきったことだった。それで、もうひとり……殺しても……過失の大きさに変わりはないと考えた。彼を縛りあげると救命艇に乗せて、外に送りだした。そして娘が病気だと月基地に知らせた。もちろん病状については知らぬふりをきめこむほかはなかった」

デビーに目をやったゴーラーズは、彼女もまた彼と同じ質問を考えているらしいのに気づいた。彼は船長の淡いブルーの瞳をまっすぐ見つめると、きいた。「発作の前後にデビーといっしょにいて、あなた自身はなんともなかったのは？」

エバレークはまぶたを伏せると、低いはりつめた声でいった。だがその緊張はいまにも爆発しそうだった。「それくらいの力は、人間にはある。それ以上のことはいえん。あのときなぜ〈ワナーズ〉を制御できたか、そしてさっきはなぜ、それができなかったか、理由は想像がつくだろう。デビーがあのときはいってくるとあらかじめわかっていれば、心構えもできていただろう。ところが……やめよう、ゴーラーズ。もうやることはやったし、いうこともいった」

　マークはうなずいた。そして、まだテーブルのそばにすわっているデビーに向いた。彼はデビーの肩をそっと叩いた。さけようとするようすはなかった。彼はいった。「すぐ戻るよ、デビー。おとうさんを引き渡さなければならないのは残念だが、しかたがないんだ。わかるね？」

　彼女はうなずくと、自分のなかの力と戦っているようにためらったあと、彼にそっと手を触れた。


　二十分後、彼は通信室から戻った。そこからサクスウェル社の代理人にビューフォーンをかけ、事情のあらましを説明したのである。断ちきられたコイルの山のそばにペンチが落ちていたが、彼は驚かなかった。「どこへ行くといっていた？」

　デビーは涙で赤く腫らした目をあげた。

「湖。いまごろは、まん中まで泳ぎ出ているわ」

「ではもう、あとを追わせる必要はないね？」

「ええ、もうまにあわないわ。そうしてもらうのもいや。これが、いちばんいい方法なのよ。パパは、あたしを愛するよりも、ずっと〈アールキング〉を愛していたわ。マーク。収容所に閉じこめられて一生をすごすなんて考えられなかったの」

「そうだろうね。でも、きみを連れていこうとしなかったのには驚いているんだ」

「あたしには生きがいがあるといっていたわ。あなたのことをいったのね。自身のしたことが無駄だったということが、パパには耐えられない苦しみだったんだわ」

デビーは左手をさしのべた。

「行ってしまうとき、これを返してくれたわ。いままでずっとピートがはめていたものと思っていたのに」

それは太い黄金の指輪だった。その上には、投げられた槍をかわしている盾の図柄が彫りこまれていた。

## エピローグ

いつわりない心は、しばしばあっけない結末をもたらすものである。

ひとたび隔離命令がおり、宇宙にとびだしていたレモー教徒全員の所在が確認され、検査がすむと、ゴーラーズは仕事にかかった。〈ワナーズ〉が特殊化した地球外生物であることから、ゴーラーズは、それ以前に彼らが人間と類似した生物に寄生していないかぎり、地球人の肉体構造に適応するのは不可能にちがいない、と推理した。それならば、どこにそんな生物がいるのか？

　答えは簡単である。メルビルのほかの地域に住んでいる類人種族に目を向ければよいのだ。彼らは地球政府の無干渉政策によって、地球人との接触をほとんどとっていなかった。この政策は、人類学的調査が徹底的に行なわれるまで、星間運輸会社が原住民と取引することを禁じているのである。そして五十年後のいまになるまで、接触の必要は生じていなかった。レモー教徒がこの惑星に定住を許されたのは、原住のメルビル人がその大陸をまだ発見していなかったからにほかならない。彼らの文明は、地球の暗黒時代に相当した。

　ゴーラーズには信じられないことだが、レモー教徒だからこそだろう、彼らが原住民を非合法に秘密調査した形跡はなく、したがって原住民が〈ワナーズ〉問題をかかえているかどうかは知られていなかった。もしかしたら、この原始民族が問題の解決策を見いだしているかもしれない。

　彼の考えは正しかった。レモー教徒たちが〝過失〟を闇に葬ることとさえしていなかったら、悩みは半世紀早く解決していたかもしれない。なぜなら海のむこうの原住民たちは、すでに一千年前から〈ワナーズ〉の駆除法を知っていたからだ。それは荒療治であり、彼らの医学の段階では患者は死ぬのがふつうだった。だが、その治療法は――彼らの考えでは――同時に寄生体も殺すという利点を持っていた。

　まず、宿主に人為的に熱病を起こさせる。〈ワナーズ〉は熱に耐えかねて、ゆっくりと繊維を腹部にひっこめ、そこでボールのように丸くなる。それは蠟のような外皮で本体をおおい、熱を避けようとする。熱がさがると、冬眠状態にあった〈ワナーズ〉は蠟を脱ぎ捨て、ふたたび身体にひろがっていく。だが、それに先んじて、まじない師が患者の腹部を切り開き、寄生体を摘出するのだ。

　ゴーラーズは現代科学の技術を総動員して、数多くの原住民に手術を施した。手術はすべて成功であり――死ぬのは〈ワナーズ〉だけだった。やがて、デビーに執刀し、憎むべき寄生体を除去する日がやってきた。

　二十四時間後、彼はデビーの病室を訪れた。

　前とはすっかり変わったデビーのようすに驚いて、彼は足をとめた。

　そして伝統的な、修辞的な質問をした。

「ぐあいはよくなった？」

「体が爆発しそう」

　その言葉は、彼を不安にさせた。〈ワナーズ〉が心理的な傷痕を残したのだろうか？

「ばかね！」彼女は笑った。「そばへ来て、キスしてくれなければ爆発してしまいそうだという意味よ！」

　だが、そんなことは起こらなかった。

# 宇宙病院

ジェイムズ・ホワイト

〈S－Fマガジン〉1965年10月号

The Trouble with Emily

**James White**

初出〈ニュー・ワールズ〉1958年11月号

## ベテラン作家

「宇宙病院」は、一九六〇年ごろから、イギリスのSF誌〈ニュー・ワールズ〉にとびとびに掲載された読み切りシリーズの第三話にあたるものです。ぜんぶで六つの話からなり、そのうちの五篇が『宇宙病院』*Hospital Station* の題名で一九六二年に単行本にまとめられ、さらに翌年には『野戦病院』*Field Hospital*（アメリカ版題名 *Star Surgeon*）という長篇が書かれました。

お読みになればおわかりでしょうが、地球人を含めて、この病院ではすべての生物に、DBDGとかVUXGというようなアルファベット記号がついています。こまかい分類はわかりませんが、たとえば最初のアルファベットがA、B、Cであるものは、水を呼吸する生物、DからFは、温血の酸素呼吸生物。GからKは、同じく酸素呼吸生命ですが、もっと体重の軽い昆虫。LとMは、鳥。OとPは、塩素呼吸生物。Q以降は、いわゆるゲテモノといわれ、放射線を食べる生物、結晶化する生物、不定形生物、テレパシー生物などです。

作者のジェイムズ・ホワイトは、一九二八年生まれ。北アイルランドのベルファストに住んでいて、本職は洋服店の副支配人ということです。SF作家歴はもう十二年のベテランで、現在ではイギリスでもっともポピュラーな作家のひとりと言われています。

（伊藤典夫）

――〈S-Fマガジン〉一九六五年十月号　作品解説より

　はるかな銀河系の外縁（リム）――星系もまばらな、ほとんど絶対的な闇の支配するその空間に、第十二空域宇宙総合病院（セクター・トウェルブ・ジェネラル・ホスピタル）はうかんでいた。内部は、三百三十四の層にわかれ、銀河連合に知られるすべての知的生命の生活環境が再現されている。超酷寒のメタンの中に住む生命から、それよりやや標準的な酸素、塩素呼吸型、そして硬い放射線を直接変換して生きる奇妙な生物にいたるまで、それは長い生物学的スペクトルだった。その幾千とも知れぬ窓に、明かりが消えたことはなかった――異星の患者、要員の視覚器官が必要とする、目もあやな色あいと明るさを持った光のバラエティ。接近してくる宇宙船には、その大病院は、途方もなく大きい、円筒形のクリスマス・ツリーのように見えた。

# 1

それは、超駆動（ハイパードライヴ）が巨船を時代遅れのばけものにしてしまう以前に、四世代にもわたって植民者たちを遠い星へ送りとどけた大輸送船のなれのはてなのだろう。オマーラのデスクのわきの直接展望窓（ダイレクト・ヴィジョン・ポート）にはめこまれたように見えている、巨大な涙の滴（しずく）の形をした船をながめながら、コンウェイはそう思った。透明な操縦室を除いて、観測室や窓はどれもこれも厚い金属板でおおわれ、相当な内部気圧に耐えるよう、外側からきっちりととめられている。この宇宙総合病院（セクター・ジェネラル）の途方もない大きさをとなりにしても、それは充分かさばって見えた。

「きみは、この病院と、あの船の医師、患者のあいだをとりもつ連絡係となる」コンウェイをじっと見つめながら、主任心理学者のオマーラがいった。「医師は非常に小さな生命体で、患者は恐竜だ」

コンウェイは顔に驚きの表情が出ないように努めた。オマーラが、反応を分析しようとしていることはわかっている。そして片意地に、それをできるだけむずかしくしてやりたいと思った。彼は、ただこういった。「どこが悪いのです？」

「どこも悪くはない」

「というと、心理的なものでも……」

オマーラは首をふった。

「じゃ、健康で、正気で、人並みの知能を持った生物が、いったいこの病院になぜ——」

「知能は高くない」

コンウェイはゆっくりと息を吸いこんで、吐きだした。オマーラはまた謎解き遊びをやる気なのだ——もちろん、それでもいい。正しい答えをあてるチャンスがすこしでもあるならば……。

コンウェイは改造された輸送船の巨大な姿にふたたび目をやって、考えこんだ。

超駆動エンジンをあの巨大な船に据えつけるには、相当な金をついやしたにちがいない。しかも、あの船体の大改造には、それ以上かかっている。これだけのことをして、たんに……。

「わかった」にこにこして、コンウェイがいった。「新種の生命でしょう。われわれがこれから参加して、調査をする……」

「ちがう、ちがう」あきれかえった顔で、オマーラは叫んだ。そして、デスクの上の何冊かの本になかば隠れたプラスチックの小さな球に、ちらっと怯えたような視線を走らせると、まじめに話を続けた。「この問題は、最上層部——つまり、銀河評議会の分科会議でとりきめられたことで、それがどんなものかは、このわたしも含めてこの宇宙病院の誰も知らん。患者につきそってきた医師がその担当だから、そのうち話してくれるとは思うが

「……」

その部分のオマーラの口調では、彼自身それを大いに疑問視しているようだった。

「……とにかく、この病院に、そしてきみに与えられた仕事は、協力することだ」

医師としてその患者を受けもつ生物は、ごく最近発見された種族で——オマーラは説明を続けた——いちおう分類記号ＶＵＸＧが与えられた。すなわち、ある種の超能力と、肉体的要求に従ってあらゆる物質をエネルギーに変換する能力を持ち、どのような環境にも事実上適応できる生命体である。彼らは小さいが、殺すことはまずできない。

そのＶＵＸＧの医師には精神感応力(テレパシー)がある。しかし、厳格な倫理とプライバシーのタブーがあって、非テレパシー生命との意志疎通に——たとえ、地球人類の周波数が感応域内にあったとしても——その能力をもちいることはない。よって、会話にはもっぱら翻訳機がもちいられる。この医師が属する種族は、個として、また記録された歴史からみて、非常に長命であるが、その膨大(ぼうだい)な時間的ひろがりの中に戦争の記録はまったくない。

彼らは、年をへた、賢い、謙虚な種族である——オマーラはそう結論した。それも頑固といっていいほどで、自分たちと同等の謙虚さを持たない他種族には軽蔑の目を向ける。彼らとの接触には、細心の注意が望まれる。なぜなら、その極端な、横柄ともいえるほどの謙虚さが、誤解を容易に招くからである。

コンウェイはじっとオマーラを見つめた。あの鋭い、灰白色(かいはくしょく)の目に、そして角ばった、有能そうな顔にうかんだ、あまりにも無関心をつくろった表情に、嘲笑的な光は見えないだろうか？　と、まったく不可解にも、オマーラはウィンクした。

それを無視して、コンウェイがいった。「わたしにはお手あげの感じですね」

オマーラの唇がぴくぴくとふるえた。そのとき新しい声が、劇的といえるほどとつぜんに、そのシーンに割りこんできた。それは、単調な、個性に乏しい、翻訳された声だった。

「いまの発言の意味が、わたしにはわからない。お手あげ――手をあげる――とは、なんに対してなのか？」短い休止。やがて、「わたしの思考力が非常に低いことは認める。しかし同時に、この過失はわたしだけに起因するものではなく、部分的には、きみたち若い、じっさいにうとい種族のよく犯す、不必要なときに無意味な発言をする悲しむべき傾向によるものであることも、ぶしつけながら進言しておきたい」

コンウェイのめまぐるしく動く視線が、オマーラのデスクの上の透明なプラスチックの球にとまったのは、その瞬間だった。よく見ると、それは何本かのバンドで固定されて、翻訳機のパックまで取りつけられている。そして、その球体の中にうかぶ何か……。

「コンウェイ博士」オマーラが冷淡な声でいった。「こちらはアーレタペク博士、きみの新しいボスだ」そして、口だけあけ、無言でつけ加えた――〝口がすぎるぞ！〟。

プラスチックの球体の中のもの――どろどろの液体にうかぶしぼんだスモモのようにし

か見えないもの。しかし、それがVUXGの医師なのだ！　コンウェイは、顔にカーッと血がのぼるのを感じた。翻訳機が、ただ言葉を置きかえるだけで、その中に含まれた感情的な――この場合は、皮肉な――意味まで伝えないのは、不幸中の幸いといえた。さもなければ、ひどくまずいことになっていただろう。

「この任務には、密接な協力が必要だ」オマーラは急いで続けた。「それにアーレタペク博士のかさはたいしてない。だから執務中はこれを着けてもらう」オマーラは、いったことをその場ですばやく実行し、コンウェイの肩に容器を取りつけた。終わると、彼はいった。「それだけだ、コンウェイ。詳しい指示は、そのときその場で直接アーレタペク博士から与えられる」

〝こんなことは、ここでしか起こらない〟――部屋を出ながら、コンウェイは考えた。プルプル揺れる透明なプリンのように、彼の肩にとまった異星の医師。患者は、健康で、巨大な恐竜。そして、仕事の目的は、同僚にさえなかなか明かそうとしない。盲目的服従というのは聞いたことがある。だが、盲目的協力というのは、はじめて聞く、どちらかといえばばかばかしい――とコンウェイには思えた――言葉だ。

　第十七エアロック――そこで、彼らの患者を収容している船と病院が連結されていた――へ向から途中、コンウェイはその異星の医師に、この第十二空域宇宙総合病院の組織の説明を試みた。

ときどき要領のいい質問をはさむところを見ると、アーレタペク医師は興味ぶかく聞いているようだった。

予期してはいたものの、改造された輸送船の内部の大きさには、コンウェイも驚いた。人工重力発生機を取りつけてある、船の外皮にもっとも近い二層を除いて、管理軍（モニター・コー）の技師たちはすべてを取り去り、直径六百メートルもあろうかと思われる巨大な球形の空間をこしらえていた。内部の表面は、じめじめした、泥まみれの荒地だった。根こぎにされた植物の山がところかまわずちらばっている。その大部分が、泥の中に埋まっていた。そして、かなりが枯れ、死にかかっていることに、コンウェイは気づいた。

磨かれた無菌の清潔さに慣れたあとでは、その光景は神経組織に奇妙な影響を与えた。彼は患者の姿を求めて、あたりを見まわした。

彼の視線は、何エーカーにも及ぶ泥と踏みしだかれた植物のあいだを上へ上へとさまよっていったが、やがて真上の泥地の小さな深い湖のところでとまった。水面下に影のような動きがあり、水が渦を巻いている。と、不意に、まがりくねった首の先についた小さな頭が水面を破り、ぐるりと見まわして、すさまじい水しぶきとともにふたたび沈んだ。

コンウェイは、湖への距離を目測し、自分とそれをへだてる土地の質を調べて、アーレタペクにいった。「歩くと時間がかかります。反重力ベルトを持ってきましょう」

「その必要はない」アーレタペクがいった。とつぜん、足もとの大地が遠のき、二人は遠い湖をめざして空間を飛んでいた。

〝分類記号VUXG〟――やっと呼吸がもとどおりになると、コンウェイは思い出した。

〝ある種の超能力を持ち……〟

## 2

二人は湖の岸に近いところに、ふわりと着陸した。数分のあいだ思考過程に集中したいと思うから、動かず、おとなしくしているように、とアーレタペク医師はコンウェイにいった。数秒後、耳の奥深くのどこかがむずがゆくなってきた。コンウェイは男らしく、指でほじくりたい気持を抑えると、全神経を湖の表面にそそいだ。

とつぜん、灰褐色の山のような巨体が水面を破り、長い、先細（さきぼそ）の首と尻尾がすさまじい勢いで水を打った。つかのま、この巨大な動物がゴムマリのように水面にうかびあがったのではないかとコンウェイは思ったが、すぐ、怪物の下の水底がとつぜん傾斜したために、目にはそのように見えたのだろうと思いなおした。首と、尻尾、それから四本のがっしりした柱のような脚で、なおも狂ったようにもがきながら、その巨大な爬虫類は湖の岸にたどりつくと、泥の上に這(は)いあがった。というより、泥の中に、といったほうがいいかもしれない。なぜなら、膝(ひざ)関節は泥より深く沈んでいたからである。コンウェイが目測したところでは、その胴体は地上から少なくとも三メートルほどの高さにあり、腹部のいちばん太い部分の直径は六メートルぐらいあった。頭から尻尾の先まで測ったら、ゆうに三十メートルは越えるだろう。重さも四十トン近い。それは自然の防護器官といえるものは何も持っていなかったが、そのような巨体にしては驚くほど軽く動く尻尾の、その突端に骨質の隆起があり、そこから二本の不気味な、硬そうな鉤(かぎ)が前向きにカーブして伸びていた。

コンウェイの見ている前で、巨大な爬虫類は泥の中をのたうちまわった。その動きから、明らかに興奮していることがわかる。そのとき不意に、それは膝を折ると、首を大きく横から内側にひねり、頭を自分の下腹の下に入れた。それは、ばかげていると同時に、奇妙に哀れをそそる仕草だった。

「ひどく怯えている」アーレタペクがいった。「ここの状態が、もと居た環境と同じ刺激を与えないのだ」

この動物が置かれた立場は、コンウェイにも理解し、共感することができた。環境の諸要素が正確に再現されていることは疑いもない。しかし、それらはあったとおりのままではなく、いっしょくたに投げこまれ、大きな泥のシチューとなっているだけなのだ。おそらく、故意にしたものではないだろう。このようなごたごたした風景ができるには、途中で人工重力グリッドに何か故障があったにちがいない。

「患者の精神状態が、この仕事の成功に響いてくるのですか？」

「大いに」とアーレタペクはいった。

「では、まず第一歩は、ここの暮らしをもうすこし楽しくさせてやることですね」コンウェイはそういうと、しゃがみこんで、湖水と泥、それから手近の植物を何種類かサンプルとしてとった。やがて立ちあがって、口をひらいた。「ほかに何か、ここでしなければならないことは？」

「いまのところは何もできない」アーレタペクはこたえた。翻訳された声は、単調で、感情はまったく含まれていなかったが、一語一語の間隔から、異星の医師がひどく失望していることはコンウェイにも見当がついた。


入口のエアロックへ戻ると、コンウェイは心を決めて、温血・酸素呼吸生命用の大食堂へむかった。腹がすいてきたのである。

ホールには、同僚もかなりいた。DBLFの毛虫たち——どこでものんびり構えているが、手術教室に入るとたんに活気を見せる。コンウェイと同じDBDGの地球人。巨大な、象に似たトラルト人——分類記号FGLI——彼らは、共生している小さなOTSB生命体とともに、権威ある診断医の列に加えられようとしている。しかしコンウェイは周囲の会話に加わろうとはせず、爬虫類の患者が生まれた惑星のデータを、できるかぎり異星の医師から聞きだすことにした。

彼は、会話がしやすいように、アーレタペクをプラスチックの容器（コンテナ）から出すと、テーブル上のじゃがいもと肉スープの皿のあいだに置いた。食事がすみ、もとの容器（コンテナ）に医師を戻す段になって、コンウェイは驚きの声をあげた。それは、テーブルの上に深さ五センチ分の穴を溶かして――吸収して――いたのである！

抑えきれない怒りを顔に見せて理由を聞きだそうとするコンウェイにむかって、アーレタペクは答えた。「深く考えごとをしているときには、食物獲得と摂取の過程が、われわれの体では無意識に、自動的に行なわれるのだ。われわれは、きみたちのように快楽としての食事には没頭しない。思考を減衰させるだけだからだ。しかし、わたしが器物を損なったというのなら……」

コンウェイは、プラスチックのテーブルクロスが現在の状況では比較的無価値なものであることを急いで納得させると、その場をすばやく退散した。調達係の士官たちがこの比較的無価値な備品の状態を見て顔をしかめるかもしれないことは、強いて説明しなかった。

昼食を終えると、コンウェイはテスト・サンプルの分析結果を持って、補給主任のオフィスへむかった。部屋には、金の縁どりのある腕環をはめた、縫いぐるみの熊（テディベア）そっくりのニッド人と、管理軍のグリーンの制服を着た地球人の将校がいた。そのカラーにある技師の標識の上には、大佐の記章がついていた。コンウェイは、状況と、してほしいと思っていること——もしそれが可能なものならば——を説明した。

「できないことはない。だが……」コンウェイのデータの検討が終わると、赤い毛の、生きた縫いぐるみの熊(テディベア)はいった。

「オマーラは、費用を度外視していいといっています」そうさえぎって、コンウェイは肩の上の小さな生物にうなずいた。「最大限の協力をしてくれとのことです」

「それなら、できる」管理軍の大佐がきびきびとあいだに割って入った。アーレタペクに向けられた目には、畏敬の念に近いものがあった。「方法としては、母星から運ぶという手がある——これだと、長い目で見た場合、ここで食物を合成するより早いし、安あがりだ。それから運搬を担当した二十人かそこらの人間に代わって、エンジニア部からロボットといっしょに二中隊を動員して、そこを住みよい場所にしよう」すばやい計算が行なわれているあいだ、彼の目は空を見つめていた。やがて、「三日だね」

超駆動航法は瞬間的なものだが、それにしても早すぎる、とコンウェイは思った。彼はそれを口にした。

大佐はそのお世辞に見えるか見えないかの微笑を返しただけで、こう問いかえした。

「いったいなんのためだね？　まだ聞いてないが」

コンウェイは、アーレタペクの返答用にたっぷり一分、時間を与えたが、ＶＵＸＧの医師は黙りこくったままだった。「わたしも知らないんです」と彼はつぶやいて、急いでひきあげた。

つぎに彼らが入ったドアは、太字でこう書かれていた――〈主任栄養士――DBDG、DBLF、およびFGLI種。K・W・ハーディン博士〉。踏みこんだとき、ハーディンは何かの図表に目を通しているところだった。しかし、不意にその特徴ある白髪頭が持ちあがると、どなり声がとびだした。「どういう気だ？　いきなり入ってきて……」

コンウェイはできるだけ簡単に、用件をきりだした。

「では、このわたしに、そいつが食べてるものを、自然に生えてるとしか見えないように全部植えかえろというのか？」ハーディンは、説明の途中でさえぎっていった。「わたしをなんだと思っている？　そのきたならしい生きものはどれくらい食べるんだ、いったい？」

コンウェイは計算した数字をいった。

「一日にシュロの葉を三・五トンだって？」デスクによじのぼるようにして、ハーディンはどなった。「それから、やわらかい、青々した若枝が……よしてくれ！　栄養学がいくら精密科学といっても、葉っぱが三・五トンときては、精密も何もあったもんじゃない！　ハッ……！」

そこまで聞いて、彼らはハーディンのところをとびだした。

ハーディンが非協力的なのは言葉の上だけで、じっさいはまったくその反対だった。手助けしたがっていることでは、彼もさっきの二人と同様なのである。コンウェイは、VUXGにそう説明した。それに対してアーレタペクからは、地球人のような未熟な、短命な種族は、自分でもどうにもならないままに尋常ではない行動に走ってしまうのだろうという答えがかえってきた。


患者への二度めの訪問が、それに続いた。コンウェイはこんどは反重力ベルトを持っていったので、アーレタペクの空中飛翔能力のお世話にはならずにすんだ。二人は、肉と骨でできた巨大な動く山の周囲や上を飛びまわったが、その間アーレタペクはいちども生物に触れようとはしなかった。患者が興奮したようすをふたたび見せ、周期的にコンウェイの耳の奥がむずがゆくなる以外に、たいしたことは何も起こらなかった。血流に変化はないかと、上腕部に外科的に埋めこまれた表示器を横目でちらっと見たが、異常はなかった。ひょっとしたら、恐竜アレルギーなのかもしれない。

病院に戻ったコンウェイは、あくびがあごの骨をはずしかねないほど回数も多く、大きくなっているのに気づいた。一日の仕事に疲れきっていたのである。眠りの概念は、アーレタペクにとってはまったく異質のものだった。しかし、肉体の健康上必要であるならいたしかたないということで、異星の医師も異議は唱えなかった。コンウェイは真剣な顔で、もちろんだと念を押し、いちばん近道を通って自分の部屋へむかった。

アーレタペク博士をどう扱うかということで、彼はしばらく頭を悩ました。VUXGは、重要人物である。物置や、どこかの隅に置き去りにすることは、まさかできない――たとえその生物が、もっとひどい環境の中でも安楽にしていられるほど強靱だったとしても。夜、外へ出したままにしておくことは、相手の感情を大いに傷つけそうでできない――少なくとも、もし立場が逆だったら、彼はひどく傷つけられるだろう。オマーラがこのような事態に対処できる指示を与えておいてくれていたら、と彼は思った。最後にその生物を置いた場所は、デスクの上だった。そして、そのまま忘れてしまった。

アーレタペクはその夜じっくりと考えていたにちがいない。翌朝、デスクには、深さ八センチの穴がぽっかりとあいていた。

# 3

二日めの午後、二人の医師のあいだにいさかいが起こった。少なくとも、コンウェイにとっては、それはいさかいだった。アーレタペクのまったく異質な思考が、それをどんなふうに受けとったかは推測の域を出ない。

　事の起こりは、アーレタペクが例の沈黙に入る前、コンウェイに動かず、おとなしくするように要請したことだった。VUXGは、空中飛翔に思考の一部を使っているときより、休息しているほうが精神が集中できるという理由で、ふたたびコンウェイの肩にとまっていた。いままでいわれてきたとおりにやってきたが、もちろんコンウェイにもききたいことはいくつかあった。患者はどこが悪いのか？　アーレタペクは、それに対して何をしようというのか？　そして、怪物に触れたことさえほとんどないのに、どうやって治療しようというのか？　コンウェイは、自分の技術を患者に使うことを禁じられた医師によくある極度の欲求不満におちいっていた。好奇心もつのって、平静な気持などとうに失っていたが、彼はよく自制し、身じろぎもしなかった。

　しかし、やがて、前よりもひどいむずがゆさが耳の中にひろがった。浅瀬から土手へと登りはじめた恐竜が、思いだしたように吹きとばす泥にもほとんど気づかなかった。どこともつかぬむずがゆさは、もうがまんできないほど苦しかった。彼は大声をあげると、頭の右側をぴしゃりと叩いて、夢中で耳の穴をほじくった。その動作は、たちまち天にものぼるばかりの安堵感をもたらしたが……。

「そわそわされては仕事ができない」アーレタペクがいった。言葉の早さで、感情的な意味はわかる。「すぐ出ていってくれ」

「そわそわしてはいません」コンウェイは腹をたてて抗議した。「耳がむずがゆくて、わたしは——」

「いまの場合のような、思わず動いてしまうほどのむずがゆさは、きみの肉体に、治療を必要とする不調があるという症候だ」ＶＵＸＧが、彼の言葉をさえぎった。「でなければ、気づかぬうちにきみの肉体に巣くった寄生生命、あるいは共生生命によって起こったものだろう。

アシスタントは完全な健康体で、意識的にも無意識的にも寄生生物を宿している種族は困ると、あれほど強調しておいたのだが……。きみにも理解してもらわねばならないが、そういった生物はことにそわそわしがちなのだ。わたしが不快な気持でいることはわかるだろう。きみが不意に動いていなかったら何かできていたかもしれないのだ。出ていってくれ」

「なにいってやがる。この——」

たまたまその瞬間を選んで、恐竜はぐらっと浅みへむかってよろめくと、足場を失って、前代未聞の腹打ち飛びこみを行なった。落下してくる泥としぶきがコンウェイをずぶ濡れにし、小さな上げ潮が彼の足もとに押しよせてきた。彼の言葉は、その騒ぎでさえぎられた。その短い休止のあいだに、自分が個人的な侮辱を受けたのではないと気づく余裕はあった。寄生生物を宿した知的種族は多いのだ——中には、宿主の健康になくてはならないものもある。そんな場合、この下卑た表現は決して悪い意味にはならない。アーレタペクは侮辱のつもりでそういったのかもしれない。しかし、確かではなかった。それに、なんといっても、VUXGは重要人物なのだ。

「その、〝できていたかもしれない〟というのはなんです？」コンウェイは皮肉な口調できいた。まだ怒りはおさまっていなかったが、個人としてでなく、医師としての立場から戦う決心はついていた。それに、翻訳機は、言葉のはしばしにある侮辱的な調子を削りとってしまうのである。「あなたは、何をしようという気なんですか？　それも、ただ——その、わたしの見るところでは——立って患者を観察しているだけなのに、それで何ができるのです？」

「それはいえない」数秒おいて、アーレタペクは答えた。「わたしの目的は、非常に……非常に大きなものだ。それは遠い未来のものだ。きみにはわかるまいが」

「わからないと、どうしていえます？　何をしているか話してくれさえすれば、手助けできるかもしれませんよ」

「できまい」

「いいですか」腹をたてて、コンウェイはいった。「あなたは、この病院の全機能を利用しようとさえしていません。患者に何をするにしても、その第一歩は徹底的な診察——麻酔をかけ、X線透視、解剖といったことをすることです。そうすれば、役に立つ生理学的データも手に入り、それをもとに――」

「要旨を簡単にすれば」アーレタペクが割りこんできた。「複雑な生命、あるいは機械組織を理解するには、まずそれを分解して、個々のものから解明せよということにつきるだろう。わたしの種族は、理解しないうちに――部分的にも――対象を破壊することを好まない。きみたちのがさつな研究法は、わたしにとっては無価値だ。きみにはすぐ出ていってもらいたい」

煮えくりかえるような気持で、コンウェイはその場を立ち去った。

彼の心を最初に襲ったのは、オマーラのオフィスへかけこんで、VUXGの使い走りを誰か代わりの者にさせろといってやりたい衝動だった。しかし、この任務は重要だというオマーラの言葉がまだ彼の耳に残っていた。それに、好奇心を満足させられなかったとか、プライドを傷つけられたというだけで腹をたて、職務を放棄したとオマーラにとられたら、意地の悪いことをいわれるにきまっている。上司の患者に触れるのを許されていない医師は――診断医のアシスタントをその代表的な例として――かなりたくさんいるのだ。いや、それとも、自分はアーレタペクのような生物におさえられていることに腹をたてているのか……?

もし現在の心境のままでオマーラのオフィスにむかえば、情緒的にその地位に不適格と見なされる危険がある。この宇宙病院に籍を置くという名誉は別にしても、ここの仕事は刺激的であると同時に、大いにやりがいがあった。オマーラは、彼をここにいる資格なしと見なして、どこかの惑星病院に勤務がえさせるかもしれない。そうなったら、それは彼の人生の最大の悲劇だ。

だがオマーラのところへ行けないとしたら、どこへ行ったらいいだろう？　仕事をなくし、それに代わるものも持たず、いまコンウェイは行きづまりに来ていた。彼は通路の交叉点で考えながら数分間立ちつくしていた。そのわきを、銀河系の知的種族の断面ともいえるさまざまな生物が、歩き、うねり、飛びながら通りすぎていった。そのときとつぜん、彼は気づいた。自分にやれることもあるのだ。すべての出来事がこれほど急激に起こっていなかったら、いつかはしたであろうこと……。

病院の図書室には、地球先史時代に関する資料が、テープや、旧式のもっと扱いのやっかいな書物の形で何種類か取りそろえられていた。コンウェイは閲覧机の上にそれらを積みあげると、この遠まわしのやりかたで、患者に対する彼の専門家としての好奇心を満足させようとした。

時はいつのまにか過ぎていった。

コンウェイは、〝恐竜〟という言葉が巨大な爬虫類の総称であることをすぐに知った。

患者は、体がやや大きいことと、尻尾の突端の骨質の隆起を除けば、ジュラ紀の沼地に棲息していた雷竜（ブロントザウルス）と外見の特徴はまったく変わらなかった。草食性であることも同様だったが、彼の扱っている患者とちがって、地球のそれは当時の食肉性爬虫類に対して、なんの防護武器も持っていなかった。生理学的データは驚くほどそろっていた。コンウェイはそれをガツガツと吸収した。

脊柱（せきちゅう）は巨大な脊椎骨（せきついこつ）で構成され、尾椎骨（びついこつ）を除いてはどれも空洞だった——この骨質部の節約のおかげで、とてつもない巨体に比べて体重は割合軽いのである。それは卵生で、頭部は小さく、頭骸は脊椎動物中最小だった。しかし、この頭脳以外に腰椎（ようつい）のあたりによく発達した神経中枢があり、大きさは頭脳の数倍もあった。おそらく、ブロントザウルスの成長は遅かったにちがいない。その巨体は、彼らが二百年以上も生きたことを物語っている。

その時代の敵に対する唯一の防護手段は、水中に隠れていることだった——水面下にもぐっても、ごく少量の空気で生きていけたらしい。やがて地質的変化が起こり、棲息していた沼地が干あがって、天敵の自由な攻撃目標となるとともに、彼らは滅びた。

これらのトカゲ類は、自然の最大の失敗作であったといっている学者もいた。しかし、一方で、彼らが十四億年ものスパンを持つ三つの時代——すなわち、三畳紀（さんじょうき）、ジュラ紀、白亜紀（はくあ）——を通して栄えたことを考えれば、〝失敗作〟とも呼ぶことはできないという学者もいた。とにかく、人類が発生してから、まだ五十万年もたっていないのだ！

コンウェイは、重要なことを発見したという確信を得て図書室を出た。しかし、それがなんであるかは、どうしても言葉にすることはできなかった。それは、実にもどかしい気分だった。急いで食事をすませたとき、自分がそれ以上の情報を必要としていることに気づいた。提供できる人間は、ひとりしかいない。けっきょく彼はオマーラのところへ行くことにした。

「きみの小さな友人はどこだね？」数分後、コンウェイがオフィスへ入っていくと、心理学者はするどくきいた。「何かけんかでもしたのか？」

コンウェイは唾を呑みこむと、落ち着いた声音でこたえた。「アーレタペク博士がしばらくひとりで仕事をしたいというので、図書室で恐竜の資料を調べていたのです。あなたから、詳しいことをお聞きしたいと思って」

「すこしならある」とオマーラはいうと、コンウェイをじっと見つめた。ぎこちない数秒間の沈黙のあと、唸るように彼は口を開いた。

「そもそものはじまりは……」

アーレタペクの母星を発見した管理軍の調査船は、その住民が高い文明を築いていることを見定めると、彼らに超駆動航法を与えた。それを使って、彼らが最初に訪れたいくつかの惑星は、知的生命の存在しない、若い、未開の世界だったが、そのうちのひとつの生命形態が彼らの興味を惹いた——それが、例の巨大な爬虫類である。彼らは、銀河系の最高機関へ赴くと、適当な援助が与えられれば、自分たちにも文明全体に貢献する何かができるかもしれないと提案した。テレパシー種族には嘘はいえないし、嘘の概念すらないという見地から、最高機関は助力を申し出た。そしてアーレタペクとその患者がこの宇宙病院にやってくることになったのである。

情報はもうひとつある。オマーラは、コンウェイにいった。VUXGの超感覚の中には、予知能力と思われるものが存在している。しかしそれは個々ではなく、種族全体にしか働かないので、いまのところ遠い未来とか、ほんの行きあたりばったりの利用法を除いて、実用価値はゼロに近い。

コンウェイは、入ってきたときよりも混乱して、オマーラのオフィスを出た。

奇妙なこまぎれの情報を意味のあるものにまとめようとする努力はまだ続けていたが、疲れすぎているのか、自分が馬鹿なのか、どちらかの理由でそれは成功していなかった。そう、確かに彼は疲れていた。この二日間、彼の頭の中には深い、けだるい霧がおりたようだった……。

このふたつの要素——つまり、アーレタペクの来訪と、説明のつかないけだるさ——のあいだには、何か関連があるにちがいない。体調はいいし、いままでどれほど肉体労働、精神労働をしたあとでも、こんなふうに感じることはなかった。アーレタペクはこのむずがゆい感じが、不調の症候だというようなことをいわなかっただろうか？

とつぜん、VUXGの医師との仕事は、たんなる気になるとかしっくりいかないというだけではなくなっていた。自分の安全のほうが心配になりだしたのだ。むずがゆさが、表示器にも現われない新種のバクテリアのせいだとしたら？　アーレタペクが彼を追いだしたときも、つかのまそれが頭にうかんだ。しかし、そのけだるさがすぐほとんどゼロに薄れてしまったことを考えて、いままで無意識にそう思わないように努めていたのである。上級の医師に診てもらう必要がありそうだった。それも、こうなると、いますぐのほうがいい。

しかし、コンウェイは疲れすぎていた。朝になったら、以前の上司であるマノン医師をたずねようと、彼は心にきめた。それにアーレタペクに協力もしなければならない。自分が罹ったかもしれない、奇妙な新しい病気と、VUXGにあやまる名案に頭を悩ましながら、いつのまにか彼は眠りにおちていた。

# 4

翌朝、彼のデスクには深さ五センチの穴ができ、その中にアーレタペクが入っていた。コンウェイが体を起こして、目が覚めたというデモンストレーションを行なうと、生物は彼にむかっていった――「きのう以来、考え続けていたのだが、わたしはきみに期待をかけすぎていたようだ。自制や、情緒の安定、些細な肉体的いらだちなどに耐える、いいかえればそれを無視する能力では、きみたちのような――いわば、比較的――知能の低い種族が、多少とも他種族に劣るとしても、それは無理もない。将来のつながりを確保するために、わたしとしてもできるかぎりそれはがまんすることにする」

アーレタペクが詫びているのだと気づくまでに数秒かかった。しかし、そうと気づいたあとでも、それは彼がいままで聞いたもっとも侮辱的な詫びの言葉だった。アーレタペクは彼の自制心をほめたたえたが、同じ言葉をかえす気にはなれなかった。代わりに、彼は微笑し、自分が悪かったのだといいはった。ほどなく彼らは、患者のところへ赴いた。

輸送船の内部は、見分けがつかないほど変わっていた。土と水と葉の汚物溜めを思わせた中空の球はいまはなく、その表面の四分の三が中世代の景色の完全な再現となっていた。しかし、きのうコンウェイが見た絵とそっくりだったわけではない。それは、古代の地球のありさまではなく、患者の住む世界から運ばれてきた植物なのだった。だが、相違点は驚くほど少なかった。

最大の変化は空だった。

以前は、むかい側の表面にも立つことができたのだが、いまではそこに青白い霧がかかり、作りものとは思えない太陽が輝いているのだ。船内の中空の部分には、ほとんどこの半透明なガスが満ち、鋭い目と予備知識を持たない人間には、自分が本物の惑星の表面に立っているとしか思えないようにできていた。かすんだ空にかかった太陽を、誰が偽物と思うだろう。技師たちの仕事は完璧だった。

「ここで、このような精巧な、実物に近い再現が可能だとは思わなかった」不意にアーレタペクがいった。「この業績は称讃されてよい。患者にもよい影響が出るだろう」


当面の問題となっている生物――技師たちは、なぜかそれをエミリイと呼んでいた――は、満足そうに十メートルの高さにそびえるシュロのような植物の葉をむしっていた。水面下に隠れず、乾いた土地にいるということでも、その動物の気分はわかる。古代のブロントザウルスが敵におびやかされたとき、防護手段として必ず水面下に沈んだことから、コンウェイはそれを知っていた。このネオ＝ブロントザウルスは、あたりの景色になんの疑いも持っていないらしい。

「本質的には、異星の患者の治療に新しい病棟を作ることと変わりませんよ」コンウェイは遠慮ぶかくいった。「おもな違いは、仕事のスケールだけです」

「それにしても驚く」アーレタペクはいった。

はじめは詫びで、つぎはお世辞か。コンウェイは渋い顔で考えた。近づくにつれ、アーレタペクがふたたび黙って静かにしているようにと注意した。VUXGの態度の変化は、技師たちの仕事によるものらしい。理想的な環境に患者が置かれたいまでは、治療は、それがどんな形であるにせよ、成功する率は高くなったことだろう。

とつぜん、コンウェイはむずがゆさを感じた。右耳の奥深く、いつもの場所である。しかし、それがこんどはずっと大きくなり、強さも増して、脳全体がところかまわず嚙みまわる虫に蹂躙（じゅうりん）されているように思える。冷汗がどっと吹きでたのが感じられ、彼は昨夜マノン医師のところへ行こうと決心したときの恐怖を思いだした。これは幻覚ではない。本物だ。確かに本物だ。手が思わず知らず恐怖にかられて頭に飛び、アーレタペクの入った容器（コンテナ）を地面に叩き落した。

「また、そわそわする……」VUXGがいった。

「す……すいません」コンウェイはくちごもった。そして緊急の用事で行かねばならないという意味のことをしどろもどろにいうと、無我夢中でとびだしていった。

三時間後、彼はマノン医師のDBDG診療室の椅子にすわっていた。そのそばでは、マノンの愛犬が、怒ったように唸ったり、ひっくりかえって気を惹こうとしたりしながら、いっしょに遊ぼうとやっきになっていた。しかしいまのコンウェイは、以前余裕のあったころいっしょになって楽しんだ、儀式的な取っ組みあいやじゃれあいに興味はそそられなかった。彼の全神経は、デスクの図表の上にかがんだ前の上司の頭に釘づけになっていたのである。とつぜん、マノンが顔をあげた。

「どこも悪いところはないよ」その声には仮病を使った兵士や学生に対するのに同じ、横柄な調子があった。二、三秒後、彼はこう付け加えた。「そりゃ、もちろん、きみが感じた気分――疲れとか、むずがゆさとか、そういったものは本物だろう。だが、それもみな、精神的なものであると同時に肉体的なものだよ。いったいきみはいまどんな仕事をしているんだ？」

コンウェイは説明した。そのあいだ、二、三回マノンはニヤリと笑った。

「テレパシー生物の前に長いあいだ――その――体をさらしたのははじめてだろう？　それに、この問題を話したのは、わたしが最初じゃないかね？」マノンの口調は、質問というより、事実の説明に近かった。「このむずがゆさは、VUXGと患者に近いところにいたときがいちばん強いが、ほかのときにも弱々しく続いている」

コンウェイはうなずいた。「ほんの五分ばかり前にもちょっと感じました」

「そうとも、距離によってかなり力の差がある。だが、きみに関するかぎり心配ない。アーレタペクはまったく気がつかずに――それは、きみにもわかるだろう――きみをテレパスにしようとしているんだよ。説明しよう……」

テレパシー生物との長期接触は、人間の頭脳の特定部分をなぜか刺激するらしい。それは将来発達するテレパシー能力の萌芽かもしれないし、遠い原始時代にはあって、いまでは失われ、萎縮した機能なのかもしれない。

　しかし、どちらにせよ、わずらわしくはあるが、無害ないらだちであることに変わりはない。しかし、ごく稀に――とマノンは付け加えた――テレパシー生物との接触で、人間側に人為的なテレパシー能力が生まれる場合がある――つまり、そばにいるテレパスからの思考がときたま伝わってくることがあるのだ。しかし、ほかの生命には、それは通じない。もっとも、どの場合においても、その能力は厳密に一時的なもので、当の生物が遠くに去ると消えてしまう。

「だが、誘導テレパシーというのはきわめて稀だよ」マノンは結論した。「どうやらきみの場合は、副産物のいらいらばかりを受けとっているように見える。さもなければアーレタペクの心を読んで、彼が何をしようとしているかわかるはずだからね……」

　マノン医師が、誰も知らない新種の病気にかかったのではないかという疑いをとりはらっているあいだに、コンウェイの思考は猛然と活動をはじめていた。おぼろげながら、アーレタペクとブロントザウルスの奇妙な出来事が心によみがえり、それがＶＵＸＧとの会話や、彼が研究した地球の遠いむかしの巨大な爬虫類の生活――そして、その死滅――の断片とかみあわさるにつれ、ひとつの像が心の中にかたちづくられていった。それは、とっぴょうしもない——でなくとも、少なくとも歪んだ——像だった。まだ、未完成の部分もある。しかしアーレタペクのような生物が、どこも悪いところのないブロントザウルスの患者に、ほかに何ができるだろう？

「え？」コンウェイはききかえした。マノンが最後にいった言葉を聞きのがしたのである。

「アーレタペクが何をしているか気がついたのなら話してくれ」マノンは繰りかえした。

「それならわかりました」コンウェイはいった。「少なくとも、わたしはそうだと思います——アーレタペクが話したがらない理由もわかります。やって失敗したなら、物笑いの種にされるだけです。やろうと考えることすらとてつもないのに。ただ、なぜやっているのかということが、ぼくにもわからないんです……」

「コンウェイくん」わざと温和な声で、マノンはいった。「きみがいまいったことを詳しく話してくれないと、うちのやくざっぽいインターンたちがよくいってるように、きみの臓物を締めあげてやるぞ」

コンウェイはさっと立ちあがった。アーレタペクのところへ行くのに、これ以上遅れるわけにはいかない。何が行なわれているかおおよその見当がついたいま、気をつけていなければならないことがあるのだ——VUXGのような生物が考えてもいない緊急の安全措置をこうじるのだ。うわの空で彼はいった。「すいません、先生。それはいえないんです。あなたのおっしゃるところだと、わたしの知識はアーレタペクの心からテレパシーで直接出ている可能性があります。つまり、秘密情報というわけですからね。では、行かなければ。ありがとうございました」

　外に出ると、コンウェイは事実上かけ足で近くのコミュニケイターにとびつき、補給部を呼びだした。通話器に出たのは、彼が前に会ったエンジニアの大佐の声だった。コンウェイは間を置かずにいった。「例の改造された輸送船の船体は、ほぼ四十トンの重さの物体が、時速二十キロから百五十キロの速さで衝突するときのショックに耐えられますか？もしそれが起こった場合、安全率はどれくらいでしょう？」

　長い、重苦しい沈黙。やがて、「なんだって？　そんなに重たければ、船体をベニヤのようにつき抜けるぞ。だが、破損がかなり大きくても、内部の空気も相当なものだから、補給部の連中が宇宙服を着るぐらいの時間はあるよ。なぜ、そんなことをきくんだ？」

　コンウェイはすばやく考えをめぐらした。仕事はやってもらう必要がある。しかし、理由は説明できない。彼は大佐に、船内の人工重力を一定に保っている重力グリッドが心配なのだと説明した。数が多いから、もしそのひとつでも偶然極性が逆になって、ブロントザウルスを宙に放りだした場合……。

　大佐はすこし怒ったように、重力グリッドが逆方向に働いたり、斥力線や引力線となって焦点を結ぶこともあるが、そんなことは誰かがちょっかいを出したくらいでは起こらないと説明した。組みこまれた安全装置が……。

「それはわかっています」コンウェイはさえぎった。「わたしはただ、重い物体が落下してきたとき、重力グリッドが瞬間的に逆方向に働いたほうが安全だと思うので――もし、最悪の事態が起こったときに。そのようにできますか？」

「それは命令なのか？」大佐の声がいった。「それとも、きみはただ心配性なだけなのか？」

「命令と思ってください」コンウェイはいった。

「よし、できるだろう」するどいカチャリという音が、その会話に終止符を打った。

コンウェイは、ふたたびアーレタペクのところへむかった。こんどは、きかれる前に質問に答えられる理想的なアシスタントになっている自信があった。それに――と苦々しく彼は思った――アーレタペクが適当な質問を彼にしてくるように、うまく立ちまわらなくてはいけない。

## 5

二人の接触がはじまってから五日め、コンウェイはアーレタペクにいった。

「いままで観察してきて、あなたの患者が肉体的にも精神的にも治療の必要はないという確信ができました。そうすると、結論としては、あなたがテレパシーか、それに関係のある手段で、頭脳構造に何か変化を与えようとしているということしかないですね。もし、それがあたっているなら、わたしのほうにも、参考になりそうな――そこまでいかなくても、少なくとも興味は惹きそうな資料はありますよ。

わたしの惑星には遠いむかし、この患者に似た大きな爬虫類が棲んでいました。古生物学者の発掘した化石からわかったところでは、それの腰椎の部分に頭脳の数倍もある神経中枢があった形跡があるのです。あったというより、なくてはならなかったといったほうがいいでしょう。うしろ足や尻尾などは、それで動かしていたようです。もしこの動物がそれらにそっくりだとしたら、扱う頭脳はふたつということになりますよ」

アーレタペクの返事を待つあいだ、コンウェイはVUXGが高度に倫理的な種族に属していることに感謝した。彼らは、ノン・テレパスに対してテレパシーは使わないのである。さもなければ、この患者の神経中枢がふたつあることを彼が知っていることがばれてしまうところだ――もちろん、それは、アーレタペクがゆっくりとデスクに穴を掘り、コンウェイと患者が眠っていたそのすきに、彼の同僚がX線走査機(スキャナー)とカメラを何も知らない恐竜に向けてもちいたからにほかならない。

「きみの結論は正しい」やがて、アーレタペクはいった。「きみの情報も興味ぶかい。一個体が、二個の頭脳を有する可能性は、わたしも考えていなかった。しかしこれで、この生物との通信のさいの異常なむずかしさの説明がつく。調べてみよう」

コンウェイの頭の中で、またむずがゆい感じがはじまった。しかし、その原因がわかったいまは、〝そわそわする〟こともなくそれに耐えることができた。むずがゆさが消え、アーレタペクがいった。

「反応があった。はじめての反応だ」

頭骸の内部で、ふたたびむずがゆさがはじまり、それがしだいに高く、さらに高く……。まっ赤に焼けた鋏（はさみ）を持った蟻が頭脳の細胞をはさんでまわっている。そんな感じとはすこし違う。アーレタペクが心を奪われているあいだ、その気分を散らさないように動きたい欲望と戦いながら、彼は必死で考えていた。ちょうどそれは、誰かが銹（さ）びた釘で、彼の哀れなふるえる脳に穴をあけているようなそんな感じだった。こんなことはいままでにない。もう、これは完全な拷問だった。

と、とつぜん、それが微妙に変わった。弱まったわけではない。何かが加わったのだ。コンウェイはつかのま、目のくらむような何かを見ていた――こわれたレコードで聞く名曲の一節、あるいは原形をとどめぬまでに割れ、歪んだ美しい彫刻。そんなものを思わせた。つかのま彼は苦痛の歪んだ波を通して、アーレタペクの思考を垣間見ていた。

そして、すべてを知った……。

ＶＵＸＧは、その日一日、ずっと反応を受けとっていた。しかしそれらには、誤りが多く、乱暴で、統制といったものはまったくなかった。とりわけ劇的な反応がひとつ。その直後、恐怖にかられた恐竜は数エーカーの樹木をなぎ倒すと、湖にとびこんでしまった。アーレタペクは休息を命じた。

「失敗だ」医師はいった。「わたしが、彼女のためを思って教えこもうとしている力を使おうとしないのだ。すこし勢いを強くしたら、こわがってしまった」

平板な、翻訳された声には、なんの感情もなかった。しかし、アーレタペクの心をいちどのぞいたコンウェイには、それが感じる苦々しい失望が充分理解できた。すこしでも手助けができればと思ったが、直接打つ手が何もないことはわかっていた——この仕事の立役者は、アーレタペクひとりなのだ。コンウェイには、ときおりはげますくらいのことしかできなかった。その夜、ベッドで寝がえりを打ったときも、彼はまだ問題の解答に頭を悩ましていた。しかし、眠りにおちる寸前、彼はそれを発見した。

翌朝、二人はマノン医師の居場所を捜し、ＤＢＬＦ手術教室へ入ろうとする彼を見つけた。コンウェイがいった。「先生、あなたの犬を貸していただけますか？」

「仕事かね、それとも遊びかね？」疑いぶかそうに、マノンはいった。彼の犬に対する愛着は相当なもので、病院の異星人たちのあいだでは、彼らのあいだには共生的な関係があるという噂がとんでいるほどなのである。

「危険な目にはあわせません」コンウェイは保証した。

「いいだろう」

「ありがとうございます」彼はトラルト人のインターンの鼻から紐を取ると、アーレタペクにいった。「さあ、部屋へ戻りましょう」

十分後、怒り狂ったように吠えながら、部屋を駆けまわる犬にむかって、コンウェイはふとんや枕を投げつけていた。そのうちのひとつがうまく命中し、犬はひっくりかえった。それはプラスチックの床を引っ掻いたり、滑ったりしながら、いきなりかん高い声でなきはじめた。

そのときとつぜん、コンウェイは、いつのまにか自分の足が床を離れ、三メートルの高さの中空にうかんでいるのに気づいた。

「きみが地球人のサディズムの実験をしようとは思わなかった」デスクの上から、アーレタペクの声が響いた。「わたしは驚き、恐怖すら感じた。その不幸な動物を即刻離したまえ」

コンウェイはいった。「おろしてください。説明します……」

八日め、彼らは犬をマノン医師に返し、恐竜の仕事に戻った。二週めの終わりにも、彼らの仕事は続いていた。アーレタペクとコンウェイと彼らの患者の話は、病院で使用されているすべての言語で話され、さえずられ、鳴かれ、唸られるようになっていた。ある日、大食堂へ入ったコンウェイは、バックグラウンドでものうげに連絡事項を読みあげていた通報器が、彼の名を呼んだのに気づいた。

「……オマーラ少佐にコンタクトしてください」単調な声で、それは続けた。「コンウェイ博士。最寄りのインターカムで、すぐオマーラ少佐にコンタクトしてください……」

「失礼します」とコンウェイはいうと、調達係長がこわい顔でにらんでいる、テーブルにのせたプラスチック煉瓦の上のアーレタペクを置き去りにして、近くのコミュニケイターにむかった。

「生きるか死ぬかの問題とはいわない」呼び出しに出て、理由を問いただそうとすると、彼にオマーラはいった。「二、三のことを説明してもらいたいだけだ。まずひとつ――せっかくていねいに植えて、補給も絶やさないようにしてきた食用植物に、味の悪くなるような化学薬品をまかなければならないといって、ハーディン博士は口から泡を吹いておこっているぞ。それから、食べごろの植物をたくさんしまっておくのは、なぜだ？　3D投影機で何をしている？　マノンの犬は、これとどういう関係がある？」オマーラは息をつぐために仕方なく言葉を切ると、すぐ続けた。「それにスケンプトン大佐は、技師たちが引力線・斥力放射線機の据えつけでくたくたになるまで働かされているといっている――もちろん、そんなことは気にしていない。だが、大佐のいうことでは、もしその装置が内側へではなく、外側へ向けられたら、連合の大型宇宙艦ですらあぶないそうだ。

彼の部下たちは……」オマーラは声を落すと、会話の口調にきりかえた。しかし、そうするのに骨をおっていることは明らかだった。「ごく少数だが、わたしに専門的な意見をききに来た。自分の見たものを信じていない者もいる。幸運な連中といえるな。残りは、ピンク色の象のほうがまだましだといってる」

短い沈黙があり、やがてオマーラはいった。「マノンの話では、きみも高潔な倫理を盾にとって、たずねてもひとことも話してくれなかったそうじゃないか。わたしなら――」

「すいませんが、それだけは――」コンウェイはぎこちなくいった。

「それにしても、いったいぜんたい、何をやらかそうというんだ?」

しかし、すぐ、「ま、幸運を祈る。終わり」


コンウェイは急いでもとのテーブルに戻ると、アーレタペクと会話の続きをはじめた。それからしばらくののち、食堂からの出がけにコンウェイはいった。「大きさのファクターを考えに入れなかったのはわたしも馬鹿でした。しかし、それがわかったからには――」

「コンウェイ、馬鹿なのはわたしも同様だ」アーレタペクは単調な声でいった。「きみのアイデアは、いままでのところ大部分順調にいっている。きみは計り知れない手助けをしてくれた。そのことを考えると、ときどきわたしの目的まで知られたのではないかと思うことがある。このアイデアも、うまくいくといいのだが」

「指を重ねて、幸運を祈りましょう」

その言葉に、いつもなら、幸運など信じていないし、自分には指はない、といいかえすアーレタペクも、そのときは何もいわなかった。人間のやりかたを、彼が理解しはじめたことは明らかだった。そのときほど、コンウェイも、この高潔なＶＵＸＧ生命が彼の心を読んで、彼がどれだけこのことを知っているか、そして今日の午後の実験の成功をどれほど願っているか知ってもらいたいと思ったことはない。

船へむかう途中、コンウェイはしだいに緊張が高まっていくのを感じた。技師と補給員たちに最後の指示を与え、緊急事態の発生に対して行なうことを彼らが忘れていないか確かめるころになって、彼は、自分が冗談をすこし余分にいいすぎ、すこし威勢よく笑いすぎるのに気づいた。しかし緊張していることでは、誰もが同じだった。そしてそれからすこしあと、彼の緊張は不動の点――見かけの平静さのぜんまいをこれ以上巻けないという点に達した。彼は、患者から五十メートル足らずのところで、クリスマス・ツリーのように装備――腰には反重力ベルト、胸には３Ｄ投影機と観察鏡、肩には重いラジオのパック――を体じゅうにつけて立ちつくしていた。

「投影機、用意完了」声がいった。

「食物は定位置」第二の声。
「引力線、斥力線操作員、準備終わり」第三の声が報告した。
「オーケイ」コンウェイは空中にうかぶアーレタペクにいうと、渇いた舌でそれ以上に渇いた唇を衝動的になめた。「実験をはじめてください」

彼は胸の投影機のボタンを押した。とたんに、彼の周囲、頭上に、高さ二十メートルもあるコンウェイの実体のない像が現われた。恐竜の頭があがった。続いて、興奮したときや怯えたときに出すいななくような声が聞こえてきた。巨体に比べて、その声は奇妙な対照をなしていた。やがて、考えごとでもあるのか、それは湖の岸へむかって歩きはじめた。しかしふたつの小さな未発達の脳にむけて、アーレタペクが猛烈な勢いで放射する平和と安息の大いなる波を受け、その巨大な爬虫類は動きを止めた。脅かさないようにゆっくりとゆっくりと怪物の背後に近づくと、コンウェイは何かを持ちあげ、前に置く仕草をした。その頭上で、周囲で、高さ二十メートルの彼の像が同じことをした。

しかし像のほうでは、その巨大な手がおりる部分に、緑の草がひと山積まれていた。本物のように見えながら、実体のない手が上にあがると、草の山もいっしょに持ちあがった。微妙に操作される三本の斥力線の頂点が、それを支えているのである。シュロの葉と草の新鮮な湿った山が、まだ落ち着きを取り戻していない恐竜のそばに置かれ、それを持っていた手がしりぞいた。

待っていたコンウェイにとって永劫のように思われた時間が過ぎ去ると、巨大なまがりくねった首が大地にむかってアーチを作り、植物をつつきはじめた。そして、ひとくち……。

コンウェイは同じ動作をもういちど、さらにもういちど繰りかえした。すこしずつ、彼とその二十メートルの像は恐竜に近づいていく。

せっぱつまったときには、周囲の草を食べればいい。だが、ハーディン博士の薬品が噴霧されたあとだから、味はたいしてよくない。けれども、こちらにある山は、むかしのものと同じであることはわかる。

最近はさっぱり姿が見えなくなってしまったが、以前食べたことのある新鮮なこうばしいよい香りのする食物。はじめのおずおずとしたひとくちは、やがて飢えた豪快な食べかたに変わっていった。

コンウェイはいった。

「よし、第二段階……」

## 6

小さな観察鏡で恐竜と像の位置を計りながら、コンウェイは前に手を伸ばした。船体のむかい側の壁の、高い、目に見えない部分に取りつけられていたもう一個の斥力線放射機が、手に動きをシンクロナイズさせて活動しはじめた。その手はいま、そっと、しかし力強く、患者の太い首をさすっていた。最初の恐怖の瞬間が過ぎ去ると、恐竜はふたたび草を食べはじめ、ときどきぶるっと体をふるわせた。いい気持でいる、とアーレタペクが報告してきた。

「さあ」とコンウェイがいった。「すこし荒っぽくなるぞ」

ふたつの巨大な手が恐竜の横腹に置かれると、斥力線が総がかりで、すさまじい音とともにその巨体を横倒しにした。いまは本当の恐怖に駆られて、鈍重な、ぶざまな体をもとに戻そうと、それは暴れ、のたうちまわる。しかし、傷を負わせる代わりに、その巨大な手はそっと叩き、さする動作を続けるだけだった。手が新しい位置に移動したときには、ブロントザウルスはおとなしくなり、それを楽しんでいるようすさえ見せていた。引力線と斥力線が横臥した体をつかみ、起きあがらせて、反対側に倒した。

動きやすくするために反重力ベルトを使いながら、コンウェイは、ブロントザウルスの上やまわりを跳びはじめた。患者と心のつながりを保っているアーレタペクが、絶えず種々の刺激の与える影響について報告した。コンウェイは実体のない手と足で、その巨大な爬虫類を突き、押し、さすると、こんどは尻尾をひっぱり、首を叩いた。引力線、斥力線の操作員たちは彼にぴったりとタイミングを合わせた……。

この種の実験は、これがはじめてではなかった。ほかにも各種の実験が試みられたことはいうまでもないが、それで技師が二人酒に溺れ、四人が酒を断ったという噂が流れただけで、その大きさのファクターが考慮され、巨大な3D投影がもちいられるまで、その実験はたいして結果を生んでいなかったのである。それまでの一週間は、ネズミがセント・バーナード犬をあやしているようなものだった——説明のつかないことが次から次へと起こるというのに、それが見えるか見えないかの小さな二匹の生きもののせいらしいとあれば、ブロントザウルスが恐怖であわてふためくのも無理はない。

しかし患者の属する種族は、故郷の星では数億年も栄えてきている。また一頭をとっても、その寿命は実に長い。そのふたつの頭脳は小さくても、犬よりは賢い。というわけでコンウェイはほどなく、すわらせて、それに食物をねだらせるところにまでこぎつけた。

それから二時間後、ブロントザウルスは空中にうかんだ。

怪物的な、ぶざまな、なんとも表現しようのない物体が、急速に空にうかびあがった。それは、その太い足を無意識にばたばたさせて歩く動作をすると、だらりとたれた尻尾をゆっくりとふった。尻尾が腰椎の脳の支配を受けていて、空中浮揚を司る頭骸の中の脳とは無関係であることが、これではっきりとわかる。巨大な爬虫類は、六十メートルの高さに誘惑するようにうかんでいたシュロの葉の山に接近した。しかし、それは些細なことにすぎない。重要なのは、その動物が空中を飛んでいるということだった。もし——

「助けてみますか?」コンウェイはするどくアーレタペクにきいた。

「いや」

返事は当然のことながら、平坦で、感情に欠けていた。しかし、VUXGが人間であったなら、それは勝利の叫びであっただろう。

「やったぞ、エミリイ!」コンウェイのイアフォーンに誰かの叫び声が入った。重力線操作技師のひとりだろう。その声が、「おい、見ろ、通りすぎた!」

ブロントザウルスは宙づりになった葉っぱの山をはずれると、速度を落とそうともせず上昇した。通りすぎるさいに、山に触れようと発作的にぎこちなく体を動かしたのがわざわいして、いまでは明らかな回転がはじまっていた。首と尻尾の動きが、さらにそれを悪化させた……。

「すぐおろしたほうがいい」二番めの声がもどかしそうにいった。

「人工太陽が尻尾を焼き切るぞ」

「……それに回転がはじまって怯えている」コンウェイも同意した。「引力線……」

しかし、もう遅すぎた。それまで足もとの大地しか知らなかった生物の周囲に、太陽と大地と空が狂ったようなねじまがった螺旋を描いてまわっているのだ。めざすのは上なのか、下なのか、それともそれ以外の場所なのか？　必死で静めようとするアーレタペクを無視して、それはふたたび空中を飛翔した。

　コンウェイの目に、急転回した巨大な肉と骨の山が初速の四倍はありそうなスピードで飛び去るのが見えた。彼は叫んだ。「Ｈ区（セクター）！　そっとおろすんだ、そっと！」

　しかし斥力線技師たちには、その動きを遅くするための余裕はまったくなかった。表面への激突を避けるために――その下の金属板を突き破って宇宙空間へとびださせないために――彼らは力強く、がっしりと運動を止めざるをえなかった。ブロントザウルスにとって、その急激な停止は、肉体的苦痛となって響いた。それは、またも飛翔した。

「Ｃ区（セクター）、そちらへむかった！」

　しかしＣでも、けっきょくＨで起こったことの繰りかえしにすぎなかった。恐竜は怯え、別の方向に飛んだ。それが何回も繰りかえされた。船内の空間をはじかれたように飛びまわる巨大な爬虫類……。

「きみに話したいことがある。スケンプトンだ」きびきびした威厳のある声がいった。

「斥力線放射機の基部はこのような場合を予期して作られてはいないと部下たちはいっている。支えが不充分なのだ。船体のおおいも、八個所で破損している」

「では――」

「密閉にはできるだけのことはしている」コンウェイが質問する前に、スケンプトンは答えていた。「しかし、この騒ぎで、船ががたがたになりかけているから……」

アーレタペクがそこから会話に入った。

「コンウェイ、患者が新しい能力に驚くほどの可能性を見せているのはいま見ているとおりだが、それをコントロールしているのは恐怖と混乱だ。ここで外傷を受けた場合、患者の思考過程は、わたしの考えでは、とりかえしのつかないほど……」

「コンウェイ、見ろ！」


爬虫類は二、三百メートルほど離れた、地表に近い宙で停止すると、こんどはコンウェイの立っているところへむかって直角に方向を変えた。しかし、球形の空洞で直線コースに飛べば、やがてはカーブした地表と衝突する。まっしぐらに飛んだ巨体は、やっきになってその速度をおとそうとする重力線操作員たちの手にかかって、ぐらっと揺れ、回転をはじめた。そしてとつぜん、うっそうと繁る、低い樹林を引き裂くと、やわらかい泥地に大きな浅い溝をずるずると掘りながら、根こそぎにされた植物の山を盛りあげてコンウェイに迫ってきた。

反重力ベルトのコントロールを調整する暇もなく、大地が持ちあがり、彼の上に落下した。二、三分、目がくらんで、なぜ動けないのかもわからなかった。やがて彼は、腰まである折れた枝と泥土のねばねばしたセメントの中にいるのに気づいた。地面から伝わってくる揺れとうねりは、立ちあがろうとする恐竜の気配らしい。目をあげると、巨大な体はほとんど彼の真上にあった。それがぎこちなく向きを変えるにつれ、太い、抗打ち器のような脚が土の中に膝まで沈む奇妙な音と、下ばえがぱちぱちと折れる音が聞こえてきた。

エミリイはまた湖へ行こうとしているのだ。コンウェイは、ちょうど湖と恐竜のあいだにいた……。

反重力ベルトもラジオもこわれて使いものにならず、体は泥の中で身動きもとれない。彼は注意を惹こうと、無我夢中で叫び、もがいた。爬虫類の山が盛りあがり、ゆっくりと揺れる、想像を絶した首が明かりをさえぎった。そして、巨大な前足が彼を一回の動作で、埋め、そして殺そうと宙に持ちあがった。そのとき、いきなりコンウェイは上に引っぱりあげられ、運びだされていた。彼のわきの宙に容器（コンテナ）に入ったしぼんだスモモがうかんでいた。

「興奮した拍子に、きみが空中飛翔に機械を必要としたことを忘れていた」アーレタペクはいった。「許してくれたまえ」

「そ――そんなこと」コンウェイはふるえる声でいうと、まだドキドキしている心臓を静めようとした。そして、上の地面にいる圧力線放射機操作員の姿を見つけ、不意に大声で呼んだ。「ラジオと投影機をもうひと組持ってきてくれ。すぐ！」

十分後、傷だらけのひどい恰好ではあったが、実験を続ける用意はできた。彼は水面に立つと、アーレタペクを肩先にまわして、二十メートルの像をふたたび投影した。水面下にいるブロントザウルスと心の接触を保っていたVUXGの医師から、成功か失敗かの確率は五分五分だという報告が入ってきた。気が狂いそうな経験を患者がしたことは確かだが、アーレタペクの植えつけている安心感が——それまで飢えや敵の攻撃からの避難所だった——水面下にいるという考えと結びついて、着実に効果を発揮しているのだという。

ときには期待を、ときにはまったくの絶望を感じながら、彼は待った。ののしりたくなるような気分が、ふと襲ってくることもあった。もしアーレタペクの目的をあのときのぞいてさえいなかったら、もし彼が、あのどちらかといえばとりすました、謙遜しすぎる、ねばっこい球形の生物をいまほど好きになってさえいなかったら、これほど気が重くなることも、気分の悪い思いをすることもなかったにちがいない。しかし、あのような精神を持ち、自分たちの希望することをそのまま実行するような生物には、謙遜する権利がある。

不意に、巨大な頭が水面を破り、とてつもない胴体が土手をあがってきた。ゆっくりと、不恰好に、それはうしろ足を二重におりまげると、長い先細の首をまっすぐ伸ばした。ブロントザウルスは遊びたがっているのだ。

コンウェイの喉もとに言葉が出かかった。彼は、汁の多い青葉の束が十あまりも山積されている場所に目をやった。そのうちのひとつは、もうこちらにやってくる。彼は不意に手をふって、いった。「おおい、みんな食べさせてやれよ。それだけのことはしたんだ……」

「……そこで、アーレタペクは患者の棲んでいる世界の諸条件に気がついたわけです」ややかたくなって、コンウェイはいった。「そして、ブロントザウルスが将来どんな運命をたどりそうかということを予知能力で知り、それを変えなければいけないと考えたのです」

コンウェイは、主任心理学者のオフィスで非公式の口頭の報告をしているところだった。オマーラ、ハーディン、スケンプトン、そしてこの病院の院長が真剣な顔で周囲を取りかこんでいるので、気楽というにはほど遠い。彼は咳ばらいすると、話を続けた。「しかしアーレタペクは、古い歴史を持つ、誇り高い種族の一員です。そして、テレパシーを持っていることが、その感受性に輪をかけます——テレパスは、他人が自分たちに抱いている感情に非常に敏感なものです。アーレタペクの提案はあまりにも急進的であったため、もし失敗すれば、彼ばかりでなく種族全体が嘲り(あざけ)を受ける心配がありました。そこで、目的はいっさい秘密にされたわけです。ブロントザウルスの惑星は、その諸条件から見て、大型爬虫類が死滅したあと知的生命が生まれる可能性はなく、その死滅も遠い先ではないことが、地質学的にわかりました。患者の属する種族は、この惑星にかなり前から棲んでいます。彼らが、食肉性の、もっと専門化した仲間たちを蹴落として、いままで生き残ってきたのには、尻尾の武器と両棲的な習性が大いに役だっているのですが、気候の急激な変化にはかないません。太陽を追って赤道へ移動することも、惑星表面が多くの大陸島となっていてできないのです。ブロントザウルスには海は渡れません。しかし、もしこれらの大型爬虫類に空中飛翔の能力を発達させることができれば、海の障害はなくなり、近づいてくる寒さと食物の不足に悩むこともありません。アーレタペク博士は、その実験に成功したのです」

そこで、オマーラが割って入った。「アーレタペクが、ブロントザウルスに空中飛翔の能力を与えることができたなら、どうして同じことがわれわれにできないんだ?」

「それがなくても、うまくやってきたからでしょう」コンウェイは答えた。「反対に、この患者は、空中飛翔の能力が生存に必須であることを頭に叩きこまれました。いちどこれがわかれば、その能力は使用され、後代へ受け継がれます、それはほとんどの種族に潜在的に存在しているからです。アーレタペクが、この計画が可能であることを証明したいま、彼の種族全部がこぞってそれに参加しようとするでしょう。死の世界となるかもしれない惑星に知的生命を育てるということは、彼らのようなレベルの高い種族には実に魅力的な大計画ですよ……」

コンウェイは、何日か前、アーレタペクの心から読みとったあの予知的な知識の断片のことを考えていた。ブロントザウルスの世界に発達するかもしれない文明。遠い遠い未来のある日に、そこに住むことになるかもしれない、巨大な、それでいて奇妙に優雅な生物たち。しかし彼は、それを口には出さなかった。代わりにこういった。

「テレパスはたいていそうですが、アーレタペクも気むずかし屋で、純粋に肉体的な研究法というものを軽蔑する性向がありました。わたしがマノン先生の犬を紹介して、動物に新しい能力を使わせるいい方法は、それを遊びに使うことだと教えるまで、成功の見通しはまったくたっていなかったんです。犬にふとんを投げてやり、しばらくふざけてやると、犬はふとんをまとめてその上に自分を放り投げさせることを覚えます。それを実演して、単純な動物は——ある限度以内なら——すこしは手荒く扱ってもいいということを……」

「それで」思い出したように天井を見つめながら、オマーラはいった。「暇なとき、きみのしていたことがわかった……」

　スケンプトン大佐が咳をして、いった。「きみは、自分のはたした役割を軽く見すぎているよ。船内に、引力線・斥力線放射機を持ちこむ提案をした、きみの先見の明だって……」

「おしまいにする前に、ひとつわからないことがあるんです」コンウェイが急いで割りこんだ。「誰かが、患者をエミリイと呼んでいたのをアーレタペクが聞いてきて、理由を知りたいというんです」

「そうだろう」オマーラがげんなりしたようにいった。そして、唇をすぼめると、話を続けた。「補給部の連中の中に、むかしの小説に凝ってるのがいてね――ブロンテ姉妹の……シャーロット、エミリイ、アンというんだが――それで、エミリイ・ブロントザウルスという名を患者につけたんだよ。わたしとしても、病理学的な興味を感じるね。こんなふうな考えかたをする人間には……」オマーラはいやなにおいでも嗅いだような顔つきをした。

コンウェイも同感して唸り声をあげた。最後に残ったいちばん面倒な仕事は、高潔なアーレタペク博士にこの駄じゃれをどうやって説明するかということかもしれないと、部屋を出る途中で考えた。

# 楽園への切符

デーモン・ナイト

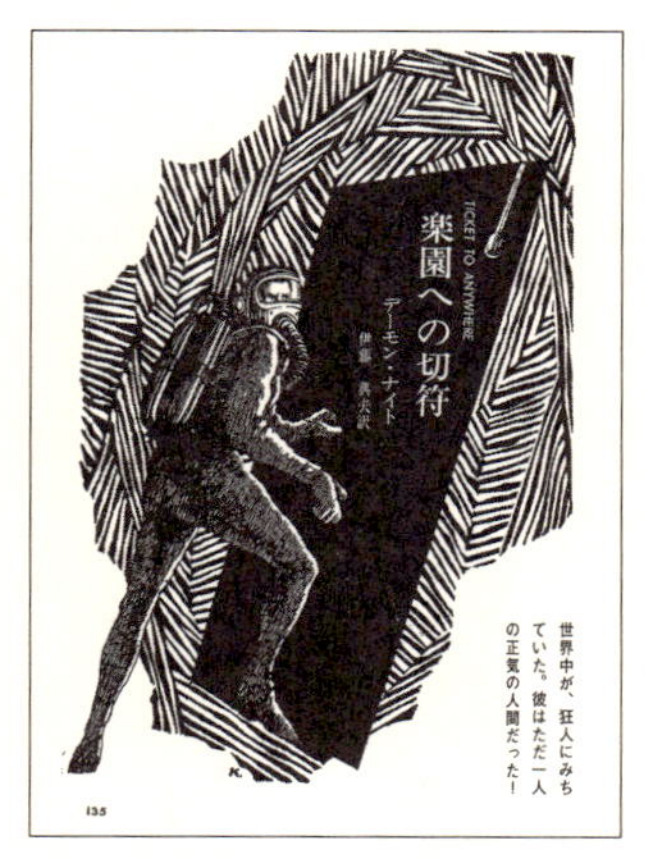


〈S‐Fマガジン〉1965年5月号

Ticket to Anywhere

**Damon Knight**

初出〈ギャラクシイ〉1952年4月号

ことSFに関するかぎり、デーモン・ナイトほどありとあらゆることをしている人はいないかもしれません。一九二二年生まれ、一九三一年、つまり九つのときSFを知り、以来熱狂的なファンならびにコレクターとなって〈スナイド〉というファンジンを発行し、歯に衣をきせない評論を書きまくった……というところまではお定まりですが、そこからイラストレーターとしてプロと接触を持つようになり、やがて編集者に転向して、自分でも小説を書くようになりました。現在は、SF作家、批評家、アンソロジスト。しかも、それらの仕事が、イラストレーションを唯一の例外として、みな群を抜いているのですからたいしたものです。特に、批評家としての彼は有名で、バウチャーなどは「SF界には、本の紹介屋は多いが、真に批評家といえるのは、デーモン・ナイトくらいなものだ」と、たいへんなほめようです。彼は、一九五六年、評論集『驚異を求めて』に対してヒューゴー賞を授けられています。

しかし、小説家としての彼が、批評家のかげになっているわけではけっしてありません。むしろ、彼の小説がわが国にほとんど紹介されていないのが不思議なくらいな、アメリカではもっとも有名な作家の一人です。

ここに紹介した短篇も、彼独特のスマートさと、SFの持味ともいえるセンス・オブ・ワンダーが見事にミックスした佳品といえるでしょう。　　（伊藤典夫）

――〈S-Fマガジン〉一九六五年五月号　作品解説より

# 1

リチャード・フォークは気のたしかな男だった。つい三カ月前まで彼は、調べたかぎりでは、狂人の世界に残るただひとりの正気の人間だった。

いまフォークは死人であった。

彼は、長さ十八メートル、幅二・八メートルの金属の柩（ひつぎ）に横たわっていた。内部に空気はなく、音もない。ヘルメットのフェースプレートの中、凍りついた空気の白霜（しらじも）の下にのぞく唇は、染み入るようなブルー。ひたい、両の頬、鼻はもうすこし淡い色で、ほとんど紫に近い。皮膚は、凍ったなめし皮のようにこわばっている。動くことも、息をすることも、考えることもない。リチャード・フォークは死んでいた。

そのかたわら、気密スーツのふくらんだ胴部にテープばりされて、金属のケースがある。ラベルには、〈スケイトー心臓探針。操作説明書在中〉。

周囲はいたるところ、幅広の編みベルトで壁にくくりつけられた箱、缶、キャンバス袋、樽のたぐい。積荷だ。フォークの柩は、火星に向かう貨物船なのだった。

死体の凍りついた脳の中には、記憶が、置き去りにされたときのまま、きちんと積み重なっていた。結びつくこともなく、それぞれの細胞は孤立し、精神のエントロピーはゼロに還っている。だがその最表層では、訪れることのないかもしれぬ雪解けを待ちながら、フォークが最後にすごした数時間の記憶が眠っていた。

船が飛びたち地球の引力圏を脱してからも、船体の分子の乱舞がおさまり、熱がすべて宇宙空間へ放射されるまでは、ひたすら待つのみだった。それから、つぎの待ちに入る。ヒーターを切り、静けさに耳をすませながら、体熱が逃げ去ってしまうまで……。手足の先がはじめにしびれ、耳と鼻があとにつづき、唇、頬、ついには全身。酷寒にふるえながら、吐く息がヘルメットの内部で白い雲になり、冷たい水滴が冷えきったフェースプレートの内側にたまってゆくのを、ただ見つめていた。

それは危険な賭けであり、勇気を必要とすることだった。ことを急ぎすぎれば、静止にいたる最後のプロセスが間延びしてしまう——凍りかけた体液は晶化し、無数の切っ先で細胞を引き裂くだろう。悠長に待ちすぎれば、いざというとき寒さで動きがとれなくなる。

待つうちに、死のまえぶれとなるいつわりのぬくもりが全身をおおった。凶暴さなどかけらもなく、あまりにも安らかに四肢の動きを封じる見えない殺し屋。それから、宙で体をひねった。船のまん中から、ふたつの荷にはさまれた狭い通路のほうに体を引きよせ、荷を押しのけて、はだかの隔壁に達する。大の字になり、ひんやりした金属面を抱きとめると、喜々としてはりつけになる男のように、フォークは死んだ。

　宇宙船は、かつてない静かな墓と化して、星のちりばめられた球の中心に微動もせずうかんだ。あるいはそのまま変化もなく、時の経過も知らず、永劫が過ぎていったかもしれない。そこには時もなく、〝出来事〟もなかった。船をはじめ、内部にあるすべてが――いまは動きをとめているものの、かすかな電子のしたたりによって熱せられているロボット操縦装置をのぞいて――絶対零度に近い状態をたもっているのだ。

　だが、どこかでリレーがひとつカチリと鳴り、支持フレームやガーダーや船体にかすかな震動を伝えた。時がまた流れだしたのだ。船首のレーダーが、正確な間合いをとって電波を放射しはじめる。ほどなくほかのリレー群が作動し、つぎにはエンジンがめざめると、かぼそいつぶやきをひとつもらして沈黙した。ほんの一瞬、船はふたたび運動する物体、星の海をかける小石となっていた。そのような瞬間がまたも訪れた。そして、もういちど。とうとう待ちに待った激動がおそった。大気の分子がぶつかっては飛びちり、かすめては飛び去ってゆく。船はかろやかに火星の大気にぶつかると、またとびだし、とびこみ、大きな弧を描いて惑星の周囲をめぐった。最後のリレーがカチリといい、フォークの柩となったコンテナは船からはずれて地上に落下した。あとには、ノズルからふたたび火をふきだし、時のない深淵（しんえん）へと旅立ってゆく外郭だけの船体が残された。

急降下の途中、パラシュートがひらいた。地球の大気圏、地球の重力化では、一分と荷の重さを支えきれないであろう信じがたいパラソル。だが一直線の落下はそれでやわらぎ、コンテナはさほどの衝撃もなく火星の砂地に着いた。

内部では、フォークの死体がゆっくりと解凍されていた。


心臓が打っている。それが意識にうかんできた最初の実感だった。フォークは深い安堵（あんど）とともに、そのかすかな音に聞きいった。胸はゆったりしたリズムで上下していた。鼻孔を出入りする空気の音が聞こえ、こめかみで血管が脈打っているのがわかる。つぎには手足に、痛みともつかないむずがゆさがやってきた。閉じたまぶたに、うっすらと赤い光がさしこむ。

フォークは目をあけた。

青白く光るものが顔となった。顔はつかのま消え、またもどった。視界がいくぶんはっきりしてきた。青白い肌の若い男。三十ぐらいだろうか、ひげの剃（そ）りあとが青い。やや伸ばしすぎのまっすぐな黒い髪。黒ぶちのメガネ。薄い唇の両端にきざまれた皮肉っぽいしわ。

「もうだいじょうぶか？」と顔がいった。

フォークがつぶやくと、顔が近づいた。もういちど声をふりしぼる。「と思う」

若い男はうなずいた。男はベッドから何かを取りあげ、その分解をはじめた。はずした部品を金属ケースの布張りしたへこみにつめてゆく。心臓探針だ、とフォークは気づいた。かさのあるコントロール・ボックスと、毛細管のように細い小さな針。

「これをどこで手に入れた？」と若い男がきいた。「それと、あの貨物船で何をやらかそうとしていた？」

「針は盗んだ」とフォークはいった。「それから宇宙服、ほかのいろんなものも。体重分だけ荷物は捨てた。火星へ来たかったんだ。これしか方法がなかった」

若い男は両手をぱたりと膝に落とした。「針は盗んだ、とね」あきれた顔でくりかえし、「すると、分身処置を受けていないのか？」

フォークは微笑した。「受けたよ。何回もだ。だが、効かなかった」体がひどく疲れていた。「すこし休ませてくれないか？」

「もちろん。すまなかった」

男が行ってしまうと、フォークは目をつむり、心にひたよせる記憶のうねりの中にたちもどった。苦痛をこらえて最後の数時間をかみしめると、その過程をもういちど反芻した。そこにはトラウマがあった。傷口が埋まるにまかせて、あとに禍根を残してはならない。受け入れるのだ。恐怖を見きわめ、それに耐えて生きるのだ。

しばらくして男は湯気のたつスープを持ってもどり、フォークはありがたく口をつけた。そのあと、いつ眠りに落ちたのか記憶はない。

目がさめたときには、かなり力がついていた。起きあがろうとし、そのとおり体が起きたのにはすこしばかり驚いた。若い男は部屋のつきあたりの肘（ひじ）かけ椅子にすわっていたが、パイプを置くとやってきて、フォークの背中に枕をあてがった。そしてまた椅子にもどった。部屋はちらかり放題で、すえたにおいがこもっていた。周囲の壁や、天井、フロアは、ほうろうびきの金属だった。棚は本やテープで埋まり、フロアにも山積みされている。ドアのノブには、よごれたシャツがかかっていた。

「話をする気になったかい？」と男がいった。

「はじめまして。ぼくはフォークだ。……まず分身の件を聞きたいわけだな」

「それから、どうしてここに来たのかもね」

「同じことさ」フォークは話しだした。「分身処置が効かないんだ。十歳までは確信が持てなかったが、どうも生まれつきの体質らしい。七つぐらいからだな、ほかの子供たちが〈守り神〉の話をするのを聞きながら、自分もおんなじという顔をしていたよ。子供というのは、わかるだろう——なんでもいっしょにしたがる。

しかし長いあいだ、何年もだ、ほかの連中がそんなふりをしているだけなのか、それとも見えない話し相手が自分にだけいないのか、そこのところがはっきりしなかった。〈守り神〉が見えるなんていうのは嘘っぱちだとだいたい見当はついたが、いるかいないかは別問題だ。そのへんはわからずじまいになった。じっさい、気になるほどじゃなかった。

十歳のとき、ぼくは盗みをはたらいた。ほしい本を親父が買ってくれなくてね。店員がわき見しているすきに──本を上衣の下に隠した。おかしなもんだな、半分ぐらい読みすすんだところで、自分には〈守り神〉がいないと身をもって証明したことに気づいたんだから。その時期には、もう結論はだしてしまって、〈守り神〉が見えないのは、こっちが何も悪いことをしていないせいだと思いこんでいた。それが心の支えだ。正直にいって鼻にかけてもいた──しかし、どうしてもその本がほしかったんだ……。

読み終えたあと、うまいぐあいに、本を焼いてしまうだけの常識がはたらいた。焼き捨てていなかったら、大人になるまで生きてはいられなかっただろう」

ウルファートはうなるように「だろうね」といった。その目は緊張の色をうかべ、興味ぶかげに、油断なくフォークを見つめている。「コントロールのきかない人間がひとりでもいれば、世界がひっくりかえるおそれもある。しかしそんなことは理論的に不可能だと思っていた」

「それはさんざん考えたよ。古典的な心理学によれば、そのとおりだ。催眠薬には、ぼくはそんなに抵抗力はない。ちゃんとかかる。ところが検閲メカニズムは反応しないんだ。自分はミュータントだろうかなんて空想したこともある。分身処置に対抗して現われた生存因子じゃないか、とか。本当のところはわからない。少なくとも調べたかぎりでは、ぼくみたいなのはいなかった」

「ふむ」ウルファートはパイプをふかした。「では、つぎの計画は、結婚して子供をつくり、子供たちに分身処置が効かないかどうかようすをみることだな」

フォークはさめた目つきになった。「ウルファート——こんなことをいいたくないが、狂人ばかりの社会であんたは幸福にやっていけると思うか？」

相手の顔にゆっくりと赤みがさした。ウルファートはパイプを口からとり、見つめた。やがて、「うん、きみのいう意味はわかる」

「どうかな」とフォークは返し、心の中で思った。てきめんに怒ったな。しかたないか。

「ここに来て、もう十年だろう？」

ウルファートはうなずいた。

「事態は悪化する一方だ」とフォークはいった。「思いきって、統計を調べてみた。見つけるのに手間はかからなかった。くそばかどもには、あれは自慢のタネだからね。病院の精神科の患者数は、このところずっと下降線をたどっている。〇六年に、分身計画が全世界で施行されて以来だ。その一方、分身処置の普及率は上昇をつづけている。ふたつの曲線はたがいを完全に打ち消しあう。

施設に収容しなければならない人間は、どんどん減っている——治療法が改良されたからじゃなくて、分身技術が向上していくからだ。五十年まえだったら救われない精神異常と見なされた連中が、いまでは頭の中にこびとをひとり住まわせて、そいつにハンドルをにぎってもらい、正常にふるまっている。うわべは、なるほど正常だ。しかし中身はとんでもない狂人なんだ。それどころか、五十年まえならちょっとおかしいぐらいの——治療を受ければなおっていた——連中が、この時代では、いまいった手合いと同じくらいの狂人になってる。それはいまさら問題じゃない。みんな気が狂ってしまっても、世の中はむかしと変わりなく動いていく」

ウルファートは苦々しげに顔をゆがめた。「それで？　なんにしても、平和な世界じゃないか」

「そうさ」とフォークはいった。「戦争もなければ、戦争が起こる気づかいもない。人殺しもない、盗みもない、犯罪という犯罪がなくなってしまった。なぜかといえば、だれもが頭の中に警官をひとりずつ飼っているからだ。しかしね、ものには作用と反作用があるんだぜ、ウルファート、物理学だけじゃなく精神医学にもだ。刑務所というのは、一生かかっても出るものさ。一本のピストンが下がれば、別のが上がってくる。おそらく何年もしないうちに——十年か二十年だろう——精神科の患者の曲線はまた上向きになるはずだ。〈守り神〉の抑圧から逃れるには、もっとひどい狂気の中にこもるしかないんだから。で、最後には治療しようのないところに行きつく。そのとき、やつらはどうするんだろう？」

ウルファートはパイプからゆっくりと燃えかすをたたきだすと、立ちあがり、うわの空でパイプの軸(ステム)を吸った。「きみのいうやつらとは、地球をじっさい支配している精神科医のことだな。すると、ここで何をするかも、もう決めてあるわけだ」

フォークは微笑した。「うん。きみの助けを借りて——星へ行く」

ウルファートはつかのま身じろぎもしなかった。「そうか、あれのことを知っているのか。いいだろう——となりの部屋へ来たまえ。見せてあげよう」

フォークはゲートのことを知っていたが、こんなふうなものだとは思ってもいなかった。それはガラスのようにつるつるの茶色の物質でできた小室だった。天井までは三メートル、左右と奥行きは二メートルある。中に入ると、つきあたりの壁のちょうど腰の高さに、レバーがひとつ。その形が変わっていて、古めかしいステッキの握りをほうふつとさせ、かすかに湾曲したLの縦棒が壁に並行していた。ほかには何もない。ウルファートの仮住まいは、このゲートをかこむように組み立てられたらしい。これが施設の存在理由であり、大きな犠牲をはらってウルファートが火星にきた理由なのだった。

「これか」とフォークはいって一歩踏みだした。

「動くな」ウルファートの声がとんだ。「入口の前に罠(わな)がしかけてある」

フォークは足をとめてウルファートを見やり、それから両わきのフロアに固定された金属のキャビネットに目をうつした。なるほどいわれてみれば、不可視光線を照射するレンズがあり、その上には、放電子と思われる円錐状の金属が見える。

ウルファートが裏づけた。「もし、何かが出てきたら、電流でそいつを倒す。それがだめでも、ぼくがいる」彼はベルトにさげた速射オートマチックに手をおいた。

フォークは壁ぎわのベンチにのろのろとすわった。「なぜだ？」とたずねる。「なぜ連中は、ゲートから出てくるものをそんなに怖れるんだ？」

ウルファートはぎこちなく壁にもたれると、パイプにタバコをつめなおしはじめた。

「では、くわしい話は知らないんだな。知っていることを話してみたまえ。抜けている部分をおぎなってやる」

フォークはゆっくりといった。「ゲートがあるということは、なんとかつきとめていた――〇二年の第一次火星探検隊がここで発見したんだ。それが星間輸送システムであることぐらいはわかっているらしい。だが、ぼくが知るかぎりでは、じっさい試した人間はいない。火星入植計画が放棄されたあとも、管理人がひとり――きみの前任者だな、おそらく――ここに残されたことを知った。だが理由までは知らない」

ウルファートは一瞬笑みをうかべると、壁から身を起こした。話しながら、部屋を行ったり来たりし、ときたまフォークをちらりと見やった。

「輸送システムだということはたしかだな。室に物を入れてレバーをおろす――すると物はなくなる。レバーをおろすのに使ったバールとか、そういう道具も、室内に入ってた部分は消える。フッ――それでおしまいさ。

どれくらい古いものか、われわれは知らないし、知る手段もない。材質は、ダイアモンドよりも硬いんだ。その半分近くは地中に埋まっている。発見されたときもその状態だった――完全に水平をたもって、砂漠にでんとすわっていた。自動的にバランスをとるメカニズムが内蔵されていて、地表に何が起ころうと、必ず見えるところにでてくるんだろう。

火星にはほかにも遺跡が見つかったが、みんな石を積んだやつで、素朴の一語だった。この種のものはどこにもないんだ。第一次探検隊がゲートを解体して、消える仕組みを調べようとしたのはもちろんだが、手のつけようがなかった。中をのぞくことはできても、これといったものはないんだから」ウルファートは、また例のふっと現われて消える苦笑いをうかべた。「実にはらだたしい話だ。物理学者のくせに、まるで自分が幼稚園児みたいに思えてくる。

これが星間ネットワークの一端だということはわかっているんだ。実験した男がひとりいる――第一次探検隊のメンバーで、ゲートを最初に発見したグループの一員だった。その男は小室とレバーを見て――中に入り、何が起こるかとレバーをおろした。その男にはわかったと思う。だが、こちらでは永久にわかるまい。第二次探検隊は強力な全波長送信機をごっそり積んでやってきて、ゲートに送りこんだ。最初の信号はそれから五年たって、レグルスの方面から入ってきた。七年後には、それが三つになった。十三年目には新入りこない」
が四つ加わったが、どれも異なる方角からだった。残りの八つからは、まだ信号は入って
ウルファートは足をとめて、フォークを見た。「そういうわけさ。こいつには、選択性
はない――完全にでたらめなんだ。ここを通りぬけて、べつの星系の惑星に行くことはで
きる。だが、試行錯誤をくりかえしながら出発点にもどるには、百万年もかかるだろう」
ウルファートは手のひらのつけねにパイプをぶつけ、燃えかすをフロアに落とした。「こ
こにあるんだ、星への門が。ところが、それが使えないときてる」
フォークは壁によりかかり、ことばの意味をかみしめた。「ネットワークには、十かそ
こらしか星がないかもしれない」
ウルファートはうすい唇をゆがめた。「ふざけたことをいうな。あれをつくるだけの技
術を持った種族が」――といってゲートを指さし――「十やそこら、いや、千個でもいい、
それくらいの数で切りあげると思うか？　ばかな！　彼らは銀河系を所有していたんだ
ぞ！」いらだったようすで、パイプにまたタバコをつめはじめ、「一千億だ。それに最近
の学説によると、主系列星にはたいてい惑星がある」
ウルファートはふたたびゲートを指さした。「容積は約十立方メートル。人間ひとりと
一カ月分の食糧、十五人なら一週間分の食糧をつめこむスペースがある。それがここから
送れる移民グループの限界だ。ただし――」つけ加える口調は苦々しかった。「一分と生

命がもつところへ着けるかどうか、その保証がない」

「はらだたしいことだね」フォークもあいづちをうった。「しかしまだ納得のいかない点がある。あんたがなぜここにいるかだ――それも、銃を用意して。このゲートをつくった生物が出てくるかもしれない――まあ、ありそうもないことだが――それが大事件だというのはわかる。しかし出てきたとき、殺す必要がどこにある？」

「わからん男だな、フォーク」ウルファートは語気を荒くした。「それはぼくの方針じゃない。ぼくはここで働いているだけだ」

「それはわかる。しかしその方針の裏に何があるか、見えてこないか？」

「恐怖さ」ウルファートはたちどころに答えた。「見返りに失うものが大きすぎるんだ」ふたたび壁にもたれると、手まねするかわりにパイプのステムをふり、「きみにわかるかな。こんな装置がなくたって、人間は星へ移住できるんだ。自力で。これはたしかなことだ。いまじゃないが、五十年か百年後――がんばりさえすればね。八カ月間休みなく加速できるような、効率のいい燃料を使えば、一生のうちに星へ到達できる。だが、なぜそうしないかわかるか？

連中はこわいんだ。この火星や、木星の月にさえ、こわがってコロニーを置こうとしない。それもただ、ものの運搬に時間がかかるという理由だけでだ。数カ月から数年の時間差で、地球と切り離されたコロニーのことを考えてみたまえ。何かが狂うとする――たとえばきみのような分身処置に免疫のある人間だ。でなければ、なんらかの偶然で分身処置をまぬがれた男が、逆にこの分身システムをわがものにし、勝手に手を加えるとか。かりに、そいつが肝心な指令をひとつ抜いてしまう――〈地球の利益あるいは政策に反する行動をとってはならない〉という指令だ。するとひとつきりだった社会は消え、またふたつの社会ができる。つぎにくるのは――？」

フォークはしゅんとなってうなずいた。「戦争だ。そうか、わかった。連中はほんのわずかな危険もおかす気はないんだ」

「気があるなしの問題じゃない。そもそも、それができない、いんだ。彼らがみずからに与えた指令のひとつだよ、フォーク」

「星を手に入れるチャンスはなくなるわけだ」

「ただし」と、ウルファートはいった。「ゲートの仕組みをわきまえている何者かが、そこから出てきたときは別だ。電圧は高い。だが、死ぬほどじゃないだろう――そう願ってる。しびれて倒れるくらいだ。もし電流で動きをとめられなくて、そいつがゲートにひきかえすようなら、撃って動けなくするのがぼくの役目だ。なんとしてでも、とめなくちゃならない。そいつが帰って、仲間たちに、このステーションは危険だなどといいふらすのは、もってのほかだ。なぜかといえば、もしこっちの求める知識――目的地を選択できるようにシステムを改良する方法が手に入るなら――」

「コロニーができるな」フォークがあとをついだ。「どれも地球からちょっと角をまがったところにある、似たりよったりのコロニーだ。狂人よ宇宙を継ぐべし、か……だったら、だれもゲートから出てこないほうがいい」

「きみは失望しないと思うね」ウルファートはいった。

## 2

ウルファートとともに残りの部屋を見てまわりながら、フォークはその合間にもときおり休んで力の回復を待った。見るものはたいしてなかった。ゲートの部屋にはフォークの気づかなかったのぞき穴があり、寝室と通じていた。通信装置とレーダーとコンピューターをおさめた部屋では、大気圏をかすめる物資補給ロケットの軌道もコントロールしていた。発電機があり、コンプレッサーは室内を呼吸しやすい気圧に保っている。そしてキッチン、バスルーム、ふたつの貯蔵室。

通信室には窓があり、フォークは長いあいだ立ちつくし、異邦の砂漠をながめた。太陽が地平線に沈みかけたいま、砂漠はすみれ色に染まっている。ほとんど黒に近い空では、星が見たこともないほどまばゆく輝き、気がつくとフォークの目は、この世のものとは思われぬ風景の呪縛を逃れて、空に引きつけられていた。

大空にひろがる炎のパターン――星ぼしをむすぶあやとりの糸を、心にえがく。明日はあのうちのどれかをめぐる惑星の上に立っているかもしれない。その思いは、冷水シャワーさながらにフォークを打った。自分の死を考えるときと変わりなく、心はそこから逃れようとする。だが同時に、魅せられてもいるのだった。フォークは、底知れぬ池のふちに立つ少年の気持になった。その黒い水の底にあるものは宝物なのか、それとも死なのか。飛びこむのは恐ろしい。だが飛びこむしかないことは承知しているのだ。

ほかにどんな受けとめかたがあるというのか――前方に道がひらけ、あとは踏みだすだけの、いまこのときに。

不意にウルファートが口をひらいた。「コンテナの中にきみを見つけたとき、ぼくが地球に報告を入れたかどうか、きかなかったな」

フォークは見かえした。「もちろん報告しただろうさ。それはいいんだ。連中のちょっかいがはいる前に、こっちはおさらばしてる。きみをなぐりたおしてゲートから逃げたといえばいい。違うという証明はできっこないんだから。もっとも、嘘をつけないように条件づけされているのなら話はべつだが」

「いや、それはされていない」とウルファート。「その点はだいじょうぶだ。ただし筋書きにすこし手を入れる。きみを生き返らせたが、そのあと射殺して埋めたとね。それにしても、ぼくが——好意的な態度に出ることに、来る前からどうしてそんなに確信があった？」

「きみはここにいる」フォークは淡々といった。「志願して来た。連中の条件づけは、いまのところまだ、したくない仕事を人にさせるレベルには達していない。それに話していてわかったが、きみは頭がいい。とすれば——世捨て人として来たらしいとわかる。やつらが推し進めている地球の精神コントロール政策には、きみも同じように反対なんだ」

「わからないな」ウルファートは間をおいていった。「類似点を過大評価しているんじゃないかね」手もとから離したことのないパイプを見おろすと、荒れて硬くなった親指でタバコをつめ、「ぼくは、分身制度や現政府に対しては、きみと同じ立場にいるわけじゃない。ちゃんと適応しているんだ——あれにね。ぼくのプライベートな宇宙の中では、それでうまくいってる。いつかは大変動が来ることはわかっているが、気になるというほどじゃない。その前に死んでるんだから」

　そしてひたむきにフォークを見つめると、「ぼくだって星を手に入れたいさ。あくまで情緒的な意味でだがね……このカートリッジに弾丸は入っていない」ウルファートは腰にさげた銃に目くばせした。「それはほかの飛び道具でも同じだ。彼らもその方面の条件づけをぼくにしなかった」

　フォークは目をまるくし、唐突にいった。「ゲートを通りぬけるのはどうだ？　それを禁じる指令は受けているんだろう？」

　ウルファートはうなずいた。

「しかし、きみを昏倒させ、引きずって出るのがいけないという法はないな」

　ウルファートは苦笑いして、ゆっくりと首をふった。「無理だね。だれかがここにいなければならない、こちら側に」

「どうして？」

「行った先のどこかで、きみがゲートの秘密を解く可能性があるからだ。それも目的に入っているんだろう？　たんに隠れがをさがしてるだけじゃない——そんなものは地球上にいくらでもある。きみが求めているのは知識だ。しかも、こちらの忠告などおかまいなしに、それを持ち帰って地球を改革したいと考えている」

「少々ドン・キホーテ的だが、そのとおりだよ」

　ウルファートは肩をすくめ、視線を遠くにただよわせた。「というわけで……だれかがいなくてはならない。銃に弾丸をこめないような人間が。もしぼくが同行してしまったら、地球側は念を入れて、つぎには別のタイプの人間をここによこすだろう」

　ウルファートはつかのま相手と目をあわせた。「人のことなんか心配して時間をつぶすな。信じないかもしれないが、ぼくはここにいてけっこう幸福なんだ。少なくとも……ひとりのときにはね」

地球政府が、さびしさに耐えかねて発狂しかねない独身者にかえて、なぜ夫婦者を送らないのか、フォークはかねがね不思議に思っていた。だが、いまになって彼は、自分のうかつさに気づいた。ウルファートには疑いもなく妻がいたのだ。このうえない伴侶——気性はぴったり合い、気まぐれもなければ地球に帰りたいともいわず、食事も空気も必要とせず、ウルファートとともに運ばれてくるのに重量の超過もない連れ合い。それに火星では、他人の目に見えない妻であっても、ふだんはなんのさしさわりもないのだ。

うずくような嫌悪がうちにつきあげ、同時に相手もフォークの表情の変化とその裏にある意味を見抜いた。ウルファートは顔を赤らめると、口もとを引きつらせて背をむけ、窓のそとをながめた。

ややあってフォークは声をかけた。「ウルファート、ぼくはきみが好きだ、いままでに会っただれよりも。これは信じてほしい」

ウルファートはパイプ・クリーナーをとりだした。こみいった器具で、留め金具から枝分かれした先端は、シャベル、突き棒、楊枝など、いろいろな形に成型されている。「申しわけないが、ぼくはきみが嫌いだよ、フォーク。といっても深い理由はない。きみの図太さがちょっとにくらしいだけだ。こっちは運悪くきみのような素質を持って生まれつかなかったんでね。きみは自分の心の主人なんだ」

ウルファートはふりかえると、笑顔で手をさしだした。「そういう些細な点をのぞけば、ぼくはきみを全面的に認める。どうだろう、それで――?」

フォークはその手をとった。「帰るとき、きみがいてくれるといいな」

「いるとも」ウルファートはパイプをみがいた。「事故でもないかぎり、あと三十年はいるつもりだ。それまでにきみが戻らないようなら、帰る意志がないのだと思ってあきらめる」


火星用スーツのほうが軽快でよいというウルファートの提案をいれ、フォークは、貨物船内で着ていた宇宙服を捨てた。後者は地球をめぐる宇宙ステーションでの重労働用にデザインされたものなので、ウルファートがいうように、惑星上ではかさばりすぎるという不利があった。かわりとなる火星用の軽装のスーツは、うすい大気中でも体を充分保護するばかりでなく、宇宙服にはない小道具をそなえていた。ヘルメット・ライト、登山用具、内蔵コンパス、食事と排泄につかう各開口部。空気タンクもあったが、別にコンプレッサーもついていた。もし大気中に少なくとも火星なみの酸素が含まれているなら、着用者はバッテリーがつづくかぎり生存できるのだ。

「なんとしてでも生きていける場所を見つけなきゃいけないわけだな。それも、いわば遠い沖合で」とウルファート。「行った先がどこも死の世界なら、きみはまもなく死ぬ。しかしそのスーツがあれば、見物する時間は少なくともできるし、空気があるかぎりナップザックにつめこんだもので食いつなげる。この銃をやってもいいが、持っているだけじゃまだよ——さっきいったように、弾丸はみんな抜いてあるから」

ウルファートは入口の電撃装置を切り、わきにしりぞいた。フォークはがらんとした金属の部屋をながめ、ウルファートのほっそりした体つきと陰気な顔を最後にもういちど見つめた。そして茶色ガラスの小室に踏みこむと、グローブをはめた手をレバーにかけた。

「また会おう」

ウルファートは控えめというか、ほとんど無関心にうなずいた。「さよなら、フォーク」そういいながら、またパイプをくわえた。

フォークはヘルメット・ライトをつけると、あいている手をそのまま腰のコントロール装置のそばにおき——レバーを下にさげた。

ウルファートの姿が消えた。一瞬おいて、レバーの感触が手の中にないのに気づいた。とまどい気味に、壁に目を戻すと、レバーははじめの位置に戻っていた。

そのときになって、ウルファートのいた場所に妙な空白ができたことを思いだし、あらためて入口のほうを向いた。そこには——何もなかった。人を寄せつけぬ、のっぺりとした乳白色の虚無。これは、なにか過渡的な状態なのだろうか——だとすれば、どれくらい続くのか？　旅が瞬間的なものだというのは、科学者の仮説にすぎなかったのだ。そう思いあたるとともに、ひどい狼狽（ろうばい）がおそった。ゆくえの知れない八個の送信機の話が、それに追いうちをかけた……。

　やがて理性がとってかわり、フォークは入口へ進みでた。

　乳白色は、視線が下がるにつれて明るさをなくし、青灰色からすみれ色、そしてなんとも判別しがたい薄暗い色彩の混沌に変わった。フォークはゲートのふちをつかんでのりだすと、目のとどくかぎり下界を見下ろした。断崖が見えたとき、残りのすべてがひとつの風景にまとまった。

　フォークは切りたった山のいただき――およそありえない、気の遠くなるような高みに立っていた。山肌は急勾配にどこまでもくだり、行きついた底では灰色がかった無意味なタペストリーの中に溶けこんでいる。左右も見たが、これといったものはなかった。ヘルメットの振動板から伝わってくる音もない。体が物にふれる感覚と筋肉の反応、それにゲートの厳然とした実在だけが、生きていることのあかしだった。

　この惑星は死んでいる。理屈も何もなくそう直感した。死の気配がひしひしと伝わってくるのだ。風のそよぎさえない。茫漠としたグレイの雲と、断崖と、眼下のとりとめもない色彩だけ。

　ベルトにさげたありあわせのキットに目をうつす。気圧計、マッチ、リトマス試験紙……。だが、空気をテストする必要はなかった。かりに呼吸可能だとしても、ゲートから出る方法がないのだ。断崖は入口を一センチと出ないところから始まっていた。

フォークは室の奥に戻ると、もういちどレバーをおろした。こんどはその動きをいちばん下まで見とどけた。はねかえるような感じはまったくなかった。手の下にあったレバーは、つぎの瞬間にはもとに戻っていた——まるで手のひらを通りぬけたように。

ふりかえる。

濃紺の夜の中に、星がきらきらと輝いていた。その下にブルー・グリーンの氷の平原がどこまでも広がっている。

氷原に踏みだすと、周囲を見わたし、目を上げた。夜空は子供のころミシガンで見なれたものとあまりに似ていたので、地球に帰りついたという印象には確信に近いものがあった——おそらくは北極圏、それも探検家すら通りかかったことのない辺ぴな場所だろう。しかし大熊座やオリオンのベルトを無意識にさがすうち、錯覚に気づいた。なじみの配列はどこにもなかった。見知らぬ星ぼしが見知らぬ夜空に輝いているばかり。南半球の星座もできるかぎり思いだしてみたが、これまたひとつとして合致するものはなかった。

真上の空に八つの星のかたまりがあり、うちふたつはひときわ明るかった。四個が一直線にならび、残りはほぼ完全な半円を描いている。前にいちどでも見ていれば、忘れるはずのない星座だった。

目をおろすと、そこには夜空よりも黒い地平線があった。この惑星の地平線の曲面のかなたに、光とぬくもりと安らぎと知識があるにしても、それは確かめようのないことだ。

　フォークは小室にひきかえした。彼はかりそめにここに立つことを許された身である。火星スーツだけでは、数週間――運がよくても数カ月、あるいは数年――しか生きられない。ゲートを中心とするちっぽけな半径内でめざすものを見つけられなければ、あとは死があるだけなのだ。

　ふたたびレバーをおろす。夜はまだつづいていた――が、ゲートを出たとたん、巨大な建造物のたちならぶ大通りが、星あかりのもとにひらけた。

　気圧計が反応した。低い値だが、それはコンプレッサーでなんとかなるだろう。マッチも発火した。ほんのいっとき力なく燃えた程度とはいえ、燃えたことに変わりはなかった。

　フォークはコンプレッサーを作動させ、背中のタンクから流れこむ空気をとめた。そしてヘルメット・ライトをつけると、通りを歩きだした。

　建物はいずれもひとつの主題のヴァリエーションで、ピラミッド、円錐、くさび形など、くだり斜面のむこうにはまたのぼり斜面が現われる。そのため図抜けた大きさのわりに、空は隠れなかった。数歩ふみだしたところでフォークは無意識に顔をあげ、半円の星座をさがした。だが求める星座はなく、それは慄然(りつぜん)とするような思いをみちびきだした。ここは五分前にいた地点から、銀河系の半分も横断したほど隔たったところかもしれない。

銀河系の姿を心に描いてみる。暗黒の中にうかぶ長円形の霧のかたまり。その片方の焦点の近くに、太陽(ソル)をあらわす光点をひとつおいた。そして別のところにもうひとつ点をうち、両者のあいだに輝く線を引いた。点をもうひとつ、線をもう一本。さらに点と線。けぶる長円の上に、巨大なNの文字が現われた。

わからない。銀河系をまたにかける種族が、行き先ひとつ選ぶ力を持たないとは。

ほかに唯一考えられるのは——原始人が現代の気送鉄道システムに出会ったとき、おそらく途方に暮れるように、人はゲートの機能のうちの何かを見逃している、行き先を選別する手段がどこかに隠れている、ということだ。だがフォークの心はその可能性をはねつけた。メカニズムは簡単明瞭である。小室とレバーがひとつずつ。機能は形に表われるものので、ゲートの形は〝行け〟と命じている。だが〝どこへ?〟とは問いかけていないのだ。

フォークはふたたび建造物に目をむけた。よく見ると、どれも上部はひどい浸食をうけ、厚さ数センチの層がいく重にもこそげ落ちていた。通りには細かいオレンジ色の砂が敷きつめられ、建物の出入口はほとんどてっぺんまで埋まっている。どうやらこの都市は長い歳月埋もれていて、最近になって流れる砂の中から現われたものだろう。

出入口の上縁と盛りあがった砂とのあいだの隙間はせまかったが、無理をすればもぐりこめそうだった。フォークは隙間のひとつを選ぶと、その黒々とひらいた口をヘルメット

・ライトの光芒(こうぼう)の中心におき――動く決心もつかないまま、大通りのまん中に立った。すがるように小室のほうをふりかえる。ゲートは相変わらずそこにあり、頼もしげに、きっちりと角ばった輪郭をたもって、時を超越していた。そのとき、心にひっかかっていたものの正体がつかめた。この都市は死んでいる――断崖の惑星や、氷の惑星とおなじく死んでいるのだ。建物は無用の石に変わり、風雨にさらされてぼろぼろになっている。建設した生き物たちも、とうに塵(ちり)にかえったにちがいない。

おまえが求めているのは知識だ。ウルファートのそんなことばに、フォークはうなずいた。いつの日か、世界を改革できるだけの知識がそなわったとき、自分はまたゲートを通じて太陽(ソル)へと帰ってくるだろう。そんな希望をみとめさえした。けれども本心はちがう。意識の表層でそう考えていたのはたしかだが、それは夢、自己欺瞞(ぎまん)――いいわけにすぎなかったのだ。

地球に未練はない。まして人類をみずからの弱さから救おうなどという使命感もない。もしそんな力にかりたてられていたのなら、地球をはなれる理由はなかったはずだ。母星にとどまり、体制側のエリートにのしあがって、内部から革命をおこすこともできたのだから。成功のチャンスは小さいにしても、ゼロではなかっただろう。

そう、そんな道もあったかもしれない――しかしなんのために？　人類を自滅からくいとめている枷(かせ)を取り除くためか？

これはどちらを返しても同じ図柄しかでてこないコインだ。野放しの人類に星ぼしをきりひらく資格はなく、管理された人類は危険をおかそうともしない。人類の文明に成熟の見込みはない。袋小路、破綻した実験だったのだ。人は下等なけだものだ。母なる惑星を荒廃させ、みずからを汚し——あらゆる背徳、堕落、残虐をほしいままにする。

しかし宇宙にはかつて、もうひとつの文明があった——星ぼしを治めるにふさわしい文明が。それが滅びたとはフォークには信じられなかった。石はくずれ、金属はさび、それらをもちいたさまざまな種族は消えて、その死をいたむ者もない。ところがゲートはいまだに生き、いまだに役目をはたし、時をこばみつづけているのだ。

その種族はここにはいない。ゲートをのぞけば、彼らはこの惑星になんの痕跡も残していない。まわりの建物にあらためて目をくれることもなく、フォークは向きを変えると、来た道を戻りはじめた。

ゲートまで三メートルというとき、フォークは足あとに気づいた。

足あとは五つあり、入口に近い砂の上にうっすらと刻印されていた。さがしまわったが、見つかったのはそれだけだった。二つは、明らかにゲートにかかとを向けている。あとの三つはひきかえすときのものらしく、うち一つは先の足あととだぶっていた。

ブーツをはいた彼の足より小さく、左右がわずかに平たい長円形をしている。見ていさえすれば手がかりがつかめるとでもいうように、フォークは足あとをじっと見つめた。だが語りかけてくるものはなかった。

人の足あとではない。しかし、それで何がわかったというのだ？

ゲートが建造された時代より、ずっと後世のものではある。この惑星にどのような風が吹くのか知らないが、砂がいまの高さにおりたのは、長く見積ってもせいぜい数年前のことだろう。しかし、それもまた行きつくあてのないロジックだった。

ゲートを作った種族の足あととも思える。あるいはフォークのような放浪者、先進種族のあとをおそるおそるたどる、もうひとりの原始人のものなのか。

何にもましていらだたしいのは、足あとをみつけても追いかける方法がないことだった。なぜなら、それはゲートを抜け、一千億の星のいずれかに消えていたからだ。

フォークは小室に戻ると、ふたたびレバーをおろした。

## 3

まっ白な光がかっと目にさしこみ、すさまじい熱気がおそった。あえぎながら、フォークは夢中でレバーにつかみかかった。

残像はゆっくりと薄れていった。またも夜があり、星が見えた。いましがたの世界は、さほど遠くないところに新星（ノヴァ）をかかえる惑星にちがいない。あの手のものに、今後いくつ出会わなければならないのか？

フォークは出口に進んだ。不毛の土地。木ぎれひとつ、石ひとつ見あたらない。レバーにとってかえす。ふたたび光。だが、こんどは耐えられる明るさであり、おもては色彩の洪水だった。

フォークは用心深く足をふみだした。感覚が、見慣れぬ形と色にゆっくりと適応してゆく。熱帯の太陽に照らされたあざやかな風景があった。遠い山なみがもやにかすみ、グレイがかったすみれ色をおびている。近くには丈の高い木々があり、目のさめるようなブルー・グリーンの葉をしげらせている。すぐ前方にある大きな広場は、翡翠（ひすい）の巨岩からそっくり切りだされたかに見えた。その両側は低い四角な建物のならびで、それにつかわれている不透明なガラス様の物質は、青、茶、緑、赤などさまざまに色分けされている。そして、広場のまん中に立つ一群のすらりとした物のかたち——疑いもなく、意識を持つ生き物だった。

心臓が高鳴っている。フォークは壁のかげにしりぞき、外をうかがった。不思議なことに彼の興味をひいたのは、かたまりあう生き物たちよりも、左右の建物のほうだった。

どれもがゲートと同じ、あの磨滅を知らない、きっちりした直角のふちのある物質で作られているのだ。まったく偶然に、めあての世界に行きあたったらしい。

フォークの目はようやく、広場の中央に群れる生き物たちに向いた。彼らの印象には、どこか拍子抜けするところがあった。体はしなやかなS字形で、動きをとめたそのかたちでも優美なことに変わりはない。たとえるなら、二本足で直立したトカゲというところ。腹はピンク、背中は黄褐色をしている。しかし貧弱な両肩からはすかいにかけた弾薬帯を見ても、型にはまった身ぶりをてきぱきかわしながら話しあうようすを見ても、フォークには、それがめざす種族だとはどうしても納得できなかった。

あまりにも人間に近すぎるのだ。話しこむ二人組に、ひとりそっぽをむいた者がいる。だが、そいつはまもなく勢いこんで戻ると、二人のあいだにわりこみ、激しい身ぶりをする。しかし逆にやりこめられて、またそっぽをむき、もったいぶった仕草でグループのまわりを半周する。ひと足ごとに長い首をつきだし、ぎくしゃく歩くところなど、まるでニワトリのようだ。

残る五人のうち、二人は議論の真っ最中、べつの二人はうなだれて聞きいり、見守るばかりで、最後のひとりはすこし離れたところに立ち、周囲をさげすみの目で見まわしている。

動物園の猿に似て、人間そっくりなだけに、それは滑稽（こっけい）ながめだった。人は鏡にうつるおのれの姿を見て笑う。おなじ笑いは、星を異にする種族のあいだにさえあるのだ――本来なら泣いてよいはずなのに。

パリ見物にきた観光客のようなものか、とフォークは思った。ひとりはリドのナイトショーへ行きたがり、ひとりは先に大運河を見たいといいはる。三人めは、時間がつぶれるといって二人を責め、あとの二人はおろおろし、最後のひとりは、無関心だ。

こちらに気づいたらどんな反応を見せるだろうか。いずれにせよ歓迎はされないだろう。故郷へのてみやげに拉致(らち)されるおそれもある。建物に入ってみたいのはやまやまだが、いなくなるまで待つしかなさそうだった。

その合間を利用して、大気検査キットをとりだした。気圧計の目盛りは地球の標準よりほんのすこし低い程度。マッチは地球と変わりなくいきいきと燃えた。リトマス紙その他は無反応……。フォークは酸素をとめると、ヘルメットのバルブをおそるおそるゆるめ、においを嗅(か)いだ。

タンクのすえたような空気に慣れたいま、吸いこんだ外気のかぐわしさに思わず涙ぐんだほどだった。新鮮で、ほんのりと暖かく、花の香りがあまい。フォークはスーツの首のつぎ目をあけ、ヘルメットをうしろにはねあげ、顔や髪にそよ風をひきいれた。

広場をうかがうと、驚いたことに、一団はまっすぐゲートをめざしてやってくるところだった。すばやく頭をひっこめ、本能的にレバーを見やり、それからもういちどおもてをのぞいた。

いまでは一団は走っていた。見つかったのだ。走りかたはなんとも不器用で、首が前後ようなものがかすかに聞こえる。フォークは小室からとびだし、右に体を返すと、一目散に走った。

とびこめる入口のあるいちばん近い建物は、運悪く、彼とトカゲたちからほぼ等距離にあった。道のなかばまで来て、フォークはうしろを見た。追手のえがく線は長く伸びていたが、先頭はわずか数メートル後方にせまっていた。

見かけより足ははやい。フォークは頭を低くし、重いブーツをもっと速いリズムにのせようとした。ドアが間近になったところで、もういちどふりかえった。トカゲはあとひと跳びの距離にいて、指先が球状になった、きたならしい手をひろげている。

フォークはせっぱつまって向きなおると、つかみかかる追手の鼻づらめがけ、固めたこぶしをたたきつけた。汽笛のような叫びがあがり、トカゲが倒れる。その隙にフォークは、開いた入口に身をおどらせた。

うしろでドアが音もなくしまった。ガラスに似た透明の板、色はまわりの壁とおなじブルー——それは頭上からおり、ぴたりと入口をとざした。

フォークはあっけにとられて見つめた。すきとおったドアのむこうに、トカゲたちの黒っぽい形がむらがり、下からこじあけようと背をかがめ、身ぶりしながらしゃべっている。ドアが彼らに味方していないことは、なんにしても確かなようだ。

しかし、こちらが望んだときに開いてくれるかどうかは、また別問題である。

あたりを見まわす。建物は巨大なひとつの部屋だった。あまりに幅が広く、奥行きが深いので、遠くの壁はよく見えない。フロアには大小の箱、ラック、棚のほか、小さな土まんじゅうのようなものが、とりとめもなくちらばっていた。目に入るたいていの物体が、同種のガラスに似たものでできていた。

部屋には塵ひとつなかった。だが、そう考えたところで、いままで通過したどのゲートも同じ状態であったのに気づいた。どんな方法をとっているのか、そのあたりは推測しようもない。フォークはいちばん手近の物体に歩みよった。ファイルというかラックというか、いろんな形や大きさの品を仕分けして収めたらしい箱である。その四分の一はからっぽで、中身がつまっている部分もごたごたした感じだった。

オレンジ色の棒状のガラスをとりあげる。全体に糸が埋めこまれているのか、それともひび割れなのか、奇妙な蛇行線が端から端までぐるぐるとめぐっている。棒をおき、こんどは中空になった乳白色の玉を手にとった。ふたつの半球からなっていて、内部はからのようだが、どうやってもはがすことはできなかった。玉をもとに戻すと、つぎには三日月をふたつ重ねたような茶色の物体をとりあげた。その内部には、ななめにくっきりと破断面が走っている……。

半時間ほどあさって、ゲートをつくった種族の秘密をとく鍵は、絵本にしろ技術マニュアルにしろ何にしろ、見つかりそうもないというあきらめがついた。もしこの地で何かが得られるとすれば、それは建物それ自体からでなくてはならない。

わずらわしいのはトカゲたちだった。その姿はどこの壁からも見え、ガラス面に鼻づらを押しつけ、小さな丸い目玉をこちらに向けながら、盛んに手まねをしている。しかし彼らからも学びとることはあった。

グループはやがて分裂し、見張りを出口に一名おいて、あとは散っていった。フォークが見守るうち、ひとりが広場のまむかいの建物に入った。そのうしろでドアがとじた。しばらくして別のが近づき、おもてからたたいたが、中にいたトカゲがそばに行くまでドアはあかなかった。なにかの自動メカニズムが、フォークには推し測りようのないところで、なかにある生命の存在なり不在なりに反応しているらしい。最後のひとりが出るとドアは開いたままになり、つぎにだれかが入るとまたしまって、その者の許可がでるまで後続の者は入れなかった。

フォークが思い描いているゲート種族のイメージに、これでひとつ新情報が加わったことになる。彼らは所有の観念にとらわれていない――外出するときドアがあきっぱなしになることから、盗みを怖れていないとわかる。しかしプライバシーを愛するたがいの気持は尊重しあっているのだ。

はじめフォークはこの建物を、巨大な工場か研究所か寮、とにかく多人数を収容するスペースと決めてかかっていた。いまその考えは改めねばならなかった。それぞれの建物が、個人のプライベートな住居――あるいは家族がいても、せいぜい二、三人の住まいなのだ。しかし、これだけの空間、これだけの所有物を、どんなふうにひとりで使うのか？　比較の物差しをあてはめるのは、いまや機械的な作業になりかけていた。もし穴居人がニューヨークに現われ、大富豪の広壮なアパートを見たらどう思うだろうと、フォークは自問した。

それは役に立つ考えではあったが、疑問を解きあかすものではなかった。周囲にあるのは特殊化した道具ばかり。彼には使いようのないものなので、ここからゲート種族の手がかりは得られない。ベッドやテーブルやシャワーに相当するものはどこにも見あたらない。ここに住んでいた人びとと会える見込みもないのだ。

フォークは人間中心の考えかたから脱却しようとつとめた。重要なのは事実であって、先入観ではないのだから。そう考えたとき、障壁と見えたものが道に変わった。ベッドもテーブルもシャワーもないって？　とすればゲートをつくった生物は、食事も入浴も睡眠もとらなかったのだ。

おそらくは、とフォークは思う、死とも無縁だったのではないか。

星の海に生きた種族なのだから……。

がらんとした広間は、あざけるように謎をつきつけていた。この都市をつくり、去っていった理由はどこにあるのか？　なぜ銀河系全域に輸送ネットワークをはりめぐらし、それを利用しないまま消えうせたのか？

第一問の答えはひとりでに出た。ちらかった広間をながめながら、穴居人と大富豪のたとえを思いかえし、フォークは自分の思いあがりを謙虚にみとめた。大富豪の広壮なアパートではない……これはテントなのだ。

かつてこの世界には、なにかきわめて興味ぶかいものが存在した。それがなんであったかは、気の遠くなるようなむかしのことであり、もはや知るよしもない。だがそこへゲート種族が、ほんのひと握りだろうが、その何かを見守るためにやってきた。そして仕事を終え、あとにテントを残して去っていったのだ。ちょうど人が、木の葉と棒きれで作った粗末な雨よけを見捨てるように。

では、彼らが残したほかの品物は？　箱のようなもの、とんがり帽子のようなもの、棒のようなもの、へんてこな形のもの——そのひとつひとつが、人間にとっては、はかり知れぬ価値を持っているのだろうか？　〝空き缶だ〟とフォークは思った、〝歯磨きチューブや包み紙なのだ〟と。

この都市を見捨て、無数の品物をあとに残したのは、そのすべてが無価値であったからにほかならない。

太陽は赤みを増し、地平線に近づいていた。スーツの手首にはめたクロノメーターを見て、火星のウルファートと別れてから五時間あまりもたっているのに驚いた。

あれから何ひとつ口にしていない。パックから食糧をとりだすと、缶のラベルを見つめた。だが、空腹ではなかった。疲れさえも感じなかった。

おもてのトカゲたちをながめる。一行は広場をちょこまかと駆けては、建物の中からがらくたを山ほど運びだし、いくつかある大きな赤い箱につめこんでいた。見守るうち広場のかなたから、妙な機械が宙にうかびながら視界に入ってきた。エアボートの一種らしく、屋根のない胴部にはトカゲが二人乗っている。翼に似たはりだし部分が左右にあり、両端には地上に向いた魚雷のようなものが取りつけられていた。

エアボートはゆっくりと進んで、トカゲたちが集めたがらくたの上空に来た。腹部のハッチがひらき、三本の索で固定されたフックが現われた。広場のトカゲたちはそれぞれ分担する箱をロープでしばり、あまった端を輪にしてフックにかけはじめた。

フォークはこの風景をぼんやりとながめた。フックが上昇をはじめ、箱がつづいて宙にうかぶ。フックが手のとどかないところに行く寸前、もうひとつの輪が投げいれられた。

こんどの箱は重かった。たるみが消えるとフックはとまり、エアボートはかすかに引き戻された。しかしまた上昇をはじめ、フックも上がってゆき、荷物は地上三メートルの高さに吊りあげられた。

とつぜんフックをつなぎとめていた索の一本が切れた。索がうなりをあげて飛び、荷は重たげにかしぎ、ボートがゆらいだ。二本の索では持ちこたえられないとみて、すかさずパイロットが高度をさげる。

トカゲたちは逃げまどっている。荷物が鈍い音をたてて着地し、ボートがあとにつづいた。こちらはいちどはねあがると、荒っぽく転がって、エンジンが切れてようやくとまった。

トカゲたちがふたたび群がり寄った。エアボートに乗っていた二人もおりてきて、だらだらした話しあいに加わった。やがて二人は乗船し、ボートは数十センチうかぶと、下にいたトカゲたちがフックをはずした。あらためて話しあいがはじまった。フォークのところからも、ハッチのドアがつぶれて閉じているのが見える。どこかがつかえて、あかないらしい。

とうとうボートがまた着陸し、手まねをまじえた長い議論の末、荷がとかれ、中身の一部が積みかえられ、ふたつの箱がすったもんだでコックピットにおさまった。残りは広場に捨て置かれた。

エアボートが浮上し飛び去ると、トカゲたちもほとんどあとにつづいた。ひとりだけ、フォークをもういちど見ようとやってきた者がいた。そのトカゲは中をのぞき、しばらく壁のむこうで手まねしていたが、ついにあきらめたようすで仲間のあとを追った。広場にはだれもいなくなった。

かなり時がたったころ、フォークは、空にのぼってゆく白い炎の柱を見た。先っぽが銀色に光るその火炎は、都市のはずれに現われ、大きな弧を描いて天頂に近づくと、みるまに小さくなって消えた。

トカゲ族の宇宙船か。ここにもまたゲートを使おうとしない種族。しょせん無理なのだ……人類と似たもの同士の彼らには。

フォークは広場へ出ると、さわやかなそよ風に髪をなびかせてたたずんだ。陽が山かげに沈みかけたいま、空はまっ赤に染まり、西の空から大きな真紅のケープがたなびいているように見える。去りがたく見上げるうち、空はすみれ色をへて暗い灰色にしずみ、星がまたたきはじめた。

わるくない世界だ。ここならたぶん腰をおちつけて、余生を安楽におくることができるだろう。あの辺の木からは変わった味のくだものがとれそうだし、水はもちろんあり、気候もいい。ここでフォークは皮肉な思いにとらわれた。危険な野獣はいないようだし、うるさい観光客もここまで押しかけてくることはあるまい。

隠れがが求めるすべてなら、これ以上住み心地よい世界はないだろう。いっときフォークは強い誘惑にかられた。さきほど見た冷たい死の世界のことを考え、こんなに美しいところが将来見つかるかどうか疑問に思った。それに、もしゲート種族がいまなお生きているとしても、彼らはとうに前進基地をたたんでしまったことだろう。いまごろはたったひとつの惑星、何千億とある中のひとつで暮らしているのではないか。そんなものをさがしていたら、命がいくつあっても足りない。

フォークの目は、トカゲ族が広場のまん中に放置したがらくたの山にむかった。裂けて、中身のとびだした箱がある。さっき問題をおこした箱だ。周囲には子供の喜びそうな安ぴか物が散乱していた——赤、緑、青、黄、白、色とりどりのガラスのおもちゃ。

仲間においてけぼりにされたトカゲでも、最後にはきっと泣きやむだろう。

フォークはため息をつき、建物にひきかえした。所持品を集め、ヘルメットをとじ、ナップザックを背負う。

あたりはもう夜なので、フォークは立ちどまり、なじみ深い銀河を見上げた。それからヘルメット・ライトをつけると、ゲートへと足をむけた。

ヘルメットの光が、トカゲたちの残したこわれた箱を照らし、その裂け目からはみだしている角ばったものが、フォークの注意をひいた。ゲート種族の使ったガラスふうの鉱物とはちがう。石のようだった。

フォークはかがみこんで、裂け目をこじあけた。

平たい石を荒っぽくくさび形に打ちならしたものである。おもて側には文字が彫りこまれている。それは英語だった。

耳の中をとくとくと流れる血の音を聞きながら、石のまえに膝(ひざ)をつくと、フォークは刻まれた文字を読んだ。

ゲートには老化を止めるはたらきがある。火星を発ったとき、わたしは三十二歳だった。以来、星から星へと旅をした歳月は二十年以上になるだろうに、たいして老けたようにも見えない。しかし旅をやめてはならない。わたしはここに二年滞在し、また老化が始まったことを知った――そのあたりで気づいたのだが、銀河のながめは、どこの惑星に立ったときでもそんなに変わらないのだ。これが偶然のはずはない。ゲート旅行の到着点がでたらめなのは、同心的にかたまりあう恒星帯の中だけであって、やがてはもうひとつ内側の恒星帯へ通じるゲートにたどりつくと見たほうがよさそうだ。もしわたしの推測が正しければ、旅の終点は銀河系の中心部だろう。そこで会えると思う。

地球人　ジェイムズ・E・タナー

とつぜん形をとった壮大なヴィジョンに圧倒されて、フォークは立ちあがった。ゲートになぜ選択性がなかったのか、建造者がなぜそれを使わなくなったのか、いまこそわかるような気がした。

かつて——おそらく数億年もむかし——彼らは、銀河系のならびない覇者であったにちがいない。しかしその所有地の多くは、火星のような行きどまりの惑星——豊かな自然をはぐくむ力のない貧弱な世界だった。時がたつうち、彼らは自分たちの領土から徐々に撤退をはじめたのだろう。しかしその間にも、とフォークは思う、いまようやく冷えだした豊かな未開の惑星上には、下等な生物が現われていた。地を這い、騒々しく鳴きわめく生き物たち。トカゲ族。人類。星ぼしに値しない種族。

しかし、人間であっても、長生きし、どこまでも旅を続けさえすれば、学ぶことはできる。ジェイムズ・タナーの署名には、〝宇宙開発部隊〟でも〝U・S・A〟でもない、ただの〝地球人〟という肩書が添えられていた。

だからこそ、長い道のりが、苛酷な道のりがつくられたのだ。下等な種族はおのれの惑星にしがみついていればよい。しかし人間であれトカゲであれ、知識のためにおのれの〝暮らし〟をなげうって悔いないと思う者には、道はひらけているのだ。

フォークはヘルメットの明かりを切り、まばゆく輝く銀河を見上げた。いまから一千年後、自分はどこにいるだろう？　あの塵のような光点だろうか？　それとも、あれ……それとも……？

いや、塵ではない。だれにもかえりみられない無価値な塵であるはずがない。彼は行き先を持った旅行者なのだ。もしかしたら旅はすでに、なかば終わっているのかもしれない。

ウルファートとの約束をすっぽかすことになるが、それは問題ではない。ウルファートはしあわせなのだ——もしあれをしあわせと呼べるなら……。そして地球では、人類存続の問題が忘れられたはるかのちも、大地は隆起と沈下をくりかえすことだろう。

そのころには、フォークもたぶん着いているはずだ。

# 救いの手

ポール・アンダースン

〈S - F マガジン〉1967 年 1 月号

The Helping Hand

**Poul Anderson**

初出〈アスタウンディング〉1950 年 5 月号

本篇は、〈S‐Fマガジン〉一九六七年一月号の〝ポール・アンダースン中篇特集〟に採られたうちの一篇です。ほかの二篇は、ゴードン・R・ディクスンと共作の「バスカヴィル家の宇宙犬」（大野二郎名義・伊藤典夫訳）と「大魔王作戦」（浅倉久志訳）でした。前者はユーモアSFの〝ホーカ〟シリーズの一作で、『地球人のお荷物』に収録されましたし、後者は長篇版が本文庫で出されましたから、すっかりお馴染みでしょう。

特集されたこの三篇からも、作者の作風の幅の広さがしれます。長篇においても、日本のSF出版の黎明期に紹介された『脳波』、歴史改変の時間犯罪を監視する時間管理局を創案した連作集の『タイム・パトロール』、宇宙支配種族を十四世紀英国騎士団が迎え撃つ『天翔ける十字軍』、異世界サイエンス・ファンタジーの『魔界の紋章』、ヒロイック・ファンタジーの『折れた魔剣』、星雲賞を受賞したハードSFの『タウ・ゼロ』と、代表作だけでも、それが確認できます。また、中短篇でヒューゴー&ネビュラ賞を何度も受賞している実力派です。ですから、器用なアルチザンのように見なされる面がありましたが、作者でなく作品が評価されるのが、アンダースンの心意気でした。

なお、余談ですが、娘婿は『ブラッド・ミュージック』のグレッグ・ベア。

（高橋良平）

やわらかな鐘の音に続いて、ロボレセプショニストの単調な声が響いた。「太陽(ソル)連邦へ、クンダロア連合からの特使、ヴァルカ・ヴァヒーノ様」

大使の入場に、ソル連邦人たちは礼儀正しく腰をあげた。地球の大きい重力と乾燥した冷たい大気をものともせず、大使は彼の種族特有の流れるような優雅な動作で歩を進め、人間たちの多くはあらためてこの人種の美しさに目を見はるのだった。

人種――そう、クンダロア人は、精神的にも肉体的にも、この用語に恥じない類人種族といえた。相違点は問題ではない。根本的な部分での異質感は何もないという安心もてつだって、それらはある種の魅力、異星人独特のエキゾチシズムとさえなっている。

ラルフ・ドルトンは、大使をじっくりとながめた。ヴァルカ・ヴァヒーノは典型的なクンダロア人だった――類人哺乳類、二足、非常に人間的な顔、ただ彫りの深い目鼻だちと、高い頬骨、黒い大きな瞳だけが違っている。地球人と比べてやや痩せぎすで背も低く、動作は静かで猫のように無駄がない。広い額からすんなりとした肩にむかってなでつけられた目のさめるようなブルーの長髪は、豊かな金色の肌と、あざやかで目に快い対照をなしている。彼の着ているのは、クンダロアのルアイの古式ゆかしい儀礼服だった——輝くばかりの銀色の上衣(うわぎ)、濃い紫色のマントにはきらめく金属片が、軌道を離れた星ぼしのように渦を巻いて流れている。そして金色の刺繍の入ったやわらかなレザーのブーツ。六本の指があるしなやかな片手には、職務を示す、精巧に彫刻された官杖が握られている。それは、惑星が彼に与えた信任状のすべてにほかならない。

彼は頭をさげた。波紋のような、無駄のない動きで、そこには卑屈さはかけらほどもない。そして見事なソル語でいった。それにはまだ、彼の母国語のさえずるような、歌うような調子がいくらか残っていた。

「ソル連邦諸国に平和のながからんことを！　クンダロアの大議会よりソルの同胞への、心からの喜びの言葉をお受け取りください。ふつつかながら、このヴァルカ・ヴァヒーノが代表してお伝えします」

太陽系(ソル)の住民である何人かは、当惑気味に姿勢を変えた。翻訳したのでは確かにぎこちない、とドルトンは思った。だがクンダロア語は、この銀河系じゅうでもっとも美しい言語のひとつなのだ。

彼のほうも、同じような重々しい形式ばった口調を心がけながら答えた。

「はじめまして。ソル連邦は心からの友情をこめて、クンダロア連合の代表を歓迎します。連邦首相であるわたし、ラルフ・ドルトンが全ソル連邦人にかわってお話しいたします」

彼は残った人間の紹介にうつった――閣僚、技術顧問、幕僚たち。重要な会議である。太陽系じゅうの有力者は、その大部分が出席していた。彼はこう結んだ。

「これは、あなたの政……クンダロアの大議会にわれわれが申し出た経済援助を論ずる非公式の準備的な会議です。法律的な有効性はありません。しかしこの会議の模様が各惑星に中継される関係上、太陽系議会が、これや、これに類する公聴会で学んだ事実をもとに結論を出す可能性も大いにあると思います」

「わかりました。よい考えです」ヴァヒーノは全員の着席を待って、椅子にすわった。

沈黙が訪れた。いくつかの視線が絶えず、壁の時計にそそがれていた。ヴァヒーノは定刻にきちんと到着した、だがスコンタール帝国のスコルローガンはまだ来ない、ドルトンは思った。世才のないことだ、といってもスコンタール人の不作法は宇宙に鳴り響いているのだが。クンダロア人の従順さに比べてなんとへだたりのあることか。それも、性格的弱さではなくて。

ひとしきり、「どうですか、地球は?」式のとりとめもない雑談が続いた。そのうちに、ヴァヒーノがこの十年に何回か太陽系を訪れていたことが明らかになった。彼の惑星と連邦が、日ましに経済的結びつきを強めていることを考えてみれば、べつに驚くべきことではない。地球上の大学にはクンダロア出身の学生が非常に多いし、戦前には、ソルからアヴァイキにむかう旅行客は増える一方だったのだ。それもまもなく、往時の勢いを取り戻すことだろう——特に、荒廃が修復されたときには——

「ええ、それは」ヴァヒーノは微笑した。「若いアナマイ、クンダロアの人間なら、立ち寄るだけでも地球へ来るのは大きな念願ですよ。まったくお世辞でなく、あなたがたには、またあなたがたの業績には感嘆の思いを深くするばかりです」

「おたがいさまですね」ドルトンはいった。「あなたの星の文化、芸術、音楽、文学——どれをとっても、太陽系には信奉者が多いのですよ。じっさい、多くの人間が『ドヴァナゴアリエパイ』を原文で読みたいというだけでルアイ語を習っているのですからね、学者にかぎらず。歌手にしても、コンサート・アーティストからナイトクラブ・エンターテイナーまで、地球人はたちうちできませんよ」そして、口もとに微笑をうかべると、「こちらに来ている青年は、首に巻きついてくる女子学生から逃げるのにたいへんなエネルギーをつかっているのではないですか。女性はまだ数が少ないようですが、みんな招待状責めにあってますよ。結婚が最小限にとどまっているのは、子供ができないからというだけでしょう」

「しかし、まじめな話」ヴァヒーノは同じ話題を続けた。「あなたがたの文明が銀河系全体の色調を定めたといういいかたは確かですね。いや、太陽系文明が技術的にもっとも進んでいるからというのではなく。もちろん、それも大いにかかわりあいのあることですが。わたしたちのところへ、宇宙船、原子エネルギー、進んだ医学知識、その他もろもろをたずさえてやってきて——しかしけっきょくそれを学んで、あなたがたと並ぶわけだからその意味では問題ないのですが、たとえばこのように……あなたがたの援助、つまり何光年も離れた荒廃した世界を、技術と富を注入して再建してくださるということ、しかもわたしたちにはお返しするものがほとんどなくて——これこそ、あなたがたを銀河系じゅうの指導的種族とする理由だと思うのですよ」

「ご承知のとおり、動機は自分本位です」ドルトンはすこし鼻白んでいった。「たくさんの動機があります。もちろん、たんなる博愛主義も含まれますが。太陽系やそのほかの植民地が余分な富を持っていて、それをどう使うか手をこまねいているとき、人間に非常に近い種族が困っているのを、われわれは見て見ぬふりをするに忍びないのです。しかし、われわれの血なまぐさい歴史をたどってみると、このような経済援助プランは、やがてはその発起者に恩恵をもたらしているのですよ。クンダロアとスコンタールが復興し、ふたたび生活をはじめ、遅れた産業を近代化し、われわれの科学を学んだときには——貿易が可能になります。われわれの経済は、何十世紀かが過ぎたいまでも、まだ商業本位ですからな。そのころには、クンダロアとスコンタールのふたつの星は強く結びついて、つい最近終結したような破滅的な戦争の可能性は二度ともちあがらないわけです。そうして、われわれのすべてが一体となって、やがてこの銀河系じゅうで出会うまったく異質の恐るべき文化に立ち向かうことができるようになるでしょう。惑星であれ、帝国であれ、それに対してわれわれは自己の立場を守らなければなりません」

「そのような日の決して来ないことを上帝に祈ります」ヴァヒーノはまじめな顔でいった。

「もう戦争はたくさんです」

ふたたび鐘が鳴り、ロボレセプショニストがはっきりした非人間的な口調で告げた。

「ソル連邦へ、スコンタール帝国からの特使、スコルローガン・ヴァサク閣下の子息、クラーカハイム公爵様」

ふたたび一同は立ちあがった。しかし動きはややゆっくりしていた。いくつかの顔に嫌悪の表情がうかぶのをドルトンは見たが、それらは新来者の入場とともにもとのあいまいな表情に戻った。現在の時点で、スコンタール人が太陽系内で不評をかっている事実はおおい隠すべくもない。その原因の一部は彼らにあり、しかもそれらの大部分は、彼ら自身にしてもどうしようもないたぐいのものなのだ。

地球人のスコンタール観では、そこがかつてクンダロアと敵対していたという考えが大勢をしめていた。それは明らかな誤解だった。不幸は、半光年離れてひとつの星系をかたちづくっているふたつの太陽、スカングとアヴァイキが、第三の恒星を引きつれていたことにあったのである。この星系を最初に訪れた探検隊の隊長の名をとって、ソル人は伴星をアランと呼んだ。アランの惑星には知的生命は存在していなかった。

地球の工学技術がスコンタールとクンダロアにもたらされ、最初にあがった成果は、両惑星を――そして、ついには――両星系を拮抗状態におとしいれたことだった。そして両者は欲望につかれた目を、アランの緑の新惑星に向けた。すでにそのころは、どちらも植民地を建設しており、衝突がはじまり、最後には両者の国力を使いつくしたあの恐ろしい五年戦争となって、地球の仲介によりようやく平和が達成されたのである。しかしつまるところ、それは大平和時代が訪れ、ソル連邦が組織される以前の人間の歴史で何回も繰り返されたような、拮抗する帝国主義国家間のいざこざにすぎなかった。条約の各個条はどちらにもできるかぎり公平につくられた。疲弊しきっている点では、両星系とも同様だった。もはや平和は破られることはあるまいと思われた。特に、どちらも熱心にソル連邦の援助を求めている現在の段階では。

それでも――大衆はクンダロア人の側についた。スコンタール人を嫌悪し、戦争の罪をそちらにかぶせるのが当然と思えるほどだった。しかし戦前にしても、スコンタール人はそれほど好感をもって見られていたわけではない。孤立主義、旧式な伝統への固執、耳ざわりなアクセント、威圧的なマナー、外見さえもがマイナスにはたらいた。

ドルトンが経済援助会議の招待状の中にスコンタール行きのものを加えるにあたっては、

かなり困難があった。しかし彼は絶対の必要性を説いて一同を納得させたのだった――再建のさい、スカングの資源、特にその鉱物資源が役に立つばかりではない。強大国家の可能性を有する、これまで距離のあった帝国との友好の道が開けるのだ、と。

援助計画はまだ提案の段階にすぎない。誰がその援助を受けるか、どのように、そしてどれほどの費用でそれがなされるか、議会は細大漏らさぬ法律をつくらなければならない。そしてその法律は、関係各星の代表立会いのもとで、条約として具体化される。最初の非公式な会合である今回の会議は、その第一歩である。しかし――決定的な価値を持つのだ。

スコンタール人の入場に、ドルトンは正式の礼をした。使節は大きな槍の台じりでフロアを打ち鳴らし、その古代の武器を壁に立てかけ、ホルスターに入った熱線銃を握りを先にしてさしだすことで、礼にこたえた。ドルトンは慎重に受けとり、デスクに置いた。「ソル連邦は――」

「はじめまして」スコルローガンが口を開く気配を見せないので、彼はいった。「鄭重なもてなし、いたみいります」声はしわがれたバスで、どこか金属的な響きがあり、訛りが強かった。「スコンタール帝国のヴァルタムよりソルの首相への喜びの言葉をお受けください。スコルローガン・ヴァサクの子、クラーカハイム公爵がお伝えします」

会議場の中に立つ彼は、その強烈な近寄りがたい存在でその場所を小さく見せていた。大きな重力と低い気温の世界から来たにもかかわらず、スコンタール人は大柄で、身長は二メートルあまりもあり、ずんぐりして見えるほど肩幅が広かった。二足哺乳類であるから、類別すれば類人種族に含まれる。しかし相似はそれ以上を出なかった。広い扁平な額とてらてら光る眉の隆起の下にあるスコルローガンの目は、荒々しく、金色で、タカのそれを思わせる。鼻筋は太く、巨大な顎骨からは何本もの牙が生えて、口をいっぱいにしている。いかつい耳は巌のような頭蓋のかなり上部に位置している。たくましい体の全体に短い茶色の毛が密生し、それは片時も動きをやめない長い尻尾の先端まで及んでいる。そして、頭と喉もとでさわぐ炎のようなたてがみ。彼にとって、熱帯ともいえる気温であるのもかまわず、彼は故郷の星の公式の席でもちいる毛皮を身にまとっていた。流れでる汗の刺すような臭気が、周囲にただよっていた。

「遅刻です」大臣のひとりが鄭重さのやや欠けた口調でいった。「出迎えに失礼はなかったと思いますが」

「いや、着くまでの時間の見積りをまちがえまして」スコルローガンはこたえた。「お許しください」後悔しているようすはすこしもなく、その巨体を手近の椅子に埋め、紙ばさみを開いた。「さて、仕事でしたな？」

「ええ……そうです」ドルトンは長い会議テーブルの議長席にすわった。「ただ、この予備的な会議では、数字や具体例まではつっこみません。一般的な目標、基本的方針に関することだけについて、意見の一致をはかるだけです」

「もちろん、アヴァイキとスカング、それからアランの植民地の資源の詳細をくわしく説明する必要はあるでしょう」ヴァヒーノがやわらかな声でいった。「クンダロアの農業、スコンタールの鉱業は、現在のような初期の段階でも貢献するものが多くあります。最終的には、経済的な自足も可能でしょう」

「教育の問題でもありますな」ドルトンはいった。「こちらからは、各分野の専門家、技術顧問、教師——」

「そうなれば当然、軍事的資源についても問題が起こってくるわけで——」参謀長が口をひらいた。

「スコンタールにはすでに軍はあります」スコルローガンがぴしゃりといった。「その話はまだ必要ありません」

「そうですね」大蔵大臣がおだやかに賛成した。彼はタバコを出し、火をつけた。

「失礼！」一瞬、スコルローガンの声は牡牛の叫びとも思われた。「タバコは遠慮してください。スコンタール人がタバコにアレルギーがあることはご存じでしょう——」

「これは申しわけない！」大蔵大臣は円筒状のものをもみ消した。彼の手はすこしふるえており、目は使節をにらんでいた。そんなに気にするほどのことではないのだ。換気装置が煙などすぐ取り除いてしまうのだから。それに、どんな場合にしろ——閣僚にむかってどなるものではない。特に、援助を請うているときには——

「ほかの星系も関係してくるでしょう」急いで、ドルトンはいった。緊張と混乱を静めるための絶望的な試みだった。「ソルの植民地だけではなく。あなたがた二種族は、やがていまの三重星系の外にまで進出することになります。そのような植民で手に入る資源は――」

「そうですよ」スコルローガンが苦々しい口調でいった。「条約で第四惑星をそっくりとられて――おっと。いまのは、いわなかったことにしてください。敵と同席しているとどうも腹がたってきて。いや、ついこのあいだまでの敵でしたな」

こんどの沈黙は長く続いた。ほとんど肉体的不快とさえいえるほどに、とつぜん目の前の現実がドルトンを打った。スコルローガンは、もはや弁解の余地のないほど、みずからが置かれた立場を破壊してしまったのだ。たとえ自分のしたことにふいに気づいて、いいつくろおうとしたとしても――だが、スコンタールの貴族が詫びたというような話をいままで誰が聞いたろう――もう遅すぎる。テレスクリーンに注視するあまりにも多くの人びとが、この許しがたい無礼を見てしまったのだ。ソル連邦の指導的地位にある、あまりにも多くの重要人物が、この同じ会議場内で、軽蔑の目でスコルローガンの姿をながめ、刺すような非人間的な汗の臭気をかいでいる。

スコンタールに援助の手がさしのべられることはあるまい。

日没とともに、ゲイルハイムの東にある断崖の黒々とした輪郭の背後に雲が群れはじめ、冷えきった弱風が谷間に吹きこんで冬の到来をささやいた。すでに雪の最初の幾片かがそれにまじり、血のような陽光を受けてピンクに染まって、深まりゆく紫色の空に舞っている。真夜中には、猛吹雪になっているだろう。

宇宙船は闇の中からおりてきて、船架に入った。小さな宇宙港の外では、夕闇に包まれた古都ゲイルハイムが、風にさらされてちぢこまっている。とがった屋根の古い家々には、火あかりがあかあかと輝いていたが、丸石を敷きつめたまがりくねった通りは人気のない峡谷を思わせた。道はうねうねと山をのぼり、頂上にある巨大な城にまで続いていた。ヴァルタムがそれを一時の居城としたため、いまでは小さな町ゲイルハイムが帝国の主都なのである。偉容を示したスキルノールも、威風を誇ったスルーヴァングも、もはや放射能に汚染された孔でしかない。宮殿の焼けこげた廃墟では、野の獣が咆えている。

エアロックを出てタラップをおりながら、スコルローガン・ヴァサクの子は身ぶるいした。スコンタールは寒い惑星である。そこに住む人びとにとっても、そこは寒かった。彼は重い毛皮のマントの胸もとを引きしめた。

スコンタールの首長たちは、タラップをおりた付近で彼を待っていた。表面はなにげないふりをしていたが、それを目にして、スコルローガンは腹筋が緊張するのをおぼえた。その陰気な沈黙した一団がたずさえてきたのは、死かもしれない。汚名をきせられるのは確実である。説明ができさえしたら――

　ヴァルタム自身そこにおり、身を切るような風に白いたてがみをなびかせていた。その金色の目は夕闇の中で、きびしく、荒々しく光を放っている。その奥に、黒い憎しみがくすぶっているのさえ見える。彼の嫡子、あとつぎとなるソールディンもかたわらにいる。槍のきっ先には最後の陽光が照りはえていた。それは、空にむかって血の滴を落とすかとさえ思われた。そして居並ぶスカングの有力者たち。スコンタールの地方や、諸惑星の貴族、みなが立ちはだかって彼を待ちかまえている。その背後で一列に整列し、鎧兜を薄暮の中できらめかせているのは近衛兵。顔は影になっているが、憎悪と軽蔑はまるで生ある力のように全身から放射されてくる。

　スコルローガンは大股にヴァルタムの前に出、槍の台じりを地につけると、頭をほどよい角度にかたむけた。すすりなく風の音しか聞こえない沈黙があった。雪が風に流されてフィヨルドを渡っていた。

　正式の出迎えの言葉なしに、ヴァルタムが口をきった。それは故意の平手打ちと同じほどの意味を持っていた。「おめおめと戻ってきたのか」

「はい、陛下」スコルローガンは努めて声をこわばらせた。それは非常に骨がおれた。死への恐怖はない。しかし、この失敗の重みに耐えるのは、途方もなく苦しいかもしれない。

「ご存じと思いますが、わたしの任務が不成功に終わったことをここに報告いたします」

「知っておる。テレキャストで通知があった」ヴァルタムは意地悪い口調でいった。

「陛下、ソル人たちは文字どおり無限の援助をクンダロア人に約束しました。しかし、スコンタールへの援助は拒絶しました。ひとりの技術顧問はおろか一クレジットもなし――全面的な拒否です。貿易も多くは望めず、訪問客はまずないと見なければなりません」

「わかっている」ソールディンがいった。「だが、おまえは援助を求めに行ったのだろう」

「努力はしたのです、殿下」スコルローガンは声に感情がまじらぬよう努めた。何かいわなければならない――だが、永遠に呪われようと、慈悲を請うことだけはしないぞ！

「しかしソル人は、われわれに道理のない固定観念を抱いているのです。その半分は、クンダロア人へのえこひいきに由来し、また半分は、われわれがあまりにも多くの点で、彼らと異なっていることに由来しています」

「それはわかる」ヴァルタムは冷やかにいった。「しかし、以前はそれほどではなかった。ミンゴニア人みたいに、われわれ以上に非人間的な種族が、ソル人から相当な援助を受けている。クンダロアが今後受ける、またわれわれも受けられたかもしれない恩恵と同じたぐいのものだ。

銀河系内の最大勢力なのだ、友好関係を望まぬほうがおかしい。うまくすれば、それ以上のものが得られたかもしれない。地球に行かせた調査員の報告で、連邦の気持はわかっている。協調精神をすこしでも見せれば、彼らは援助をするつもりだったのだ。復興も可能となり、それ以上進むこともでき――」

　彼の声はきびしさを増す風の中で、しだいにかすかになっていった。

　ややあって、ふたたび彼は口をひらいたが、その声は激しい怒りのためにふるえていた。

「その寛大な申し出を受けるため、おまえをわが星の代表として送った。心から信頼していたおまえを、この世界の窮乏を理解してくれているだろうと信じていたおまえを――」

彼は唾を吐いた。「なのにおまえは、粗野に、尊大に、無礼にふるまうことしかしなかった。ソルのすべての目がおまえにそそがれていたのだ。おまえは人が考えるわれわれの最低の姿をさらしてしまった。要請が拒絶されて当然だ！　ソルが宣戦布告をしなかっただけでもありがたいと思え！」

「遅くはないかもしれない」ソールルディンがいった。「もうひとり、使節を送って――」

「そんなことはせぬ」ヴァルタムは、彼の種族の生まれつきの鉄のような誇りを内にこもらせて、昂然と頭をあげた。全歴史を通じて、体面が生命に優先した文化のつちかった不遜さが、結論を与えたのだ。

「スコルローガンは、われわれが信任状を授けて派遣した代表なのだ。この男を追放して詫びたとしても――それも公然の行為にたいしてならともかく、不作法にたいして、だぞ！――たとえ銀河系を前にして土下座をしたとしても――こたえはノーだ！　そんなことをする必要はない。これからはソルの存在を忘れてやっていくだけだ」

　雪は多くなり、雲はほとんど天のすべてをおおっていた。晴れた部分では、明るい星がいくつか輝いているのが見える。しかし寒かった、寒すぎた。

「なんと高価な代償だろう！」ソールディンは疲れたようにいった。「民は飢えている――ソルの食糧があれば、彼らは生きながらえるだろう。ぼろぎれしか着るものはない――ソルからは衣類も来ただろう。工場は荒廃し、あるいは時代遅れとなり、若者は銀河系文明も工学技術も何も知らずに生長する――ソルは機械も技術者も送ってくれ、復興を助けてくれただろう。そして、教師も。われわれも偉大になりえたかもしれない――もう、い
い、遅すぎる、遅いのだ」その目は失望と疑惑の表情をうかべて、薄闇の中を見つめた。

スコルローガンは、彼の友人だった。「だがなぜ、そんなことをした？」

「最善をつくしました」スコルローガンはぎこちなくいった。「この任に適当でなかったら、わたしを派遣しなければよかったのです」

「だが、おまえは有能だった」ヴァルタムはいった。「われわれが持つ最高の外交官だった。頭脳、異星心理の理解、人格――どれひとつをとっても、異星との国交を開くうえで役立ってきた。それがこの単純な、だがもっとも重要な旅においては、この始末だ――もうたくさんだ！」その声は、しだいに強くなる風の中で叫んでいるかのように高くなった。

「これからは、おまえの言葉に耳を貸すまい。おまえの失敗はスコンタールじゅうに知れ

わたるぞ」

「陛下――」スコルローガンの声はとつぜんふるえていた。「陛下、ほかの誰であっても、そのような言葉を口にしたなら、わたしは決闘を申しこんでいたでしょう。陛下のお言葉であるからこそ、わたしは聞いてきました。まだおっしゃりたいことがあるのなら、続けてください。もし、なければ、立ち去らせていただきます」

「世襲の位や富を剝奪するわけにはいかぬ」ヴァルタムはいった。「しかし、帝国でのおまえの地位はなくなったと思え。今後、宮廷および公式の席場に立ち入ることはならん。おまえを訪ねる友人ももはやあるまい」

「そうかもしれません」スコルローガンはいった。「わたしは考えただけのことをしたまでです。しかし、これ以上くわしい説明ができたとしても、いまのような侮辱を受けては、お話しする気になれません。ただしスコンタールの将来について、わたしの助言が入用のときは――」

「無用だ。おまえは充分以上のことをしてくれた」

「……まず、つぎの三つのことをよくお考えください」スコルローガンは槍をとり、天空にきらめく星を示した。「ひとつ、あそこにあるいくつもの太陽。ふたつ、この惑星での科学的、また技術的進歩――たとえば、意味論におけるディリンの業績のたぐい。そして最後に――自分の周囲をながめること。祖先の建てた家。いま着ている服。いま話している言語に耳をすますこともよいでしょう。そうして、五十年後には、わたしに許しを請うことでしょう！」

スコルローガンはマントの裾をひるがえし、ふたたびヴァルタムに礼をして、大股にフィヨルドを去ってゆき、その姿はやがて町の方角に消えた。彼らは当惑と心痛を目にうかべて、彼のうしろ姿に視線をそそいでいた。

町には飢えがはびこっていた。暗い壁のむこうで、ぼろきれに身を包んで火のそばにうずくまっている人びとの苦痛が、スコルローガンの体にまで伝わってくるようだった。この冬を彼らはしのげるだろうか、と彼は思った。つかのま、死んでいく人びとのことが頭をよぎったが、彼はそれ以上その考えを追おうとはしなかった。

歌う声を耳にして、彼は足をとめた。町から町へと物乞いをして歩く放浪詩人が、通りをこちらへやってくる。ぼろぼろになった服が、体の周囲で強くはためいている。細い指で、男は持ったハープの弦をかき鳴らした。ついで男は、声をはりあげ、古いバラードを歌いはじめた。それにはスコンタールの古語、メールハイム語の鐘のように冷たい音と鉄の響きが、すべて含まれていた。ふと苦々しい楽しみが心にこみあげ、スコルローガンは詩の数行をソル語に置きかえていた。

羽ばたきも猛(たけ)だけしく

戦いの鳥は飛ぶ
死の冬を呼びさまし
船路を求める
恋人よ、わたしは召された
花の歌声は
幸いを約す
さらば、きみを愛す

無理なのだ。金属的なリズムとかたく強いシラブル、精巧な頭韻と脚韻が失われるだけではない——問題は、ソル語にしたとき詩がまったく意味をなさないことだ。概念が欠除している。たとえば、〝ヴォルカンスラーヴィン〟を〝幸い〟と訳して、不完全な意味の断片からそれ以上のものを推しはかれというのか？　心理があまりにも違いすぎる。

おそらくそこに、首長たちへの回答がひそんでいるのだろう。しかし、彼らはそれに気がつかない。気がつくはずがない。そして彼はいまやひとりとなり、冬はまさに到来しようとしている。

ヴァルカ・ヴァヒーノは庭に腰をおろし、陽光を裸の皮膚いっぱいにあてた。このごろでは、機会をつかんで〝アリアウィ〟することも少ない——ソル語ではなんというだろう？　〝午睡(ひるね)〟か？　いや、それとは違う。クンダロア人は午後に休息をとってても眠ることはしない。戸外に腰をおろすなり、寝そべるなりして、太陽を骨にまでしみとおらせたり、暖かな雨を浴びたりしながら自由に考えを遊ばせるのだ。ソル人は、〝白日夢〟とそれを呼んでいる。だが、そうではない。じっさいは、そう——それを表わす言葉はない。〝心的リクリエーション〟というぎこちない訳しかたもあるが、どちらにしてもソル人は理解してくれはしないのだ。

最近ではときどき、この永劫(えいごう)のあいだ、いちども休息をとったことがないように思えることがある。戦時中の神経をすりへらす急務の連続、つぎはソルへのあわただしい旅行——そして、そのとき以来三年間、大議会は彼が連合の中で誰よりもソル人を理解していると考えて、彼を公式の連絡員に任命し、最高の権限を与えて、その地位にしばりつけているのだった。

たしかに、そういえるかもしれない。彼らとともに長いあいだ暮らし、個人として種族としての彼らをヴァヒーノは好いてもいた。しかし——あらゆる精霊に誓って、なんと彼らは働くことか！　どうしてあれほど自分たちを追いたてるのか！　悪魔に追われてでもいるように。

復興の道はひとつしかない。古いすたれた方式をつくりなおし、すぐ手の届くところにあって創造を待っている、めくるめく新しい富をつかむだけだ。しかしいまこの瞬間は、庭に横になり、心を慰めているだけでよい。周囲では、金色の花が重たげに頭をもたげ、うっとりする香りを夏の大気に放っている。蜜を吸う虫が何匹かブンブン舞っており、頭の中では新しい詩が生まれかけている。

ソル人は、すべてが詩人である種族というのがなかなか理解できないらしい。いちばん卑しい愚かなクンダロア人でさえ、太陽の下で体をのばし、抒情詩のひとつやふたつはひねり出せるというのに――いや、どの種族にも、それぞれ特異な才能があるものだ。人間の持つ、あの機械の組み立ての才能に、どこの種族が太刀打ちできるだろう？

天に昇るような、はるかに聞く歌声のような詩の数節が、ふいに頭の中で鳴り響いた。彼はそれを検討し、形を整え、ひとつひとつのシラブルについて完成させ、小躍りしながらパターンにあてはめた。これは――ものになるぞ！　人びとに記憶され、一世紀はうたわれるにちがいない。そしてヴァルカ・ヴァヒーノは有名になる。詩作名人として歴史に残るかもしれない――アリア・アマウイ・カウイアンリホ、ヴァラナ、ヴァラナ、ヴロ！

「失礼します」平板な金属の声が、彼の思考をかき乱した。デリケートに織られた詩の糸はちぎれ、くるくるとまわりながら暗い忘却の淵に落ちていった。すこしのあいだ、彼は損失の苦痛しか感じられなかった。ぼんやりとした頭は、いまの妨害によって彼が二度と取り返すことのできない一節を失ったことにやっと気づいた。

「失礼します。ロンバード様がお見えです」

それは、ロンバードがヴァヒーノに贈ったロボレセプショニストが発した音波だった。ヴァヒーノ自身は、この輝く金属が屋敷に置かれて、彫刻された木やつづれ織りのあいだで作り出す不調和を好まなかったが、いっぽう寄贈者の気分を害することもできなかった――それにロボットは便利なのだ。

ソル人の再建委員長ロンバードは、アヴァイキ星系ではもっとも重要な地球人といえた。ヴァヒーノは、呼びつけるのではなく、自分から出向いてきた彼の心づかいを快く思った。ただ――なぜ、こんな時間に来なければならないのか？

「すぐ行くとロンバード氏に伝えてくれ」

ヴァヒーノは裏から家に入り、服を着た。

クンダロアの裸体の風習に、地球人はまったく気にならないという態度をとることができないのである。彼は入口の広間へむかった。そこには、地球人のためを思って椅子がいくつか置いてある。彼らは敷物にじかにすわるのを好まないのだ――これも不調和のひとつ。ヴァヒーノが現われると、ロンバードは腰をあげた。

その地球人は短軀でずんぐりしていた。傷あとのある顔の上に、灰色の毛がふさふさとたれている。労働者から技術者へ、そして高等弁務官の地位にまでたどりついた男である。その闘争の歴史が、顔に残るそれなのだった。彼は何か個人的怨みでもあるかのように仕事に立ちむかう。彼の体は、スチールの工具より頑丈なのかもしれなかった。しかしそれ以外の大部分のときは、つきあいやすい人物で、おどろくほど幅の広い趣味と知識を持っていた。そしてもちろん、アヴァイキ星系に奇跡をもたらしたのも、彼なのだった。

「あなたの家に平和のながからんことを！」ヴァヒーノはいった。

「こんちは」ソル人はあっさりと省略した。家の主人が召使いに合図をするあいだに、彼は話に入っていた。「儀礼的なもてなしはけっこう。そりゃ、わたしだって好きですよ。しかしいまはいっしょにすわって、食事をして、三時間も世間話をしてから本題に入るだけの暇はないのです。できれば……その、わたしはここの生まれではないので、個人的にあなたが口を出して——もちろん、反感をもたれないように——こういう風習はやめさせられないものですかね」

「しかし……これは、わたしたちの習慣の中でももっとも古いもので——」

「そこですよ！　古い——遅れている——進歩していないのです。けなしているわけではありませんよ、ヴァヒーノさん。われわれソル人も、あなたがたのみたいに魅力的な習慣がすこしぐらいはあるといいと思う。だが——仕事中はね。いかがですか？」

「ふうむ……おっしゃるとおりです。近代産業文化のパターンには、あてはまりそうもないですな。とにかく、わたしたちはそれを達成しようとしているのだから」ヴァヒーノは椅子にかけて、客にタバコをさしだした。喫煙はソルの特色ある悪習のなかで、おそらくもっとも伝染しやすく、またくいとめにくいものである。ヴァヒーノは新米らしくいい気分で火をつけた。

「まったく。そのとおり。いや、じつは、わたしが来た理由というのもそれでしてね、ヴァヒーノさん。これというほどの苦情はないのだが、クンダロア人だけが解決できる小さな面倒がいろいろと重なっているのです。われわれソル人は、内部事情にまでは干渉する気はありません。だが、多少変えていただかないと、援助することもできないというわけなので」

ヴァヒーノには、それがどんなものかだいたい見当がついていた。しばらく前から、それを待っていたともいえる、憂鬱な気持で彼は考えた、だがそれについてできることは何もない。彼はもう一服タバコを吸うと、すこしずつそれを吐きだし、眉をあげて、くわしく話をきくようすを見せた。だが、すぐソル人が表情のニュアンスを言語の一部として感じとる習慣がついていないのを思い出して、それを声に出した。

「どんなことでもいってください。あなたが好意でいっておられることはわかっています」

「では」ロンバードは体をのりだすと、神経質に、労働で傷だらけになった両手を結んだり離したりした。「要するにですね、あなたがたの文化、あなたがたの心理が、現代文明向きではないということですよ。変えることは可能です。しかしその変化は激烈なものとなるでしょう。ですが、必ず成し遂げる必要があるのです――法律を発布するなり、プロパガンダ・キャンペーンをはるなり、教育方針を変えるなりするのです。とにかく、やらなければ。

たとえばですよ、午睡（ひるね）の習慣をとりあげてみても、現状ではこの時間帯には、惑星上の車はみんなとまり、機械は操作する人間がいなくなり、誰も仕事をしなくなる。みんな日なたぼっこして、詩をつくったり、鼻歌をうたったり、うたたねしているだけだ。これから作らなければならない文明があるというのにですよ、ヴァヒーノさん！　プランテーション、鉱山、工場、都市、みんな作りかけだ――一日四時間の労働でできるもんですか」

「なるほど。だが、わたしたちには、あなたがた種族のようなエネルギーはないかもしれませんよ。どちらかといえば、甲状線機能の亢進（こうしん）した種族だから、あなたがたは」

「それを学ぶのですよ。仕事は、背骨が折れるようなひどいものではない。あなたがたの文化を機械化する真の意味は、肉体労働から解放し、土地への不安定な依存をなくすためだ。機械文明は、古い信念や儀式や習慣や伝統にとらわれてはできあがりません。時間はないんです。人生はあまりにも短い。それに、調和がとれないじゃありませんか。あなたがたにはスコンタール人みたいなところもあるんですな。実用的価値はまったくなくなってからも、つまらない槍を引きずっている」

「伝統が人生をつくります――人生の意味を――」

「機械文化にも伝統はありますよ。そのうち、わかります。それ自体意味を持っているし、それは未来にむかっての意味だと思います。古びた習慣に固執するかぎり、歴史には追いつけない。通貨制度にしても——」

「実用的ですよ」

「そこだけの場にかぎってはね。しかし、ソルと貿易する場合、銀本位のあなたがたの星と、抽象的な保険統計上の量を本位とするソルとで、どうやって規準を定めます？　貿易のためには、われわれの方式に換算する必要がある——そうなれば、むしろクンダロア全体で変えてしまったほうが楽でしょう。同じように、地球の機械を使ったり、地球の科学者を納得させたりするのだったら、メートル法のほうがいい。取り入れるのですよ……すべてを！

社会構造にしても——みなが自分の生まれ故郷に骨を埋めるものだから、この星系の惑星からも資源を満足にとることができない。いいところもあるでしょう。だがそれ以上のものじゃない。星をめざそうとするのなら、そんなことはやめてしまうべきです。

それから宗教……失礼……しかし、おわかりになるでしょう。現代科学では否とされることが、宗教には多すぎます」

「わたし自身は不可知論者です」ヴァヒーノは静かにいった。「しかしマウイロアの宗教は、多くの人びとの生きる糧となっていると思いますが」

「もし大議会が許可してくださるなら、すぐ宣教師を派遣させて、彼らを、たとえば、新汎神教に改宗させてみせます。これなど、思うんですがね、はるかに慰めになるし、あなたがたの神話よりずっと科学的信頼性も高いですよ。信じさえすれば、現代の工学技術がまもなくはっきりさせる事実と、それはなんの矛盾もありません」

「かもしれない。それに現代産業社会にしては、家族的結束がすこしばかり複雑で厳しい感じも受けますね……なるほど、そうです――改革は、道具を変えるだけでは成り立ちません」

「そう。精神の変革が起こります」とロンバードはいい、つぎにやさしい口調で、「しかし、あなたがたはそれをなさると思いますな。アランから立ち去ってすぐ、宇宙船と原子力工場を建設した。わたしはただ、このプロセスをもうすこしスピード・アップさせる気で進言したまでです」

「それに言語も――」

「盲目的愛国心でいうんじゃないけれども、クンダロア人はソル語を習うべきですよ。一生のうちに、一度や二度は必ず使うことになるのだから。科学者や技術者を志す場合、仕事で使うようになるのは確かだ。そりゃ、ルアイ語やマウラ語やその他の言葉は美しいですよ。だが、科学的概念を云々するには、不向きなんですな。膠着法（日本語のように単語の語幹は無変化で、これに変化する部分を添えて、文法関係を示す語形成法）ひとつをとっても――正直いって、この星の哲学書は、わたしにはさっぱりわからない。美しい、だけど意味がない。あなたがたの言語は——正確さに欠けるということですよ」

「アラクレスもヴラナマウイも、明晰な思考の手本とされているのですがね」ヴァヒーノは疲れたようにいった。「わたしも告白しますと、カントとかラッセルはおろかコージプスキー（アメリカの哲学者、論理学者。意味論を提唱した。一八七九〜一九五〇年）さえもわからないのです——しかしそれは、わたしがそういった思考体系を理解する訓練を受けてないからでしょう。あなたのおっしゃるとおりだ。若い世代もきっとあなたに賛成すると思いますね。

大議会へ問題提起してみましょう。何かできるかもしれない。しかし、どちらにしても、それほど待つ必要はないと思いますよ。この星の青年はみんな、あなたの考える理想像に近づこうと精いっぱいやってます。成功への最短距離ですからね」

「そうです」とロンバードはいってから、低い声で、「しかし成功の代償にはちょっと高すぎる気もせんことはないですな。もっともスコンタールを見れば、その必要性がわかるわけだが」

「そういえば——この三年間の彼らの飛躍的進歩。大飢饉から立ちなおって、独力で再建をはじめていますね。宇宙に植民地を求めて探検隊も送っている」ヴァヒーノはにがい微笑をうかべた。「きのうの敵を愛する気はないが、あの意気ごみは称讃しないわけにはいかないです」

「勇気はありますな」ロンバードも認めた。「だが勇気だけでなんになるだろう？　彼らの生活は、退歩との闘争の連続ですよ。すでに、クンダロアは総生産高で、彼らの三倍になっている。恒星間植民は、ほんの数百人の弱々しいジェスチャーにすぎない。スコンタールは生きながらえるでしょう。だが、勢力は最後まで三流のままだ。クンダロアの衛星基地になるのも、遠い先ではないかもしれない。

だが、そうなるのは、天然資源やその他の資源が足りないからじゃない。われわれの援助をはねつけて、銀河文明の主流から脱落してしまったことなんだから。いま彼らが一生懸命組み立てようとしている科学的概念や装置は、われわれのあいだでは百年もむかしから知られている。わたしが大笑いしないのは、見ていてかわいそうになるからですよ。言語にしても、あなたがたのと同じで、科学的思考には向かない。しかも、錆(さ)びついた伝統の鎖を引きずっている。彼らが独自につくった宇宙船というのを見ましたがね、ソル型をどうしても真似しないためにとんでもない恰好をしてるんですよ。五十種も違ったデザインを用意してアプローチするんだが、最終的には、われわれがとっくのむかしに採用したデザインに落ち着くでしょうよ。球形、卵形、立方体——四面体の宇宙船をつくって見せると公言したものもいるとか！」

「可能かもしれませんよ」ヴァヒーノは考えながら、「恒星間駆動の基礎になっているリーマン幾何学は——」

「だめ、だめ！　地球でも、それを試してみて、不可能だという結果が出ているのです。狂人でもなければ――孤立していると、スコンタールの科学者もそれに近くなってくるんですな――ま、そんなことは考えない。

けっきょく、地球人は幸運だったということですね。われわれにしても、科学的文明に合った思考をする文化が生まれるまで、長い歴史があった。それ以前の技術進歩は、停滞していたも同然です。恒星に到達したのはそれ以後です。もちろん、ほかの種族もそれはできる。だがまず、正しい文明を採用し、正しい思考法をしなければならない――地球人の手助けがなければ、スコンタールにしてもどんな惑星にしても、成し遂げるまでには何十世紀かはかかると見ておくほうがいい。

それで思い出した」――ロンバードはポケットの中をまさぐった。「雑誌がある。スコンタールの哲学会のひとつが出しているものでね。まだ、ある程度コミュニケーションはあるんですな。どちらも通商禁止にしてるのに。ソルとしては、スカング星系は放棄したというかたちなんですがね。で」――彼は雑誌を引っぱり出した――「ディリンという哲学者が書いている。一般意味論の分野で新しい業績をあげて評判になっているらしい。スコンタール語は読めるんでしょう？」

「ええ。戦時中は諜報部にいましてね。どれ――」彼は雑誌のページを繰って論文のところを出すと、翻訳して大声で読みはじめた。「筆者はこれまでの論文で、非元素論が必ずしも普遍的なものではなく、〈ブロガナール〉場――この単語の意味はわかりません――を考慮するとき得られる心理数学的条件と照らしあわせる必要があると書いた。これと密接な関係のある、電子波核および――」

「ちんぷんかんぷん！」ロンバードは大声でいった。

「わたしも」あきらめたようすで、ヴァヒーノはいった。「スコンタール人にしかわからない」

「たわごとですな。むかしながらのスコンタール的〝わからなきゃ勝手にしろ〟というドグマティズムといっしょになって」

彼は雑誌を青銅の小さな火鉢に放りこんだ。火が、論文のページをなめはじめた。

「一般意味論をかじったことがあれば、そうでなくても常識がある人間なら、無意味なことはすぐわかる」彼は意地悪げに、そしてすこし悲しげに微笑して首をふった。「まさしく狂人たちの集まりだ！」

「あした二、三時間、暇を見つけていただけますか」スコルローガンがいった。

「うん――そうだな」スコンタール帝国のヴァルタム、ソールディン十一世は、たてがみの薄くなった頭をうなずかせた。「来週のほうが、どちらかといえば都合がいいんだが」

「お願いします――あした」

急いでいるようすは無視できない。「わかった。だが、なにごとだ？」

「ちょっとクンダロアまで遠出にお誘いしたいと思ったので」

「なぜ、こともあろうにそんなところに？　それにどうして、あしたでなければいけない？」

「それは――そのときに」スコルローガンは、まだたてがみのふさふさとした、しかしほとんど白くなった頭をさげ、テレスクリーンをきった。

ソールディン十一世は首をかしげて微笑した。スコルローガンはいろいろな点で変わっている。しかし……ふうむ……われわれ老人は、やはり団結しなければ。新しい世代が生まれ、すぐあとには、さらにつぎの世代が続いているのだ。

追放同然であった三十年余の暮らしが、かつての快活で自信に満ちたスコルローガンを変えてしまったことは否定できない。しかし、少なくとも彼はいじけてはいない。スコンタールのゆっくりした成功が明らかになると、スコルローガンの失敗も大目に見られ、ふたたび友人たちも彼を仲間に加えたのだ。むかしどおりの孤独な暮らしをやめたわけではないが、いまではどこへ顔を出しても煙たがられることはない。ことにソールディンは、古い友情がいままでどおりよみがえったことを喜んでいた。近ごろでは、よくクラーカハイム城へ行くし、スコルローガンも宮殿を訪れるのである。以前いちど、枢密院のもとの地位にこの老貴族を戻そうとしたことがある。しかしそれは拒絶され、いつのまにか十年が——それとも二十年だろうか？——すぎてしまった。スコルローガンは、あいかわらず公爵としての世襲の務め以外には何もしていない。それがはじめて、むこうから頼みらしきものをいってきたのだ……そうだ、と彼は思った、あしたは行こう。務めなどはどうにでもなれだ。君主だって、休日ぐらいとってよかろう。

ソールディンは椅子から立ちあがると、片足をひきずりながら大きな窓のところへ歩いていった。最新のホルモン療法が持病のリューマチに奇跡を起こしはじめた。しかし効き目はまだ充分ではない。風に吹かれて谷間の空を流れていく雪を見ながら、彼はすこし身ぶるいした。冬の到来だ。

スコンタールは新たな氷河期に入ったのだ、と地質学者はいう。しかし氷河の侵入は成功すまい。あと十年かそこらすれば、気候技師が技術を完成して、氷河をはるか北に追いかえすはずだ。しかし、それまでは戸外は白く寒い。宮殿の塔の周囲では、身を切るような風があざけりの叫びをあげている。

南半球は、もうすぐ夏。野は一面に緑になり、民の家の煙突からは暖かな青空へむかって煙がのぼることだろう。あの科学者団の団長は、なんという名だったろう？——そう、アエスガイル・ハースティングの子だ。耕種学と遺伝学の分野で彼が成し遂げた業績のおかげで、独立した小農でも新しい科学文明を支えるだけの食物の生産が可能になった。全歴史を通じてスコンタールの支柱であった自由農民は、これで永久に消え去ることはない。

もちろん、変化したこともある。この五十年のヴァルタムの治世での変化を考えて、ソールディンはにがい微笑をうかべた。すべての科学の基礎となる一般意味論におけるディリンの業績が、統治形態に新たな心理象徴学的技術をもたらしたのだ。いまや、スコンタールは名前だけの帝国にすぎない。それは、非選挙制の能率よい政府を持つ、自由論者の国家というパラドックスを解決したのだ、もちろん、正しい方向に。そしてこれこそ、スコンタールの歴史が苦しみながらゆっくり目ざしてきたものといえる。新しい科学はこのプロセスを加速し、数世紀の発展をわずか二世代に押しこめてしまった。物理科学、生物科学が信じられないほど飛躍進歩した今日(こんにち)――考えてみれば、芸術、音楽、文学がほとんど変化せず、手細工がまだ残り、年をへた高地ナールハイム語がまだ話されているとは、なんと奇妙なことではないか。

しかし、そうなってきたのだ。ソールディンはデスクに戻った。務めが残っている。アエスリクの惑星の植民地の繁栄のためには、すこしのトラブルはやむを得ない。しかし、どれも些細(ささい)なことだ。帝国は安泰で、いまこの瞬間にも拡大しつつある。

五十年前の絶望の日より、その後の飢餓と疫病と荒廃の日より、なんと遠くまで来たことだろう。長かった――実感として自分はそれをつかんでいるだろうか、とソールディンは疑問に思った。

彼はマイクロリーダーをとりあげると、ページに目をとおした。訓練された能力が呼びさまされ、彼は内容をアーリシュ（以下、意味不明のカタカナは作者の造語）しはじめた。生まれたときから訓練を受ける若い世代ほどには、この新しい技術の使いこなしかたはうまくない。しかし、下意識で意味を統合し、蓋然性をインドレイトするこの方法は、すばらしい助力となった。純粋に意識のレベルだけだった過去の思考から脱却できたのを、彼は不思議に思った。

ソールディンは、クラーカハイム城のすぐ外側で歪曲空間（ウオープ）から出た。城の内部でなく、そこを実体化座標にきめているのは、景色が好きだからにほかならない。雄大なながめだ、ヴァルタムは思った。だが目まいを起こさせる——急激に傾斜するごつごつとした灰色の岩山、そして風に吹きちぎられた雲、それらははるか下に見える緑の谷間まで続いている。目をあげると、時代をへた胸壁がある。鳴きながら空を舞う黒い羽根のクラーカルが彫刻されているが、それにちなんでこの地にクラーカハイムの名がついたのである。風は周囲で咆哮（ほうこう）し、乾いた雪を追いたてていた。

衛兵は槍を立てて敬礼した。ほかにはなんの武器も持っていない。城壁では渦動砲が錆びついている。ソルには一歩譲るというものの、この帝国の中心部では、武器は必要ない。スコルローガンは中庭で彼を待っていた。五十年の歳月も、彼の背骨を見るに耐えぬほど折りまげたり、その目かららんらんとした金色の輝きをなくすまでにはいたっていない。しかしソールディンには、きょうの彼がいつになく内に情熱の火を燃やして緊張しているように思われた。旅の終わりに目をはせているようすなのだ。

スコルローガンは変わりばえしない礼をして、かたどおりのあいさつを始めた。

「いや、それはいい」ソールディンはいった。「きょうはいそがしいのだ。すぐに出発したい」

公爵は従来の形式どおり鄭重な遺憾の言葉を述べたが、彼自身も、これ以上待ちきれずにいることはありありと読めた。「では、おいでください」彼はいった。「わたしのヨットの用意ができています」

ヨットはぼうっと輪郭を見せている建物のうしろにあった。表面を磨きあげた小型のロボシップで、四面体宇宙船特有の途方もない外観をしている。二人は中へ入り、中央部の席にすわった。むろん、そこからは直接に船外が見渡せる。

「さて」ソールディンはいった。「もうクンダロアへ行く理由を教えてくれてもいいだろう」

スコルローガンはふりむいた。その目には、遠いむかしの苦痛があった。

「きょうで」彼はゆっくりといった。「ソルから帰って、ちょうど五十年になります」

「ほう――?」ソールディンは合点がいかず、落ち着かない気持になった。むかしの恨みをむしかえすとは、無口なこの男らしくもない。

「忘れておられたでしょう」スコルローガンはいった。「しかし、下意識をヴァーガンすれば、わたしがそのとき、みなにいったことを思いだされるはずです。〝五十年後には、わたしに許しを請うことでしょう〟と」

「罪を晴らしたいというわけか」ソールディンはべつに驚いてはいなかった——典型的なスコンタール人の心理なのである——しかし、何を弁解するつもりなのかは見当がつかなかった。

「そうです。あのときには、説明できませんでした。誰も耳を貸さなかっただろうし、わたし自身、あれで正しかったのか自信がなかったからです」スコルローガンは微笑して、コントロールに細い両手を置いた。「しかしいまは確信があります。時がわたしの計画を実現しました。あのとき、じつは失敗したのではなかったという証拠をお見せして、失ったものを取り返すつもりです。

わたしは成功したのです。ソル人と縁を切ったのには、わけがあったのですよ」

彼は主駆動装置のボタンを押した。船は一瞬に、半光年の空間を越えた。百万の輝く星ぼしを背景に、クンダロアの巨大なブルーの盾が荘重に回転していた。

ソールディンは無言ですわったまま、いまの単純な驚くべき言葉が、彼の思考レベルのすべてにしみわたるのを待った。最初に反応した感情は、無意識にこのような結果を期待していた自分に気づいた驚きだった。スコルローガンが無能なはずはないと、心の深層では思いつづけていたらしい。

しかし、裏切者という可能性は——それも、ない。では——なんなのだ、いったい？

何をいうつもりなのか？　この数十年のあいだに、頭がおかしくなっていたのか——

「戦後、クンダロアを訪問されたことはあまりないでしょう？」

「ない——急ぎの用で、三回ほど来ただけだ。富める星系だよ。ソルの援助で見事立ちなおった」

「富める、ね……そう、確かに」つかのま、スコルローガンの口もとに微笑がうかんだ。しかし、それはやや悲しい微笑だった。泣こうとして、それがどうしてもできないような、そんな表情だった。

「植民地を三つも持った、裕福で小さな星系」

ふいに腹をたてたように、彼は短距離コントロールを手のひらで叩きつけた。船は地表にむかってウォープ跳躍した。それはクンダロア・シティの広大な宇宙港の片隅に着陸した。すぐ船架の周囲にいたロボットたちが活動を始めて、船体を力場ドームで包んだ。

「さて——これから、どうする？」ソールディンは小声でいった。とつぜん彼は、漠然とした不安を感じた。これから目にするのが不快な光景である予感がしたのだ。

「首都をすこし散歩してみましょう」スコルローガンはいった。「そのあとで二、三個所、ほかの地方へ足をのばして。非公式で秘密に来たかったのです。現実の社会を見るには、それしか方法はないですから。人びとのその日その日の生活をじかに見るほうが、どんなにたくさんの統計よりも、経済グラフよりも大切だし、価値があると思いましてね。わたしがいかなるものからスコンタールを救ったのか、それをお目にかけます」ふたたび彼はにがい微笑をうかべた。「ソールディン、わたしはスコンタールに一生を捧げた。といっても、そのうちの五十年間ですが――孤独と屈辱の五十年は長かった」

　二人はごったがえすスチールとコンクリートの平地に姿を現わし、門をくぐった。出入りする人びとの数はすさまじい。流れは決して絶えることなく、ソル文明の莫大なエネルギーの活動をひしひしと感じさせる。群衆のかなりが、商用あるいは観光でアヴァイキ星系を訪れた地球人だ。異種族の代表の姿も、いくらか見える。しかしもちろん、圧倒的なのは、この惑星クンダロアの住民である。ときには、彼らを地球人と見まちがうこともある。それほど似ているのだが、クンダロア人がソルの服を着ているので、なおさら始末が悪い――

　群衆の耳ざわりな大声を信じられないかのように、ソールディンは首をふった。「なにをいっているのかわからない」彼はスコルローガンに叫んだ。「クンダロア語は知っている、ルアイ語もマウラ語も、だがこれは――」

「もちろん、クンダロア語ではありません」スコルローガンは答えた。「たいていのものはソル語を話しています。この惑星の言語は、いまや急速に滅びつつあります」

　けばけばしいスポーツウェアを着た、太ったソル人が、店の前に立つおとなしいクンダロア人の店主に大声でどなっていた。「よお、なにか、ある、どっさり、おみやげ——

——？」

「ピジン・ソル語です」スコルローガンは顔をしかめた。「これを話すクンダロア人はいまは少ないんですがね。この惑星の子供は、小さなころから正しいソル語の教育を受けますから。でも、旅行者のほうは、そんなことに気がつきません」彼はむずかしい顔をしたまま、熱線銃（ブラスター）に手をのばした。

だが、それはできない——時代は変わったのだ。だれそれが気に入らないからといって、その男を殺すことはもうできないのだ、たとえスコンタールにおいても。

旅行者はふりむくと、彼にぶつかってきた。「おっと、失礼」上品な口調で、男はいった。「これはどうも、夢中になっていたものですから」

「こちらこそ」スコルローガンは肩をすくめた。

ソル人は、しどろもどろで、訛りの強い高地ナールハイム語を使った。「しかし、このままお別れしては。どうです、どこかで一杯」

「いや」ややきつい口調で、スコルローガンはいった。

「ひどい惑星（ほし）ですな！　遅れている……冥王星なみです！　ここからスコンタールへ足をのばすつもりでしてね。仕事の契約ができるといいのだが——まったく商売上手ですな、スコンタール人は！」

　スコルローガンは歯をむきだして唸ると、ソールディンを巧みに引っぱって、踵をかえした。自動走路で半ブロックほど行ったところで、ヴァルタムであるソールディン十一世はきいた。「なんだ、いまのマナーは？　あの男は、一生懸命ていねいに詫びていたではないか。それとも、おまえはまだソル人を憎んでいるのか？」

「いや、大部分は好きです。だが、観光客だけは大嫌いです。ありがたいことに、この種の人間はスコンタールに寄りつかない。技術者や商社員や学生はいいのです。ソルとスカングの関係が回復したことは、わたしも喜んでいます。そうした有能な人材が流れこみますし。しかし、観光客はおことわりです」

「なぜ？」

　スコルローガンは明滅するネオン・サインを激しく指し示した。

「あれだからです」彼はソル語を翻訳した。


**壮観！　マウイロアの古代儀式！**

**古代クンダロアの神秘の完璧な再現！**

**上帝の聖堂にて、入場料もお手ごろ**

「マウイロアの宗教も、むかしは何かを意味していたものです」スコルローガンは静かにいった。「多少は非科学的要素があったとはいえ、高潔な教義でした。それらも変化させ得たかもしれません――だが、もう遅い。住民の大部分は、新汎神教に変わるか、無神論者になってしまって、古代儀式も金のためにやってるだけです。ただの見せ物にすぎない」

スコルローガンは顔をしかめた。「きらびやかな古い建物や、風習、音楽などもまだクンダロアにはかなり残っています。だが、きらびやかということを意識したあとでは、かえってひどい」

「なんでおまえがそれほど腹をたてているのかわからん。時は移り変わるのだ。スコンタールでもそうではないか」

「こんなふうではありません。見まわしてごらんなさい！　太陽系はご存じないでしょう。しかし写真でごらんになっているはずです。典型的なソルの都市のように思えませんか、ここが――たしかに、少々遅れているかもしれない。しかし典型的でしょう。本質的にソル的でない都市など、このアヴァイキ星系にはひとつもないのですよ。

もはや、存在意義のある絵画、文学、音楽は、どこを捜しても見つかりません――ソルの産物の安っぽい模倣か、時代遅れの伝統に千篇一律のごとくしがみついた、過去の芸術の偽造だけです。本質的にソル的でない科学も、ソルとは根本的に違う機械ももう見つかりませんし、ソル人のものと見分けのつかない家が年々増えるいっぽうです。古い社会は滅びて、いまではわずかな断片が息をつないでいるにすぎません。これまでの文化の根本であった家族的絆は切れ、結婚も地球なみにいいかげんなものになっています。土地への愛着もなくなりました。部族集団の農場はほとんど残っていません。若者たちは、百万クレジットを夢見て、都市へ都市へと流れこんでいます。彼らはソル式の食品工場で作られたものを食べ、伝統料理はレストランに入らなければ食べられません。

手細工の壺も、手織りの服もありません。工場から送り出されてくるものを着るだけです。だいいちに、彼らは古い歌をうたい、新しい歌をつくっていた詩人ではなくなっています。いまは、テレスクリーンを見守るだけです。アラクレス学派やヴラナマウイ学派の哲学者はもうおらず、アリストテレスに対するコージプスキーや、ラッセルの知識理論についての二流の解説者だけ――」

スコルローガンの声は低くなり、途切れた。ややあって、ソールディンはそっといった。

「おまえのいおうとしていることはわかった。クンダロアが、ソルのパターンに染まってしまったということだな」

「そうです。ソルの援助を承諾した瞬間から、それは避けられないことでした。ソルの科学を、ソルの経済を採用せざるを得ず、ついにはソルの文化に呑みこまれてしまったわけです。再建を指揮しているソル人には、その思考体系しかわからないのですから。しかも、この文化は過去に挫折していないのだから、クンダロアとしても採用したほうがいいと当然考えます。もう遅すぎます。引き返すことはできません。引き返したいとも思わないでしょう。

同じことは、それ以前にも起こっています。わたしはソルの歴史を調べてみました。人類が同じ星系内の惑星にも到達していないころ、地球ではたくさんの文化が、それぞれ極端に異質な文化が共存していました。しかし、最後にはそのひとつ、西欧社会というものが、技術的に圧倒的な進歩を示して……つまり、ほかの文化が共存できなくなってしまったのです。競走するためには、西側のアプローチを採用するしか方法はありませんでした。そして西側が後進国家を指導するときには、必ず西側のパターンを押しつけたわけです。たとえ善意からしたことであったとしても、結果的にはほかのすべての生活の道を滅ぼしてしまいました」

「おまえはそれからわれわれを救ったというのだな?」ソールディンはきいた。「一面では、そのとおりだと思う。しかし、古い制度を残すという感傷的な目的が、失われた数百万の生命と、十年間にわたる犠牲と受難のふたつに匹敵するものだろうか?」

「感傷のみではありません!」張りつめた口調で、スコルローガンはいった。「おわかりになりませんか? 科学は未来です。もし、われわれが進歩するのなら、それは科学的な方向にむかうはずです。しかし、ソルの科学が唯一のものでしょうか? 生き残るために、二流の類人種族になる必要があるでしょうか——新しい道は開けるはずです。高度に発達していても、本質的には異質な文明の、さしでがましい援助など受けずに。それが可能だと、わたしは思ったのです。そうしなければならないと思ったのです。

　非人間的種族が、人間種族を模倣して成功するはずはありません。根本の心理が――代謝率、本能、論理パターン、とにかくすべての点において――異質すぎるのです。もちろん、彼らの言語を使えば、思考はできます。しかし完全というふうにはいきません。ある言語を別の言語に翻訳するのに、どれほどの困難がともなうと思いますか？　思想はすべて言語の中にあります。思想の根本パターンは、言語に反映しています。ある種族の最高度に明確に厳格に考え抜かれた哲学や科学というものは、別の種族には、ちんぷんかんぷんと受けとられるものでしょう。根本の現実は同一であっても、そこから作り出す抽象には違いがあるからです。

　ソルの精神的従属物になりさがるスコンタールの未来を、わたしはくいとめたいと思いました。たしかにスカング星系は遅れています。進歩の方向は変えなければなりません。しかし――完全に異質のパターンに変える必要がどこにありますか？　正しい進歩の道に沿って急ピッチで進めばいいだけです――それが、われわれの道なのだから」

　スコルローガンは肩をすくめた。「わたしは成功しました」静かに、彼は話を結んだ。「とてつもない賭けでした。国民全体が、惑星の文化を守ったわけです。もう、誰も手出しはできません。独力で科学文明の建設をしいられたわれわれは、独自のアプローチを発見したのです。

結果はごらんのとおりです。ディリンの意味論が生まれました——ソルの科学者はたわごとだと笑っているとことでしょう。ソル人の技術者たちが不可能だといっていた、正四面体の宇宙船も開発しました。旧式の宇宙船がソルからアルファ・ケンタウリにたどりつくあいだに、われわれは銀河系を横断することができます。われわれは、スペース・ウォープを完成しました。それから独自の心理象徴学も——これは、ほかの論理体系では絶対に生み出すことのできないものです——また、新しい耕種学のおかげで、われわれの文化に欠かすことのできない自由農民もなくすことなくすみました——とにかく、ありとあらゆる分野において、そうなのです！　クンダロアに革命的変化が起こったこの五十年間に、スコンタールはみずからを改革しました。このふたつには、宇宙的な差があることはおわかりでしょう。

これによって、無形のものも救われました。絵画や手細工、特徴的な風習、音楽、言語、文学、宗教。この成功の熱意は、われわれを星に到達させ、銀河系内屈指の力を授けたばかりではない。影響は無形のものにまで及んで、歴史上のいかなる黄金時代にも匹敵するルネッサンスを起こしつつあります。これも、すべてわれわれが孤立したおかげです」

彼は黙った。ソールディンは、しばらく何もいわなかった。二人はすこし静かな横道に入った。古い区画で、大部分の建物はソルの到来以前の面影を伝えている。むかしの服装もまだかなり見受けられた。ちょうどソル人の観光客の一団が案内されてきたところで、彼らは陶器の売店の前に群がった。

「どうお考えになりますか？」やがて、スコルローガンはきいた。

「わからない」ソールディンは目をこすって、困惑を示すジェスチャーをした。「そんなふうには、考えてみなかった。おまえが正しいのかもしれない。そうでないかもしれない。しばらく考えてみなくては」

「わたしは五十年間、それを考えました」スコルローガンは、冷やかにいった。「二、三分さしあげましょう」

二人は売店に近づいた。年老いたクンダロア人が乱雑に積みあげた品物のあいだにすわっていた。壺や鉢やコップは、どれも美しく彩色されている。民芸品である。ひとりの女が、品物のひとつを値切っていた。

「ごらんなさい」スコルローガンはソールディンにいった。「むかしのものを憶えていますか？　これは観光客向けに大量生産された安い駄物ですよ。デザインはひどいし、技術はまずい。しかしどのループ模様も線も、かつては意味があったのですよ」

彼らの目は老クンダロア人のかたわらにあるひとつの壺の上に落ちた。何物にも動じないヴァルタムであるソールディン十一世さえも、ぎくりとしたように息を吐いた。その壺は光を放っていた。それは生きているようだった。さわやかな線と長いなめらかな線からなる、単純な輝くばかりの完成美の中には、誰かの愛着と憧れがすべてそそぎこまれているにちがいない。その壺の作者はこう思っただろう。わたしがこの世を去ったのちも、これだけは残るだろう、と。

スコルローガンは口笛を吹いた。「見事な壺だ」

「一世紀はたっている――博物館ものだぞ！　がらくたばかりの店に、どうしてこんなものがあるんだ？」

群がっていた人間は、二人の巨大なスコンタール人の出現にすこし道をあけた。彼らの表情を読んで、スコルローガンはにがい喜びが湧きあがるのを感じた。われわれを恐れている。ソルはもうスコンタールを憎んではいない。むしろ敬意を払っているくらいだ。われわれの科学や言語を学ぶために、青年を派遣している。だが、クンダロアに関心を払うものはもういない。

先刻の女が彼の視線を追って、陶器売りのかたわらで光っている壺に目をとめた。彼女は老人にいった。「いくらなの？」

「売らない」クンダロア人はいった。それは、かさかさのささやき声だった。彼はみすぼらしいマントの端を強くたくしこんで体を包んだ。

「売ってよ」彼女は晴れやかな作り笑いをうかべた。「お金をいっぱいあげるから。十クレジット」

「売らない」

「じゃ、百クレジット。売ってよ！」

「これ、わたしのもの。むかしから、家にあった。売らない」

「五百クレジット！」彼女は老人の目の前で札びらをふった。

老人は薄い胸に壷を抱きしめると、女を見上げた。老人特有の涙もろさで、その黒い澄んだ目はもう涙をいっぱいためている。「売らない。行け。売るオアマウイ」

「行こう」ソールディンはぶつぶつといった。彼はスコルローガンの腕をつかむと、引っぱり出した。「さあ。スコンタールへ帰ろうじゃないか」

「もう？」

「そう、そうだ。おまえが正しかったんだ、スコルローガン。わたしは民衆の前であやまる。おまえは歴史上最大の救世主だよ。だがいまは、帰ろう！」

二人は通りを急いだ。ソールディンは、老クンダロア人の目にうかんでいた涙を忘れようと努力した。しかし、それができるものかどうか、彼には自信がなかった。

# Seeker of Tomorrow ――編者あとがき――

高橋良平

お待たせしました！

二年半ほどのご無沙汰になりましたが、本書は、時間・次元テーマの『伊藤典夫翻訳SF傑作選　ボロゴーヴはミムジイ』につづく第二弾、伊藤さんが〈S‐Fマガジン〉のために選りすぐり、翻訳した傑作中短篇のうち、宇宙テーマに絞ったアンソロジーです。

そうした時間・次元、宇宙をはじめ、ロボット、破滅、超能力、未来など、SFをテーマ別に分類したアンソロジーを、先達のアメリカにならって編み、SFというジャンルの宣伝普及につとめたのが、〈S‐Fマガジン〉創刊編集長の福島正実さんでした。このオーソドックスで風通しのよい編集方針を、本アンソロジーも踏襲しています。

その〈S‐Fマガジン〉が創刊されるより二年も前、早川書房がSF翻訳出版に乗り出し、「ハヤカワ・ファンタジイ」（のち、「ハヤカワ・SF・シリーズ」と改称）が刊行開始された一九五七年十二月、伊藤さんはすでに、いっぱしのSFファンでした。

前巻収録の「伊藤典夫インタビュー（青雲立志編）」（聞き手・鏡明）をお読みになったかたはご承知のように、静岡県浜松市に住む伊藤典夫少年は、ＳＦの虜になったものの、いつも飢餓状態にありました。なぜなら、当時、日本のＳＦ出版は黎明期にあったからです。

アジア・太平洋戦争終結後の一九五〇年代、アメリカのＳＦブームを受けて、敗戦国の日本でも、ジャンルＳＦの翻訳出版が試みられます。誠文堂新光社の〝怪奇小説叢書〟と銘打たれた『アメージング・ストーリーズ』全七集（一九五〇年）が嚆矢となり、探偵小説専門誌〈宝石〉が〝世界科学小説集〟の特集号を出した一九五四年暮れには、科学小説雑誌〈星雲〉（森の道社）が創刊され、室町書房から［世界空想科学小説全集］が発刊されます。しかし、〈星雲〉は創刊号即終刊号となり、後者も二点出したのみで頓挫し、出版界では、〝ＳＦは当たらない〟〝鬼門だ〟というジンクスまでささやかれるようになりました。

そして、一九五六年四月、元々社の［最新科学小説全集］全十二巻の配本が始まります。初回配本のうちの一点、ハインラインの『人形つかい』（石川信夫訳）が好評で、売れ行きも上々、第二期十二巻の予定もブチ上げたのですが、十八点を刊行した時点（一九五七年二月）で、放漫経営がたたって会社は倒産、全集はゾッキ本として古本屋に流れてしまいます。
ジンクスが裏書きされた形ですが、児童書の分野では、まったく異なっていました。戦前の〈少年倶楽部〉時代から海野十三という大人気の科学小説作家がいましたし、海野さんが一九四九年五月に逝去されても、漫画界には最高の〃SF作家〃手塚治虫がいましたから、SFを受け入れる素地が十二分にありました。ですから、ウィンストン社のジュヴナイルSFシリーズを下敷きに、一九五五年十二月、銀河書房石泉社が［少年少女科学小説選集］全十巻をスタートさせると大成功、第二期、第三期と突き進んでゆくのですが、ライヴァルが登場しました。第二期刊行中の五六年七月、業界トップの講談社が［少年少女世界科学冒険全集］を発刊したのです。装幀も挿画も一流で魅力歴然のこの講談社の全集に弾かれるようにして、石泉社版選集は、五六年十二月に二十一点出したところで消えてしまいます。追撃勝者の講談社版全集は、当初の全十五巻が結局、三十五巻まで点数をのばすのですが……。

というわけで、いくらSFが読みたくても、その数はたかが知れていました。そこで、伊藤少年は、浜松の米軍基地から古本屋に流れてくるアメリカのSF雑誌やペイパーバックに手をのばします。また一方、ときどき翻訳SFを載せる前記〈宝石〉誌の読者欄で、科学創作クラブ発行の同人誌〈宇宙塵〉（一九五七年五月創刊）の広告を見つけると、さっそく入会申しこみをします。その前後の〈宇宙塵〉の入会記録をみますと、五七年九月号（5号）に浅倉久志（当時二十七歳）、十月号に伊藤典夫（十五歳・神童出現！）、十一月号に野田宏一郎（昌宏／二十四歳）、十二月号に森優（南山宏／二十一歳）の名前があり、アメリカ風にいえば〝ザ・ファースト・ファンダム〟的で、じつに〝梁山泊〟感がありますね。

浅倉さんとの邂逅（かいこう）については、前記の鏡明さんによるインタビューを参照してもらうとして、ほかの三人は、洋書コレクターの〝三羽烏〟として、やがてファンダムにその名を轟（とどろ）かします。

ただし、米英のＳＦレファレンス類が充実してくるのは一九七〇年代以降のことで、五〇年代では、Ｏ・Ｊ・ベイリーの *Pilgrims through Space and Time*(1947)、レジナルド・ブレットナー編の *Modern Science Fiction*(1953)、Ｌ・スプレイグ・ディ・キャンプの *Science Fiction Handbook*(1953)、バジル・ダヴェンポートの *Inquiry into Science Fiction*(1955)、ジェイムズ・ブリッシュの *The Issue at Hand*(1956)、そしてパトリック・ムーアの *Science and Fiction*(1957) くらいしか参考にできるものはなく、Ｅ・Ｆ・ブライラーの *The Checklist of Fantastic Literature*(1948) と、ドナルド・Ｂ・デイの *Index to the Science Fiction Magazines,1926-1950*(1952) の書誌は欠かせないけれど、まるで海図なしの航海も同然。現物主義——つまり、ＳＦ雑誌のエディトリアル、ルーブリック、書評や広告、単行本やペイパーバックの著者紹介、アンソロジーの序文や前書きに直接当たり、しっかり読みこむことでしか、海の向こうのＳＦ事情や作家について、情報収集・知識蓄積をできないのでした。それに、ファンジンを手に入れることができれば、裏事情に通じることができるのですが……。

では、それらを容易に入手できるかといえば、ぜんぜんです。まだ市民権を得ていないうえ、点数も少なかったＳＦの新刊ハードカヴァーが、洋書店に入荷するなど奇跡。ペイパーバックはペンギンが幅をきかせるばかり。もっと確実なのは、ＳＦ誌のオーダーフォームを使っての定期購読や、広告しているブックディーラーに手紙を書いて取り寄せたカタログ注文で、国際郵便為替で送金し、船便で到着するのを待つ方法でした。

ですが、もっと楽しく拾い物が見つかるかもしれないブックハンティングが、古本屋めぐりでした。洋書・洋雑誌の供給源は、米軍キャンプです。基地の人々が読み捨てた雑誌やペイパーバック、図書館の廃棄したハードカヴァー、表紙だけを返品すれば良かったため、表紙が破り取られたＰＸの雑誌やペイパーバックなどなどが、古本屋に流れてきて、廉価(れんか)で入手できたのです。東京でいえば、神田神保町をはじめ、渋谷、六本木には洋書専門の古本屋がありましたし、脚をのばして横浜の関内・山下町まで遠征可能でした。

洋書コレクターの〝三羽烏〟も、神保町の東京泰文社をはじめ、洋書古本屋に足繁く通い、シノギを削り、コレクションを充実させ、知識・見識を深めていったのです。

なかでも、ジョン・W・キャンベル・ジュニアが〈アスタウンディング〉誌の編集長に就いて起こした〝キャンベル革命〟以降の現代SF、同時代SFを中心に読み漁り、傑作を発見すればSFファンに是非とも伝えたい欲求にかられ、トンデモSFに出会えば吹聴せねばとほくそ笑んだのが、伊藤さんです。しかも、審美家です。そして、読んだ作品を必ず採点。A、B、C……のランク付けに、+と−が加わります。それで、B+以上に評価した作品を、自ら翻訳する心積もりでいた伊藤さんは、〈S-Fマガジン〉一九六二年九月号掲載のマシスンの「男と女から生まれたもの」の翻訳で、ついにプロ・デビューしたのでした。

編者敬白

二〇一九年四月

HM=Hayakawa Mystery
SF=Science Fiction
JA=Japanese Author
NV=Novel
NF=Nonfiction
FT=Fantasy

**伊藤典夫翻訳ＳＦ傑作選**
**最初の接触**

〈SF2230〉

二〇一九年五月二十日 印刷
二〇一九年五月二十五日 発行

（定価はカバーに表示してあります）

著者 マレイ・ラインスター・他
編者 高橋良平
訳者 伊藤典夫
発行者 早川浩
発行所 株式会社 早川書房

郵便番号 一〇一 - 〇〇四六
東京都千代田区神田多町二ノ二
電話 〇三 - 三二五二 - 三一一一（大代表）
振替 〇〇一六〇 - 三 - 四七七九九
http://www.hayakawa-online.co.jp

乱丁・落丁本は小社制作部宛お送り下さい。
送料小社負担にてお取りかえいたします。

印刷・株式会社精興社　製本・株式会社明光社
Printed and bound in Japan
ISBN978-4-15-012230-0 C0197



本書は活字が大きく読みやすい〈トールサイズ〉です。